BAUM
HAUS

Weitere Titel des Autors:

CENTURY – Der Ring des Feuers

CENTURY – Der Stern aus Stein

Titel in der Regel auch als E-Book erhältlich

Über den Autor:

P. D. Baccalario, geb. 1974 in Acqui Terme, Italien, studierte nach der Schule zunächst Jura, bevor er sich dem Journalismus und dem Schreiben zuwandte. Seine Bücher sind mittlerweile weltweit in 18 Sprachen übersetzt.

P. D. BACCALARIO

CYBORIA – Die geheime Stadt

Aus dem Italienischen von
Ingrid Ickler

BAUM
HAUS

BAUMHAUS TASCHENBUCH
Band 1041

1. Auflage: Dezember 2012

MIX
Papier aus verantwortungsvollen Quellen
FSC® C014496
www.fsc.org

Dieser Titel ist auch als E-Book erschienen

Vollständige Taschenbuchausgabe

Deutsche Erstausgabe

Titel der italienischen Originalausgabe:
»Cyboria – Il risveglio di Galeno«
Originalverlag: Istituto Geografico De Agostini S.p.A., Novara

Lektorat: Christina Neiske, München
Titelbild: © shutterstock/AKaiser; Illustration: Max Meinzold
Umschlaggestaltung: Max Meinzold, München
Satz: hanseatenSatz-bremen, Bremen
Gesetzt aus der Adobe Caslon Pro
Druck und Verarbeitung: GGP Media GmbH, Pößneck
ISBN 978-3-8432-1041-6

Sie finden uns im Internet unter
www.baumhaus-verlag.de
Bitte beachten Sie auch www.luebbe.de

Gegenwart

»Wir wollen die Liebe zur Gefahr besingen,
die Vertrautheit mit Energie und Verwegenheit.«

Das Futuristische Manifest, »Le Figaro«, 20. Februar 1909

20

Wie ein geölter Blitz

Wenn Ottos Großvater ihm das Gefühl geben wollte, etwas ganz Besonderes zu sein, sagte er ihm immer, er solle etwas ganz Schwieriges ausprobieren, denn die einfachen Sachen, die könne ja jeder.

Vielleicht war das der Grund, warum Otto Folgore Perotti im Sattel des Fahrrads seines Großvaters saß und etwas wirklich *sehr* Schwieriges versuchte: Er musste erst mit aller Kraft in die Pedale treten, und wenn er an der schmalen Brücke angekommen war, all seinen Mut zusammennehmen und springen. Wenn er den Absprung gut erwischte und sich in der Luft drehte, konnte er darauf hoffen, dass er fünf Meter tiefer auf der schmalen Straße neben dem Kanal landen würde.

Ein ziemlich verrückter Plan, und wirklich verdammt schwierig. Aber die einzige Möglichkeit, seinen Verfolgern zu entkommen: der Bande aus dem Gymnasium.

Er hatte nicht viel Zeit zum Nachdenken: ganze drei Pedaltritte lang.

Eins.

Zwei.

Und drei.

Er hatte die Brücke erreicht. Jetzt musste er sich entscheiden. Ob sein Opa stolz auf ihn gewesen wäre? Er war sich nicht sicher, aber es blieb keine Zeit darüber nachzudenken.

Er sprang.

Die Bande war Otto dicht auf den Fersen, eben noch hatte sie ihn mit ihren Mofas auf der Straße verfolgt, die von Pisas Schiefem Turm in die Berge von San Giuliano führte.

Jetzt trat er ins Leere. Und flog.

Die Jungs vom Gymnasium mussten gehörig bremsen; sie trauten ihren Augen nicht.

Einer schrie: »Jetzt ist er völlig verrückt geworden!«

»Vorsicht!«

»Er ist in den Kanal gestürzt!«

Und wieder ein anderer: »Nein, der ist nicht gestürzt! Das hat er mit Absicht gemacht! Er … er springt drüber!«

Sie schrien wild durcheinander, aber Otto hörte sie nicht mehr.

Er trat weiter ins Leere und flog über das ruhig dahinfließende, schlammige Wasser des Kanals, mit der Silhouette der Pisaner Berge vor Augen und tausend wirbelnden Gedanken im Kopf.

Er dachte an die Bande, die Jungs, die auf ihren dämlichen Mofas saßen und ihn vom Straßenrand aus beobachteten. Und er dachte daran, wie er jetzt am besten nach Hause kam, an die Straße, die am alten Aquädukt und am Kloster vorbei bis in die bewaldeten Hügel hinaufführte. Und mit dem letzten Tritt dachte er noch daran, dass das Kloster in Wirklichkeit gar keines war, man es aber schon immer so genannt hatte.

Dann war Schluss mit Denken.

Mit einem metallischen Quietschen prallte er auf. Die Kette klapperte und schepperte auf den Zähnen der Ritzel, die Pedale zitterten und die Reifen drohten zu platzen. Der rot gespritzte Rahmen stöhnte auf wie ein verwundetes Tier.

Krach!

Otto wurde in den Sattel gepresst, er umklammerte die Griffe der Lenkstange, und irgendwie gelang es ihm, das Gleichgewicht zu halten und das Rad sturzfrei auf die Straße zu bringen. Der Rucksack mit den Schulbüchern knallte ihm wie ein Peitschenhieb auf den Rücken.

Krach!

Aber er hatte es geschafft! Er war mit dem Fahrrad über den Kanal gesprungen und hatte seine Verfolger damit ein gutes Stück abgehängt. Er drehte sich nicht um. Er hörte sie Gas geben, bremsen und sich zwischen den hupenden Autos hindurchschlängeln. Sie versuchten so schnell wie möglich die Abzweigung auf die schmale Straße zu erreichen, auf der er gelandet war, etwa zweihundert Meter von der Brücke entfernt.

Otto bremste und blickte durch die das Ufer säumenden Lindenbäume auf das dunkle, unergründliche Wasser des Kanals. In der Ferne waren ein paar kleine Holzhäuser aufgereiht. Die schmale Straße in Richtung Berge führte an einem stillgelegten Marmorsteinbruch vorbei. Schon von Weitem konnte Otto die rostigen Skelette der Kräne erkennen, die aussahen wie eiserne Giraffen. Wieder trat er mit aller Kraft in die Pedale. Der Gepäckträger klapperte und vibrierte, als ob er jeden Moment abfallen würde. Und vielleicht würde es tatsächlich so kommen, aber er hatte jetzt keine Zeit, sich darum zu kümmern.

Er konnte nur hoffen und beten, dass das alte Bianchi-Fahrrad seines Opas, Jahrgang 1958, den Sprung gut überstanden hatte und dass der Stahlrahmen, der schon von so vielen Stürzen gezeichnet war, noch immer stabil war. Die Kette glitt über den Zahnkranz, die Pedale drehten sich rhythmisch, angetrieben von der Muskelkraft seiner Beine.

Wie ein geölter Blitz raste er die Lindenallee entlang, wobei sich die Baumstämme und die freien Räume dazwischen im Takt seiner Geschwindigkeit abwechselten. In der Ferne hörte er das Knattern der Mofas. Er drehte sich um, sah aber niemanden. *Warum lassen sie mich nicht einfach in Ruhe?*, fragte er sich.

Otto fuhr jetzt stehend und trat noch kräftiger in die Pedale. Das unebene Asphaltsträßchen ging schnurgeradeaus, rechts der Kanal, links die Lindenbäume.

Er war fast schon am Steinbruch.

Tief über den Lenker gebeugt raste er weiter, auf das Knirschen und Quietschen des Fahrrads achtete er nicht weiter. Schließlich erreichte er den verrosteten Gitterzaun des Steinbruchs. Auf dem Kiesweg zog er jetzt eine Staubwolke hinter sich her. Vor einer Lücke im Gitterzaun bremste er. Sie war kaum zu sehen, da sie zu einem großen Teil von einem Erdbeerbaum und Mastixgestrüpp verdeckt war. Otto sprang ab, drückte die Äste zur Seite und schob das Rad durch die Lücke im Gitter. Dann kroch er ebenfalls hindurch. Tief geduckt, das Fahrrad eng an sich gedrückt, schlich er sich zu einer niedrigen Blechhütte hinter einem Pistazienstrauch. Sie war komplett mit einer dicken Rostschicht überzogen, die ihn an eine Käserinde erinnerte. Dahinter versteckte er sich.

Erst jetzt kam ihm wieder in den Sinn, richtig durchzuatmen. Den Rucksack an die Blechhütte gepresst, die Augen auf den blauen Himmel gerichtet, riss er den Mund weit auf, um möglichst viel Sauerstoff einzusaugen.

Er keuchte, doch nach und nach wurde sein Atem ruhiger.

Es vergingen etwa drei, höchstens vier Minuten. Das Motorgeräusch wurde lauter; anfangs klang es wie ein heiseres Krächzen, um anschließend in dumpfes Brüllen überzugehen. Otto schloss die Augen. Warum konnte er sich nicht einfach in Luft auflösen?

Das bedrohliche Geräusch kam immer näher, es klang, als wäre eine Schar lästiger Insekten im Anflug. Er hörte die Mofas beschleunigen, dann ebbte das Dröhnen der Motoren wieder ab. Otto blieb noch eine gefühlte Ewigkeit reglos sitzen, bis er wirklich ganz sicher war, dass er nichts mehr zu befürchten hatte. Er zählte die Minuten. Seine Verfolger hatten sicher schon die Abzweigung nach Pappiana und San Giuliano erreicht und überlegten, in welche Richtung sie weiterfahren sollten.

Otto kauerte am Boden. Seine Kleidung war mit weißem Marmorstaub überzogen, und er begann zu lachen. Nervös zu Beginn, dann klang sein Lachen allmählich befreiter.

»Ich hab's geschafft, Opa«, murmelte er glücklich und schloss Frieden mit diesem Tag.

Als er endgültig zur Ruhe gekommen war und wieder klar denken konnte, begutachtete er den Schaden. Sein Sigur-Rós-T-Shirt konnte er nur noch wegschmeißen; der Aufdruck hatte sich abgelöst, als er über den Boden gerobbt war.

Ein Eisenhaken hatte ihm den Träger des Rucksacks aufgerissen, auf dem er seine Lost-Sticker und den Charles-Darwin-Button befestigt hatte. Die waren ihm besonders wichtig, da er sie im Internet bei Räum-den-Dachboden-auf.com gefunden hatte.

Der Zustand des Fahrrads war noch schlimmer, bei seiner Flucht hatte er den Dynamo am Vorderrad verloren.

»Na dann adieu, geliebter Scheinwerfer«, murmelte Otto und strich wehmütig über die Felge des 28-Zoll-Fahrrads.

Die Kette wackelte ein wenig und blieb bei jeder Umdrehung leicht hängen, aber mit ein bisschen Öl würde man das wieder hinbekommen. Die Bremsklötze des Hinterrads hingegen schienen schwer beschädigt, sie klebten fest, die Bremswirkung war gleich null. Das war ein echtes Problem, denn jedes Mal, wenn Otto sich auf die Suche nach Ersatzteilen für diesen Fahrradoldtimer machte, musste er mehr hinblättern als für ein ultramodernes Carbon-Mountainbike mit neuester Technik.

Auch die tiefen Kratzer auf dem Rahmen würde er ausbessern lassen müssen. Seufzend stieg Otto wieder in den Sattel, aber es war der Seufzer eines Siegers.

Er grüßte die verrostete Stahlgiraffe, die sich bedrohlich und irgendwie auch traurig über ihm erhob: ein ramponiertes Förderband, das offensichtlich seit Jahren stillstand und früher dazu gedient hatte, die aus dem Berg geschlagenen Marmorsteine zu transportieren.

Er dankte der Blechhütte für den Schutz, den sie ihm gewährt hatte, dann fuhr er auf dem Kiesweg in Richtung der Hügel, wobei er eine Wolke aus weißem Staub hinter sich herzog.

19

VILLA FOLGORE

Der Gitterzaun, der den stillgelegten Steinbruch umgab, hatte auf der anderen Seite noch eine zweite Lücke. Büschel von Taubenfedern, die dort hängen geblieben waren, bewiesen, dass Otto nicht der Einzige war, der die Öffnung kannte. Er quetschte das Fahrrad hindurch, erreichte die Staatsstraße, die in Serpentinen in die Pisaner Berge führte, und bog nach links ab, Richtung Pappiana. Noch immer spürte er die Gefahr und blieb auf der Hut.

Er durchquerte das Dorf, überquerte die Ampel an der ersten Kreuzung und sauste in Richtung Passo del Frantoio. Dort bog er nach links auf ein enges Sträßchen ab und quälte sich durch den Wald nach oben. Sein Fahrrad hatte nicht genug Gänge, um den Anstieg mühelos zu bewältigen. Um die letzten Kurven in Angriff zu nehmen, die ihn noch von zu Hause trennten, musste er sogar im Stehen fahren. Der Weg führte stetig bergan und wurde nur von einer leichten Abfahrt unterbrochen, die an den düsteren Mauern des sogenannten Klosters vorbeiführte – ein altes Haus, das seit Jahren unbewohnt war.

Zu Beginn der kurzen Abfahrt ließ Otto das Lenkrad los und fuhr freihändig, er genoss die frische Luft und lauschte den Geräuschen des Waldes. Die Straße führte unter einem alten Aquädukt hindurch und stieg dann zwischen den dicht an dicht stehenden Steineichen wieder an.

Die Geräusche aus dem Tal und dem Dorf wurden leiser und verschwanden schließlich ganz. Zwischen den Ästen der Eichen hörte er die Vögel singen, auch das lebhafte Rauschen eines Bächleins drang an sein Ohr.

Nach einigen Kurven tauchte zwischen den Bäumen ein schmiedeeisernes Tor auf. Es wurde von zwei Säulen begrenzt, um die sich Spiralen und stilisierte Blitze aus Metall rankten. Die Säulen vereinten sich oben zu einem Bogen, der den Weg überspannte; in die Mitte des Bogens waren zwei verschlungene »A« eingemeißelt, die Initialen von Ottos Vorfahren, die das Haus vor vielen Jahren erworben hatten. Darunter war in metallenen Lettern zu lesen:

VILLA FOLGORE

REMEDIUM FRUSTRA EST CONTRA FULMEN QUAERERE

»Man sucht umsonst ein Schutzdach vor dem Blitz.«

Otto passierte das Tor und stellte das Rad auf einer schattigen Lichtung ab, die rundum von Bäumen gesäumt war. Auf dem Parkplatz standen zwei Autos: der weiße Mercedes seiner Eltern und ein malvenfarbener Van mit dem Autokennzeichen von Livorno, den Otto noch nie gesehen hatte. Das Bächlein, das man schon im Wald rauschen gehört hatte, floss hinter einem niedrigen, mit Moos bedeckten Mäuerchen am Rand der Lichtung entlang. Am anderen Rand befand sich ein mit Steinplatten belegter Weg, der von Löwenzahn, wilden Iris und Ginster gesäumt war.

Sein Zuhause.

Die Villa Folgore tauchte am Ende des Weges auf. Ein altehrwürdiges, imposantes Steingebäude, das Atamante Folgore Perotti, sein Ururgroßvater, zu Beginn des vergangenen Jahrhunderts gekauft hatte. Das Gebäude hatte drei Stockwerke und wirkte würdevoll und streng, die Fassade war vollständig mit Efeu überwuchert. Die Fenster mit den grünen Läden zeigten Richtung Pisa, bei gutem Wetter konnte man sogar den berühmten Turm sehen. An besonders klaren Tagen war rechter Hand selbst das ferne Glitzern des Meeres zu erahnen.

Otto überquerte rasch die Rasenfläche und betrat das Haus durch die Rundbogentür im Erdgeschoss. Er ging direkt in sein Zimmer. Zwischen den dicken Steinmauern herrschte absolute Stille. Hoffentlich hatte niemand sein Kommen bemerkt.

Aber irgendetwas stimmte nicht.

Es war zu still.

Er schloss die Tür hinter sich, nahm die Bücher aus seinem Rucksack und versteckte ihn zusammen mit dem kaputten T-Shirt unter dem Bett. War es wirklich so warm in seinem Zimmer oder lag es an der Aufregung, dass er so stark schwitzte?

Er riss das Fenster auf. Das hereinströmende Licht fiel direkt auf seinen Schreibtisch, auf dem ein heilloses Durcheinander herrschte: Schraubenzieher, Hämmer, Kneifzangen, Zahnräder, Fahrradteile, Dynamos, Klemmen, aufgewickelte Kabel und Teile der alten Waschmaschine, die letztes Jahr kaputtgegangen war. Kupferdrähte hingen an Haken an der Pinnwand, an der man üblicherweise To-Do-Listen und Ähnliches befestigte.

Er stand am Fenster und sog tief die frische Landluft ein, aber trotzdem kam er einfach nicht zur Ruhe. In dieser Stille lag etwas Ungewöhnliches, es war eine seltsame Stille, die man nicht stören durfte.

Es klopfte an der Tür. Es war ein leises und vorsichtiges Klopfen, aber Otto zuckte trotzdem zusammen.

»Einen Moment«, rief er und schlüpfte in ein neues T-Shirt.

Es war seine Mutter.

Sie sagte nichts.

Sie sah ihn nur mit feuchten Augen an.

Und erst in dem Moment verstand Otto, was es mit dieser Stille auf sich hatte. Er bemerkte im Hintergrund die Silhouette des Arztes, der im dunklen Flur stand und leise mit seinem Vater sprach.

Der Van aus Livorno.

»Nein!«, schrie er auf. Sein Herz begann wie verrückt zu klopfen. »Das darf nicht sein!«

Er schob seine Mutter zur Seite und stürzte zum Zimmer seines Großvaters.

18

Der letzte Gruss

Im Zimmer war es stickig und heiß. Durch die Ritzen der Läden vor den geöffneten Fenstern drang kaum ein Lufthauch.

Primo Folgore Perotti lag lang ausgestreckt auf dem Bett, bis unter die Nase mit einem Leintuch bedeckt. Auf dem Kissen wirkte sein Kopf wie eine alabasterfarbene Kugel, in der zwei kleine Augen leuchteten.

»O-Opa?«, flüsterte Otto und strich mit der Hand über den hölzernen Türpfosten. Der unebene Holzdielenboden knarrte und schien sich unter seinen Füßen zu biegen, wie eine bösartige Kreatur, die ihn zu Fall bringen wollte. »Opa?«

Der Alte antwortete nicht. Das Bett, das Zimmer, der Brustkorb seines Großvaters, alles schien stillzustehen.

Oh, nein.

Das durfte nicht sein. Nicht jetzt. Nicht nach dem, was ihm heute mit dem Fahrrad gelungen war. Er wollte es ihm unbedingt erzählen.

Nicht jetzt, dachte Otto, *du schaffst das, Opa.*

Er trat einen halben Schritt nach vorne und wurde vom Dunkel des Zimmers eingehüllt. Der stechende Geruch nach Desinfektionsmitteln und Medikamenten lag in der Luft, dazu der süßliche Duft von alten Menschen, die in ihrem Bett gepflegt werden.

Sein Großvater hielt die Augen starr auf die Decke geheftet. Ein unerträglicher Anblick, aber Otto versuchte sich Mut zu machen.

Er ging zum Sessel neben dem Bett und sprach ihn ein drittes Mal an. Dann dachte er: *Jetzt drehst du den Kopf zu mir, nicht wahr? Du drehst den Kopf und lächelst mich an. Und ich erzähle die Geschichte vom Sprung über den Kanal.*

Er war fest überzeugt, dass sein Opa es tun würde. Zwischen ihnen herrschte eine so starke Verbindung, dass sie keine Worte brauchten, um zu kommunizieren. Ein unzerreißbares Band aus verständnisvollen Blicken und wenigen, vertrauten Gesten. Und Zahlen. Und Spielen. Und Schach. Und Rätseln. Und Tieren. Und den lateinischen Namen der Pflanzen. Sie hatten unzählige gemeinsame Leidenschaften, weitergegeben vom Großvater an den Enkel, aber es gab noch so viel zu lernen.

Die Hand des Jungen legte sich behutsam, fast andächtig, auf das Leintuch.

Obwohl das Zimmer überhitzt war, überfiel ihn plötzlich ein Gefühl eisiger Leere, lähmende Kälte kroch ihm wie eine Schlange den Rücken hinab.

Er drückte leicht auf den Bettrand. »Großvater?«

Primo Folgore Perotti erwachte schlagartig, wandte den Kopf und sah seinen Enkel an.

Die eiskalte Schlange glitt zu Boden, vielleicht löste sie sich auch ganz einfach auf. Otto seufzte erleichtert. Er hatte einen Kloß im Hals und murmelte so etwas wie: »Donnerwetter, Großvater … Verdammt … Ich dachte, du …«

Statt einer Antwort lächelte der alte Mann schwach, hob die Hand und zeigte drei Finger.

»Drei?«, fragte Otto. »Drei was?«

Primo lächelte weiter. Noch zwei weitere Male hob er die Hand.

»Drei. Sechs. Neun …«

Jetzt zeigte sein Großvater vier Finger.

»Vier.«

Dann wieder drei, zwei Mal hintereinander.

Jetzt hatte Otto verstanden und lächelte ebenfalls. »Neun, vier, sechs …«, zählte er auf, »dann wieder drei, oder?«

Müde ließ der Großvater die Hand wieder sinken. Zufrieden schloss er die Augen und öffnete sie dann mühsam wieder, als würde diese einfache Geste ihn unendlich viel Kraft kosten.

Otto näherte sich dem Kopfkissen und sagte: »9463 Milliarden Kilometer pro Jahr. Lichtgeschwindigkeit. Die Geschwindigkeit der Familie Folgore.« Unser Familienname Folgore bedeutet nämlich Blitz.

Der Großvater drehte ihm wieder den Kopf zu, die Haut an seinem Hals war fast durchsichtig. Verblüfft hob er die Augenbrauen.

»Nun, zumindest eines großen Teils der Familie Folgore«, lachte Otto, der die Meinung seines Großvaters zu diesem Thema kannte.

Aber trotz dieses Lachens wollte der Kloß in seinem Hals einfach nicht verschwinden.

Primo nickte, doch dann tat er etwas sehr Eigenartiges:

Er sah Otto auf eine Art und Weise an, wie er es noch nie zuvor getan hatte. Als würde er in diesen Blick all das legen, was er ihm noch nicht gesagt hatte, ihm aber gerne noch sagen wollte. Alle Antworten auf die Fragen, die Otto ihm noch nicht gestellt hatte. In Primos Erinnerung tauchte die Lorenzi-Nacht vom 10. auf den 11. August des vergangenen Jahres auf, als sie beide auf dem Hügel übernachtet hatten, um die Sternschnuppen zu zählen. Und die Bücher über Pflanzen und Tiere, mit denen sie durch die Wälder gestreift waren. Und die rationalen und irrationalen Zahlen, die Koordinaten und Entfernungen im Universum, sämtliche Nullen, die Otto sich hintereinander vorstellen konnte.

All das und noch vieles mehr zog vor seinem inneren Auge vorbei, und schließlich sagte der Großvater mit kaum hörbarer Stimme: »Öffne die Schachtel.«

Otto glaubte sich verhört zu haben. »Welche Schachtel, Opa?«, fragte er.

Aber Primo antwortete nicht.

Die Augen seines Großvaters waren erloschen, aber auf seinem Gesicht lag immer noch die Andeutung eines Lächelns.

Doch es wurde immer schwächer.

17

In der achteckigen Bibliothek

Stille.

Schritte.

Geräusche.

Stimmen.

Hinter Otto tauchten plötzlich Menschen im Dämmerlicht des Zimmers auf. Er hörte die Stimme seines Vaters Sisifo. Die Hände seiner Mutter versuchten, ihn vom Bett wegzuziehen.

»Geh zur Seite, Otto. Mach Platz. Der Arzt muss ihn untersuchen.«

Otto wich zurück. Unter seinen Fingern spürte er den glatten Samtstoff des Sessels, auf dem sein Großvater viele Stunden gesessen und gelesen hatte, so oft und so lange, dass sein Körper fast einen Abdruck hinterlassen hatte. Dann hörte er das Knarren der Tür, es war wie ein Bewegungsmelder. Er sah seine Mutter weinen. Immer wieder sagte sie: »Ich wollte nicht, dass du ihn so siehst. Ich wollte nicht … Er hat dich rufen lassen, Otto. Es tut mir so leid.«

Wie ein Roboter ging Otto in sein Zimmer zurück. Er setzte sich vor seine Projekte, sah auf die Pläne seiner selbst konstruierten Maschinen. Schob die Werkzeuge zur Seite.

Hörte auf die Schritte der anderen, die sich im Haus bewegten und die Stille zerstörten.

Jetzt, dachte er, *jetzt ist es passiert. Mein Großvater ist tot.*

Die Uhr zeigte 14:41 Uhr.

»Ticktack«, murmelte Otto und musste lächeln.

14:41 war eine besondere Zahlenkombination. Man konnte sie von beiden Seiten lesen. Ein Palindrom.

Wie immer hatte sein Opa recht gehabt: Auch die größten Geheimnisse sind im Grunde nichts als Zahlen.

Dann begannen die Zahlen der digitalen Uhr immer schneller zu laufen. Otto hätte sich am liebsten in sein Zimmer eingeschlossen, wie einen Gegenstand, den man dort abgelegt und einfach vergessen hatte. Wie gern hätte er geweint, aber dafür war keine Zeit. In der Villa Folgore herrschte ein ständiges Kommen und Gehen, es gelang ihm einfach nicht zu trauern.

Verwandte, Freunde und viele Unbekannte kamen ins Haus. Sie alle kamen, um seinem Großvater die letzte Ehre zu erweisen. Warum war es nur so wichtig, sich von jemandem zu verabschieden, der gar nicht mehr am Leben war?

Otto lag angezogen auf seinem Bett und hörte die Autos ankommen, er hörte die Gespräche der Trauergäste, die den schmalen Weg zum Haus hinaufschritten. Die üblichen Worte, die üblichen Sätze.

»Wie ist es passiert?«

»War er schon länger krank?«

»Er hatte doch eine eiserne Gesundheit.«

»Ein brillanter Kopf!«

»Er hatte ja ein stolzes Alter erreicht!«

»Professor Folgore Perotti! Ich weiß noch, damals, als ich mit ihm auf der Uni war …«

Mit diesen Stimmen im Ohr schlief Otto immer wieder ein und erwachte dann, ohne sich wirklich darüber im Klaren zu sein, was davon Traum und was Realität war. Es gab Phasen, in denen er überglücklich und fest davon überzeugt war, dass sein Großvater noch am Leben war, dass er sich das alles nur eingebildet hatte. Aber sobald er das Zimmer verließ und das Stimmengewirr der Menschen hörte, die ins Haus kamen und es wieder verließen, verschwand jede Illusion. Im großen Salon, wo Otto immer mit seinem Großvater Schach gespielt hatte, stand der offene Sarg.

Auf dem Schachbrett des Lebens gibt es kein Remis. Entweder ich gewinne oder du. Und auch wenn du den ersten Zug machst, wirst du am Ende nicht gewinnen.

Als er seinen Zufluchtsort verließ, trug Otto den Anzug, den seine Mutter ihm für die Totenwache herausgelegt hatte. Es wimmelte von festlich gekleideten Männern und Frauen, einige standen auf der Treppe, andere saßen auf Bänken und Stühlen im Garten, wo sonst nie jemand saß, und wieder andere schlenderten durch die Räume neben dem Zimmer seines Großvaters.

Wer waren all diese Menschen?

Otto vermied jeden Kontakt mit ihnen. Wie ein Schatten glitt er durch den mit dunklem Nussbaumholz verkleideten Flur und schlüpfte in den hintersten Raum des ersten Stocks, die achteckige Bibliothek der Villa Folgore. Er hoffte, dass dort niemand sein würde.

Die Bibliothek war ein außergewöhnlicher Raum: Es gab

fast keine rechtwinklig ausgerichteten Wände, dafür aber viele Ecken und Nischen, in die maßgefertigte Bücherregale eingepasst waren. In der Mitte des Raumes stand ein riesiger Schreibtisch, und an der Wand dahinter befand sich ein Kamin. Auf dem Rauchfang waren wieder die beiden verschnörkelten »A« mit dem feuerroten Blitz in der Mitte zu sehen, die Initialen von Ottos Familie. Von einem bauchig vergitterten Erkerfenster aus konnte man in die Ebene hinunterblicken. Davor befand sich eine Holzbank mit samtbezogenen Sitzkissen.

In der Bibliothek fühlte man sich wie auf dem Deck eines Schiffes, es war ein Leichtes, das Zeitgefühl zu verlieren und den ganzen Nachmittag mit Lesen und Träumen zu verbringen.

Als er die Bibliothek betrat, musste er zu seiner großen Enttäuschung feststellen, dass er nicht allein war. Ein Mann stand mit dem Rücken zu ihm am Kamin und betrachtete die beiden Initialen und das darüber hängende Ölgemälde.

Otto biss sich auf die Lippen. Er kannte den Mann, er hatte ihn schon durch das Haus streifen sehen. Und er hatte das Gefühl, dass sein Großvater ihn gehasst hatte. Was hatte er hier zu suchen?

Otto erinnerte sich sogar an seinen Namen: Er hieß Conte Liguana und stammte aus einer alten italienischen Adelsfamilie.

Die Gestalt des Conte wurde von dem durch das Erkerfenster fallende Licht matt beleuchtet, er war groß gewachsen und von elegantem Aussehen. Seine grau melierten Haare hatte er mit Pomade straff nach hinten gekämmt, wodurch sein wie in Stein gemeißeltes Gesicht mit dem eckigen Kinn und der Adlernase noch mehr betont wurde. Niemand wusste genau, womit er sein Geld verdiente, aber jeder wusste, dass er unermesslich reich war.

Otto hätte am liebsten wieder kehrtgemacht, noch bevor der Conte ihn bemerkte, doch in der Art und Weise, wie er alles anstarrte, lag eine solche Gier, dass in Otto das Gefühl geweckt wurde, er müsse den Familienbesitz beschützen. Deshalb schloss er betont laut die Tür hinter sich, was den Conte herumfahren ließ.

Seine Augenbrauen hoben sich, und sein Gesicht nahm einen arroganten Ausdruck an: »Ach, du bist es, Perotti junior. Ich habe dich gar nicht kommen hören, mein Kleiner. Es tut mir sehr leid um deinen Großvater.«

Verdammter Lügner, dachte Otto.

Conte Liguana richtete den Blick erneut auf das Bild über dem Kamin und sagte: »Ich nehme an, du bist sehr traurig. Wenn du möchtest, können wir miteinander reden.«

Worüber?, fragte sich Otto. Ohne ein weiteres Wort ging er zu dem hölzernen Globus in einer Ecke des Raumes hinüber und begann ihn zu drehen.

Ssrrr …

Ssrrr …

Ssrrr …

»Hat er es dir schon gegeben?«

»Was, bitte?«

Der Conte lächelte. »Ich dachte, du hättest es bekommen.«

»Ich habe keine Ahnung, wovon Sie sprechen, mein Herr«, antwortete Otto höflich.

Der Conte machte eine vage Geste mit der Hand. »Ich

vergaß. Vielleicht bist du für gewisse Dinge noch etwas zu jung.«

»Ich bin dreizehn Jahre alt, fast schon vierzehn«, stellte Otto klar.

»Genau. Das meinte ich doch: zu jung. Obwohl …« Otto konzentrierte sich wieder auf den rotierenden Globus, das Schweigen des Conte irritierte ihn. »Obwohl … So wie dein Großvater von dir sprach …, scheinst du ein echter Folgore Perotti zu sein …« Der Conte ahmte mit der Hand ein springendes Pferd nach. »In der Familie Folgore wird immer eine Generation übersprungen. So sagte er immer. *Hopp!* Sie verschwindet … und dann … *Hopp!* Kommt sie wieder zurück!«

Otto spürte Wut in sich aufsteigen – warum, wusste er selbst nicht so genau, aber er schwieg. Conte Liguana ging auf den Jungen zu, die Bücherregale würdigte er keines Blickes. »Vielleicht war es dieses Mal aber nicht so? Vielleicht hat er nicht genug Vertrauen in dich gehabt und dir das Familiengeheimnis nicht anvertraut?«, insistierte er, die Lippen zu einem hinterhältigen Grinsen verzogen.

Öffne die Schachtel, kam es Otto in den Sinn. Dieser Gedanke machte ihn unsicher, er wandte den Kopf ab und wiederholte trotzig: »Ich weiß wirklich nicht, wovon Sie sprechen, mein Herr. Aber ich denke, mein Großvater wird gute Gründe gehabt haben.«

»Sicher, sicher …«, erwiderte der Conte süffisant lächelnd, dabei ließ er mit dem langen Nagel seines Zeigefingers den Globus kreisen. »Gute Gründe … und gute Anweisungen …«

An der Tür war jetzt ein Geräusch zu hören, dann öffnete sie sich erneut. Ein ungewöhnlich großer, glatzköpfiger Mann tauchte auf, ganz in Schwarz gekleidet, die Augen hinter einer dunklen Sonnenbrille verborgen. Er sagte: »Der Wagen steht bereit, gnädiger Herr.«

Der Conte nickte. »Danke, Calibano.« Er nahm den Zeigefinger vom Globus und setzte ihn wie einen Revolverlauf auf Ottos Stirn. »Ruf mich an, wenn sich etwas Neues ergibt«, zischte er und wandte sich zum Gehen. Seine Absätze klapperten auf dem Boden. »Wir sehen uns, mein Kleiner.«

Otto blieb regungslos neben dem Globus stehen, sein Herz klopfte bis zum Hals. Er wartete, bis er allein war, dann schlug er mit der flachen Hand gegen das Bücherregal neben sich und fluchte: »Ein verdammtes, arrogantes, aufgeblasenes Arschloch, das bist du und nichts anderes!«

Er ließ sich auf das Ledersofa fallen. Jetzt brachen alle Dämme, Tränen strömten über sein Gesicht.

Er weinte lange.

16

Die Schachtel

Drei Tage.

Die folgenden drei Tage verbrachte Otto wie im Schwebezustand. Die Leere, die der Tod seines Großvaters hinterlassen hatte, ließ ihn nicht los. Es gab nichts, was ihn hätte ängstigen können und nichts, was ihn interessierte. Sogar seine Verfolger auf ihren Mofas ließen ihn in Frieden, als hätten sie verstanden, dass er eine Schonfrist brauchte.

Auf seinem quietschenden und rasselnden Fahrrad fuhr Otto von zu Hause in die Schule und von der Schule zurück nach Hause, ohne dass es jemand wagte, sich ihm zu nähern. Niemand fragte, niemand sprach ihn an. Alles ging an ihm vorbei.

Nachts träumte er von seinem Großvater, frühmorgens schreckte er aus dem Schlaf, die Worte des Conte in den Ohren.

Mindestens dreißig Mal hatte er in der Bibliothek nachgesehen, ob auch ja nichts fehlte.

Im Garten betrachtete er die Eidechsen, die sich auf den Mauern sonnten.

Fünf Tage nach der Beerdigung kam der Anwalt seines Großvaters mit der Vespa angefahren. Er war um die dreißig, seine Haare waren vom Helm ganz platt gedrückt, und er hatte eine große lederne Umhängetasche bei sich. Er kam gleich zur Sache. »Du musst Otto sein …«, begrüßte er ihn herzlich und bockte die Vespa auf.

»Und Sie Avvocato Ranieri …«, antwortete der Junge und sah erst den Anwalt an und dann die Vespa. Sie war nicht gerade das allerneueste Modell.

»Eine alte Kiste aus den Siebzigern, mein Vater ist schon damit gefahren«, erzählte der Anwalt, »aber jeder hat eben so seine Leidenschaften, nicht wahr?«

»Ich finde sie toll«, gestand Otto, der mit Expertenblick die gedrungene Form des Rollers und die 5-Gang-Handschaltung in Augenschein nahm. Für ihn war völlig klar, warum sein Großvater diesen Anwalt genommen hatte.

»Magst du Vespas?«

»Ehrlich gesagt, ja«, antwortete Otto, »mich interessiert alles, was einen Motor hat.«

»Wenn du Lust hast, können wir gerne mal eine Runde drehen.«

Otto kratzte sich am Kopf. »Lieber nicht, ich glaube, meine Mutter wäre nicht so begeistert …«

Und vor allem kann ich meinen Großvater nicht mehr um Erlaubnis bitten, fügte er in Gedanken hinzu.

Sie gingen in die achteckige Bibliothek, wo sie auf Ottos Eltern trafen. Seine Mutter Carlotta war stark geschminkt, aber nicht stark genug, um ihr trauriges Gesicht zu verbergen. Sein Vater Sisifo sah aus wie aus dem Ei gepellt, als käme er direkt aus dem Büro (wer weiß, vielleicht war es ja auch so): blauer Anzug, gelb getupfte Krawatte. Als wollte er den Anwalt fragen, welche Banktransaktion denn geplant sei.

Sie nahmen Platz, und Carlotta brachte ein Tablett mit Gläsern und einer Karaffe Eistee herein.

»Es tut mir sehr leid, dass der Grund meines Kommens ein so trauriger ist«, begann der Anwalt, nachdem er einen Schluck Eistee getrunken hatte, »noch dazu in diesem wunderbaren altehrwürdigen Haus. Aber das ist nun mal mein Job, und deshalb …«

Er öffnete die Tasche.

Carlotta sah erst ihren Mann, dann ihren Sohn an: »Otto, vielleicht wäre es besser, wenn du …«

»Nein«, schaltete sich Ranieri ein, »ich denke, es ist besser, wenn der Junge hierbleibt. Das war der Wunsch seines Großvaters.« Dann zog er ein Bündel versiegelter Umschläge heraus, öffnete einen davon mit dem Brieföffner, der neben ihm auf dem Tisch lag, und zog zwei maschinengeschriebene Blätter heraus.

Otto hatte seinen Vater bis zu diesem Tag noch nie weinen sehen, aber jetzt hatte er den Eindruck, dass Sisifos Augen feucht waren. Mit seinem aufmerksamen Blick hatte er die Handschrift auf dem Umschlag und die Type der Schreibmaschine erkannt. Eine Olivetti aus dem Jahre 1978, die einzige Schreibmaschine, die sein Großvater je benutzt hatte und die jetzt neben ihnen auf dem Schreibtisch stand.

Ranieri räusperte sich. Dann holte er tief Atem und begann mit respektvoller Stimme den letzten Willen von Primo Folgore Perotti vorzulesen.

»Meine lieben Kinder … Wenn ihr diese Worte aus dem

Mund von Avvocato Ranieri hört, dann bedeutet das, dass ich nicht mehr unter euch weile.«

Sisifo lächelte in sich hinein und kaute an den Fingernägeln. Carlotta saß auf der äußersten Kante ihres Stuhles und beugte sich mit vor der Brust verschränkten Armen nach vorne.

»Verlieren wir also keine Zeit. Du, meine liebe Carlotta, solltest endlich mal damit aufhören, so verkrampft auf der Stuhlkante zu sitzen, früher oder später wirst du den Bezug ruiniert haben.«

Carlotta zuckte zusammen: »Aber wie …?«

»Was dich betrifft, mein lieber Sohn, spucke doch bitte die Nagelhaut aus, auf der du mit Sicherheit herumkaust. Entspanne dich, es gibt keine Überraschungen, ihr beide seid meine Universalerben, ihr erbt alle meine Besitztümer, inklusive der Villa Folgore.«

Auch Sisifo zuckte zusammen, dann lehnte er sich im Stuhl zurück. Otto lächelte: Sein Opa hatte die beiden wirklich in- und auswendig gekannt!

»Alle meine Besitztümer, bis auf eins …«, las der Anwalt weiter und ließ sie erneut zusammenzucken, »das ich meinem Enkel vermache.«

Ranieri kramte in der Tasche und zog eine Pappschachtel heraus, die mit einer Schnur und einem roten Wachssiegel verschlossen war, auf dem die Buchstaben »PFP« zu sehen waren. An der Schnur hing noch ein Brief, ebenfalls versiegelt.

Sobald Otto die Schachtel sah, überlief ihn ein Schauder. *Öffne die Schachtel*, hatte der Großvater gesagt, kurz bevor er starb. Als er die Hand danach ausstreckte, kamen ihm die Worte des Conte Liguana in den Sinn.

Hat er es dir schon gegeben?

Vielleicht bist du für gewisse Dinge noch etwas zu jung.

Vielleicht hat er nicht genug Vertrauen in dich gehabt?

Die Schachtel war federleicht, so als ob sie leer wäre. Als Otto sie auf den Schoß nahm, kam es ihm vor, als wäre es ein Vogeljunges in seinem Nest.

»Wer weiß, was Opa dir hinterlassen hat«, murmelte Carlotta und strich ihm sanft über den Rücken. »Möchtest du es öffnen?«

Otto schüttelte den Kopf. Er würde die Schachtel erst in seinem Zimmer aufmachen, wenn er alleine wäre.

Eine Weile machte sich Stille breit, dann fuhr der Anwalt fort: »Mehr gibt es nicht. Außer … einer Art testamentarischer Bedingung.«

»Eine testamentarische Bedingung?«, fragte Sisifo leicht alarmiert. Er fürchtete wohl, dass Teile des letzten Willens seines Vaters üble Überraschungen bereithalten könnten.

»Nichts Beunruhigendes, Herr Perotti. Ihr Vater hat verfügt, dass keines der Erbstücke verkauft oder verschenkt werden darf, auch nichts aus der Bibliothek und keinesfalls die Schachtel, die ich Otto gerade übergeben habe. An keinen Fremden. Auf gar keinen Fall.«

Sisifo und Carlotta nickten, und Otto spürte, wie es ihm leichter ums Herz wurde.

Dann galt es noch rasch die Formalitäten zu erledigen: Stempel und Unterschriften, die später vor einem Notar geleistet werden mussten, so verlangte es das Gesetz. Dann bat Otto um Erlaubnis, auf sein Zimmer gehen zu dürfen. Er schloss die Tür hinter sich, drehte den Schlüssel um und setzte sich an seinen mit Ersatzteilen und Werkzeugen überhäuften Tisch. Er griff nach der Schere und durchtrennte die Schnur. Dann nahm er ein kleines Messer und löste das Siegel, ganz vorsichtig, damit es nicht beschädigt wurde. Als er den Deckel der harmlos wirkenden Schachtel hochhob, hielt er den Atem an. Zum Vorschein kam ein mysteriöser dunkelgrüner Gegenstand, der entfernt an oxidiertes Silber erinnerte.

Es war ein Ikosaeder.

Sein Großvater hatte ihm einen der fünf platonischen Körper hinterlassen, ein Polyeder, also ein Vieleck, mit zwanzig gleichseitigen Dreiecken als Flächen.

»Hundertzwanzig Symmetrien, sechzig Drehachsen …«, murmelte Otto und drehte das Ikosaeder so, dass Licht auf die einzelnen dreieckigen Flächen fiel. Auf jeder Fläche waren Zahlen eingraviert, wie bei einem Würfel.

»Was für eine Teufelei ist das denn?«, murmelte Otto und drehte das Ikosaeder weiter. Er war völlig fasziniert. Dann ging er zu dem weit geöffneten Fenster, sah hinaus und sagte leise: »Du amüsierst dich köstlich, oder?«

Obwohl er nie an die Existenz Gottes oder des Jenseits geglaubt hatte, war Otto sicher: Sein Opa war ganz in der Nähe und hatte ein diebisches Vergnügen an der Situation.

15

Briefe aus der Vergangenheit

Ich verstehe gar nichts ...«, sagte Otto laut.

Dann legte er das Ikosaeder auf den Tisch und widmete sich dem versiegelten Brief. Dieses Mal benutzte er die Schere als Brieföffner und riss den Umschlag auf. Er zog ein dreimal gefaltetes Blatt Papier heraus, klappte es auf und las:

Villa Folgore, Pisa, 12:21 Uhr

Mein lieber Otto,
ich weiß, dass du mich genauso gernhast, wie ich dich, aber weine nicht. Ich bitte dich darum. Ich schreibe dir, um mit dir wichtige Dinge zu erörtern, und das kann ich nicht, wenn ich mir vorstelle, dass der Leser dieses Briefes ein Junge ist, der Tränen in den Augen hat. Mein Leser muss ein Mann sein, und ich bin sicher, dass du ein besserer Mann sein kannst als viele andere. Das Alter spielt dabei keine Rolle, das ist nur eine Zahl, auf die es nicht ankommt.

Wenn du älter wirst, fallen dir all die Dinge wieder ein, die du nicht verwirklichen konntest, die Träume der Jugend, die sich im Laufe der Jahre leider immer mehr verlieren. Ich schreibe das nicht als fürsorglicher, langweiliger Opa, sondern weil ich dir vor

Augen halten möchte, dass die Zeit wie im Flug vergeht, auch deine. Das gilt besonders für die wichtigen Dinge des Lebens.

Nutze die Möglichkeiten, denn sie kommen nicht wieder.

Niemals.

Ich war ein glücklicher Mann. Mir war ein erfülltes Leben vergönnt, ich bin vielen interessanten Menschen begegnet, habe gute Freunde gehabt und großartige Dinge lernen dürfen, aber eines bedauere ich. Und dieses Bedauern vererbe ich dir, zusammen mit dem regelmäßigen Ikosaeder in der Schachtel, die jetzt vor dir liegt, und die du gewiss schon geöffnet hast, bevor du meine letzten »Anweisungen« liest.

Otto lächelte. Wieder einmal bewies sein Großvater, dass er seinen Enkel in- und auswendig kannte und schon vorher wusste, was geschehen würde. »Regelmäßiges Ikosaeder« notierte er sich, bevor er weiterlas.

Die Schachtel wurde mir von meinem Großvater (deinem Urgroßvater) Atamante geschenkt. Er hat sie mir zu meinem 21. Geburtstag in die Universität geschickt, das war damals das Alter, in dem man volljährig wurde.

Zusammen mit der Schachtel bekam ich eine Karte, sehr viel kürzer als dieser Brief. Darauf standen nur zwei Worte: »Geh du!« Was auch immer das bedeuten mochte, ich habe es nie verstanden. Und ich habe ihn auch nie gefragt, denn ich wusste, dass er mir nicht antworten würde. Ich habe immer gewusst, dass die Schachtel mehr enthielt als ein raffiniertes Spielzeug, dass das Ikosaeder eine ganz bestimmte Funktion hat und dass es eine Verbindung zu seinem Lieblingsbild über dem Kamin in der Bibliothek geben muss. Auch wenn das absurd klingen mag.

Es ist ein futuristisches Gemälde, wenn du es genau wissen willst, und die Futuristen … nun, sie waren eine Gruppe von Künstlern, die von einer anderen Zukunft träumten. Vielleicht machten sie dabei auch Fehler, aber ihre Zukunftsträume waren visionär.

Jetzt weißt du Bescheid: Ich habe dir unser kleines Familiengeheimnis anvertraut. Dein Vater weiß davon nichts und es wäre mir lieb, wenn es auch so bliebe. Auch mein Vater hat nie etwas davon erfahren …

Hopp! Hopp!, dachte Otto mit klopfendem Herzen. Es wird immer eine Generation übersprungen, hatte Conte Liguana gesagt.

Dann las er den Brief zu Ende.

Vielleicht enttäuscht es dich, dass es mir nicht gelungen ist, dieses Geheimnis zu lüften. Vielleicht schaffst du es, dort hinzugelangen, wohin ich nicht kommen konnte, obwohl es sich meine Großeltern Atamante und Armilla so sehr gewünscht haben. Wer weiß?

Das war's schon, Otto. Das ist alles.

Geh du!

Und pass auf dich auf …

Dein Großvater Primo

14

Die Villa des Conte

Die Mauern des Klosters, der Certosa di Calci, waren bleich wie die Knochen eines Dinosauriers. Das Bauwerk lag auf halber Höhe des Berghangs, gut geschützt von mächtigen Bäumen, die in der Napoleonischen Zeit gepflanzt worden sein mussten. Conte Liguana stand mit hinter dem Rücken verschränkten Händen am Fenster seines Salons und sah zu dem düsteren Kloster hinüber. Im Park seines mittelalterlichen Anwesens waren die Gärtner damit beschäftigt, die beeindruckende drei Meter hohe Hecke akkurat zu stutzen, die das gesamte Gelände umgab.

Es klopfte zögernd an der Tür. Ohne sich umzudrehen wusste er, wer es war. Sein Sohn. Ein Mann um die vierzig, der Gutmütigkeit und Charme ausstrahlte, ganz anders als sein arrogant und kalt wirkender Vater.

»Vater …«

»Neuigkeiten?«

Er setzte sich vor den Schreibtisch, goss sich etwas Wasser ein und antwortete: »Nein … und wenn du mich fragst, weiß sie wirklich nichts.«

Der Conte schüttelte seufzend den Kopf: »Ich frage dich aber nicht! Ich sage dir, sie weiß etwas. Versuch es weiter.«

»Gut, aber es fällt mir schwer. Sie ist eine intelligente Frau, und wenn ich ehrlich sein soll, mag ich dieses Doppelspiel überhaupt nicht.«

»Horch sie aus!«

»Aber …«

»Nichts aber! Bleib weiter an ihr dran und bring mir endlich etwas Konkretes, womit ich etwas anfangen kann!«

»Endlich etwas Konkretes? Und was ist mit dir? Welche Neuigkeiten gibt es aus der Villa Folgore?«

»Werd nicht frech!«

»Hast du Atamantes Möbel gekauft? Hast du einen Geheimgang entdeckt? Hast du den nicht existenten Schatz gefunden?«

»Wir suchen keinen Schatz.«

»Was suchen wir dann?«

Der Conte trommelte mit den Fingern auf die Schreibtischplatte und ließ die Gelenke knacken. »Wir suchen … einen Weg, mein Sohn. Einen Weg, der uns vor vielen Jahren gewiesen wurde.«

Sein Sohn lachte nervös. Er fasste sich an die Schläfe und wiederholte: »Einen Weg.«

Die Augen des Conte schienen Funken zu sprühen: »Ganz genau.«

»Wir verrennen uns in etwas, Vater. Lass es dir gesagt sein. So weit kommt es mit uns.«

»Pass auf, was du sagst!«

»Auf was? Auf was soll ich aufpassen? Vielleicht ist es dir noch nicht aufgefallen, aber ich bin erwachsen! Du kannst mich nicht terrorisieren … mit diesem … diesem Monster, das in deinen Diensten steht. Nicht mehr. Du kannst ihm vielleicht befehlen mich zu töten, aber damit erreichst du nicht viel.«

»Treib es nicht zu weit!«

Sein Sohn schlug sich mit der Hand auf die Brust. Er wirkte ruhig, aber entschlossen. »Ich habe ein Herz hier drunter, verstehst du? Ein Herz! Darüber kannst du nicht bestimmen!«

Der Conte erblasste: »Dann nutze dein Herz und krieg endlich etwas raus aus dieser alten Jungfer!«

»Das ist das letzte Mal, dass du sie so nennst. Ich dulde das nicht mehr!«

»Und das ist das letzte Mal, dass du einen Fuß in dieses Haus setzt!«

»Ich verstehe dich einfach nicht. Du bist besessen. Besessen von einer fixen Idee.«

Aber sein Vater hörte gar nicht mehr zu. Er war zur rückwärtigen Wand des Arbeitszimmers gegangen und hatte auf einen unter einer goldenen Klappe verborgenen Knopf gedrückt, wodurch ein Brett der Holzvertäfelung zur Seite glitt. Dahinter verbargen sich drei Monitore. Sie zeigten Bilder eines Gartens, eines Säulengangs und einer Straße durch den Wald.

Die Villa Folgore, aus der Ferne aufgenommen.

»Seit Jahren beobachtest du sie«, stellte sein Sohn fest. »Und was hast du in all dieser Zeit herausgefunden? Nichts.«

Dann schwieg er, starrte lange auf den Rücken seines Vaters und verließ schließlich den Raum.

»Tu, was ich dir gesagt habe!«, rief ihm der Conte hinterher, bevor sich die Tür schloss.

13

Die Wurzel der Zahlen

Von Zeit zu Zeit durchzuckten die Worte seines Großvaters und die mysteriösen Andeutungen des Conte Liguana Ottos Gedanken. Sein Gehirn war wie ein Labyrinth, in dem er sich nicht mehr zurechtfand.

Er wanderte hin und her, wie ein Löwe im Käfig, und blickte immer wieder auf den Tisch, wo die Schachtel mit dem Ikosaeder lag. Welches Geheimnis verbarg sich wohl dahinter?

Das Rätsel begann mit den seltsamen Zahlen, die in die dreieckigen Seitenflächen eingeritzt waren. Hier konnte er ansetzen. Er schrieb die Zahlen auf einen Zettel, in Paaren, ein Paar unter das andere. Dann ordnete er sie neu, sodass die auf gegenüberliegenden Dreiecken eingeritzten Zahlen nebeneinander standen. Die Ordnung untereinander überließ er dem Zufall, keine der Seiten des Ikosaeders schien ihm wichtiger zu sein als eine andere.

1392000 – 0
4878 – 87,97
12104 – 224,7
12756 – 365,26
3476 – 365,26

6792 – 686,98
141700 – 4332
120000 – 10759,22
50800 – 30685,4
48600 – 60195

Und jetzt?

Er tauschte aus, zählte zusammen, dividierte, multiplizierte und quälte seinen Taschenrechner, indem er ihn einen Zusammenhang zwischen all den Zahlen suchen ließ, aber ohne Erfolg.

Es gab nur eine Null. Konnte das etwas zu bedeuten haben?

Und eine Zahl war doppelt: 365,26.

Er nahm das Ikosaeder in die Hand. Es war leicht, als ob es hohl wäre, gleichzeitig wirkte es kompakt und äußerst robust. Einen Augenblick lang überlegte er, ob er es auf den Boden werfen sollte, um zu sehen, was passierte, dann jedoch begann er es zu drehen, wie einen rubikschen Zauberwürfel, und stellte fest, dass sich die Flächen tatsächlich in unterschiedliche Positionen bringen ließen.

Klack, klack, klack machte das Polyeder, als Otto vor und zurück, nach links und nach rechts drehte: Aber am Aussehen des Ikosaeders änderte sich nichts. Er drehte, zog und drückte, auf der Suche nach einer Inspiration, aber so sehr er sich auch bemühte, er hatte nicht das Gefühl, irgendwelche Fortschritte zu machen. Er versuchte gegen die in ihm hochkochende Frustration anzukämpfen. Wie sollte ein Dreizehnjähriger in der achten Klasse des Gymnasiums dieses Rätsel lösen, wenn selbst ein Genie wie sein Großvater daran gescheitert war?

Denk nach, Otto, denk nach.

Im Unterschied zum rubikschen Zauberwürfel war das Ikosaeder einfarbig, deshalb musste man eine andere Strategie wählen ... Irgendeine mathematische Sequenz der auf den Dreiecksflächen eingravierten Zahlen. Aber welche? Nach stundenlangen Versuchen war Otto immer noch am Ausgangspunkt: Er war so in Gedanken versunken, dass er die Schritte auf dem Korridor nicht gehört hatte und erschreckt zusammenzuckte, als an der Tür geklopft wurde.

»Otto, alles in Ordnung?«

Es war sein Vater. Otto öffnete die Tür, und Sisifo streckte den Kopf herein. »Hast du dich immer noch hier vergraben?«, fragte er.

»Ich bin beschäftigt«, wich der Junge aus. Er nahm das Vieleck und reichte es seinem Vater. »Das war in der Schachtel.«

»Was ist das?« Sisifo drehte das Polyeder hin und her, um Anfang und Ende zu finden.

»Ich habe keine Ahnung. Hast du das schon mal gesehen?«

Sein Vater gab es ihm zurück, ohne weitere Fragen zu stellen, aber etwas in seinen Augen verriet Otto, dass er verärgert war. Vielleicht störte ihn gerade die Tatsache, dass er es noch nie gesehen hatte.

»Abendessen ist fertig«, sagte er, »wir essen draußen, ist das in Ordnung für dich?«

Erst jetzt bemerkte Otto, wie ihm der Magen knurrte. Er legte das Ikosaeder auf den Schreibtisch und eilte mit seinem Vater die Treppe hinunter.

Das Abendessen verlief harmonisch.

Die weiße Tischdecke wurde von einer sanften Brise leicht bewegt, und aus dem nahen Wald drang das beruhigende Rascheln der Blätter. Otto hielt dem Trommelfeuer der Fragen seiner Eltern stand. Um nicht noch mehr Neugier zu wecken, widerstand er der Versuchung, sofort wieder in sein Zimmer zu gehen, um seine Experimente fortzusetzen, und half beim Abräumen. Als er wieder ins Haus ging, spürte er einen dumpfen Widerhall in seiner Brust, als würde jemand nach ihm rufen. »Ich gehe in die Bibliothek«, sagte er, nachdem er die Teller in die Spüle gestellt hatte.

Und das tat er auch.

Er knipste die in den Bücherregalen verborgenen Strahler an und sah sich aufmerksam im Raum um. Zuerst ging er zu der Wand, wo der gerahmte Stammbaum seiner Familie hing. Ein Bild, das ihm bis vor wenigen Tagen noch völlig uninteressant vorgekommen war.

Familie Folgore Perotti

Atamante 1890–1966
(† Armilla, 1916)

↓

Creteo 1918–1980
(† Canace, 1937)

↓ ↓

Primo 1939–
(† Rita, 1965)

↓

Sisifo 1968–
(† Carlotta, 1995)

↓

Otto 1999–

Algebra 1940–
(† Guiseppe, 1972)

↓

Medea 1970–

Das waren also seine Vorfahren, das Todesjahr seines Großvaters fehlte noch. Der Urahn der Familie war Atamante, von dem auch irgendwo ein Porträt in der Bibliothek hängen musste. Er war ein brillanter Kopf und ein genialer Mathematiker gewesen.

Wie der Großvater.

Wie Otto.

Es wird immer eine Generation übersprungen, dachte er und ballte die Faust.

Soweit er sich noch an die Familiengeschichte erinnerte, hatte Atamante ein Buch mit dem Titel »Algorithmen und Magengrimmen« geschrieben, das jahrelang in höheren Schulen mit mathematischem Schwerpunkt eingesetzt wurde. Er hatte auch das Patent für einen »Drehbolzen« erhalten, ein kleines gerändeltes Teil, das in der Mechanik von Präzisionsuhren Verwendung fand. Und sonst? Was wusste er noch von ihm?

Atamante hatte die Villa Folgore gekauft, und als sein Enkel Primo einundzwanzig Jahre alt war, hatte er ihm die rätselhafte Schachtel mit dem Ikosaeder geschenkt. Sein Urgroßvater war mit ausgesprochen interessanten Menschen befreundet gewesen, wie zum Beispiel dem Künstler, von dem das über dem Kamin hängende Gemälde stammte.

Otto drehte sich um und betrachtete es genauer. Es war ein abstraktes Bild, ein chaotischer Haufen von geometrischen Figuren, die genauso gut eine Stadt wie einen in Einzelteile zerlegten Motor darstellen konnten. Getriebe, Riemenscheiben und andere Teile kreuzten sich ohne den geringsten logischen Zusammenhang. Opa Primo hatte immer gesagt, es sei ein sehr wertvolles Bild aus den Anfängen des Futurismus, das Atamante vom Maler persönlich geschenkt bekommen hatte. Der Maler hatte darin sogar den von Atamante erfundenen Drehbolzen verewigt. Otto erkannte das schräge gerändelte Teil oben links im Bild, inmitten vieler anderer Elemente.

Otto ging näher heran und las die Signatur.

Fünf Buchstaben: *Zisch.*

In der Lautsprache von Comics das Geräusch eines Blitzes.

Was wusste er noch? Otto hatte die Schwester seines Großvaters nie kennengelernt, auch keine anderen Verwandten, mit Ausnahme seiner »Tante« Medea, der Tochter von Algebra. Zum Missfallen ihrer Mutter war Medea Archäologin geworden, eine hochgeschätzte Wissenschaftlerin mit überschäumendem Temperament. Das genaue Gegenteil von Ottos Mutter, und da war es kein Wunder, dass sich die beiden nicht besonders gut verstanden. Auch Ottos Vater hatte eine Aversion gegen seine Cousine, seiner Meinung nach war sie nichts als eine Angeberin. *Manchmal ist es besser bescheiden zu sein, als so zu tun, als wisse man alles*, sagte er immer. Otto war ganz und gar nicht seiner Meinung, er liebte seine Tante Medea und ihre verrückten Geschichten.

Stammbaum. Futuristisches Gemälde. Ikosaeder.

Wo ist der Zusammenhang?, fragte er sich, während er in sein Zimmer zurückging.

Irgendwann, ohne es zu bemerken, sank er in tiefen Schlaf, das Ikosaeder mit seinen rätselhaften Zahlen auf dem Schoß.

12

Nächtliche Lichter

Die Erleuchtung kam per Zufall.

Im Traum.

Oder womöglich war er auch schon wach und schlief gar nicht mehr richtig. Er war in diesem Dämmerstadium, das dem Aufwachen vorausging, und sein Herz raste wegen eines Traumes, an den er sich nicht mehr erinnern konnte. Otto blickte an die Zimmerdecke und murmelte: »Es ist gar nicht der Drehbolzen …«

Das Gemälde des futuristischen Malers Zisch aus der Bibliothek stand ihm deutlich vor Augen. Das Chaos aus explodierten Elementen, Rädchen, Motorteilen, Röhren, Riemenscheiben. Und der Bolzen, Atamantes Drehbolzen links oben.

Aber das war gar kein Bolzen.

Otto glitt aus dem Bett, verließ sein Zimmer und schlich durch den Korridor. Im Haus war es still. Es war vier Uhr morgens, vielleicht auch schon fünf, und durch die Ritzen der Fensterläden drang nicht der kleinste Lichthauch. Der Boden unter seinen nackten Füßen war kalt. Otto konnte aus der Ferne die Atemgeräusche seiner Eltern hören, die noch tief und fest schliefen.

Er ging direkt auf die achteckige Bibliothek zu (die eigentlich gar nicht achteckig war – Otto machte sich eine geistige Notiz, dass er herausfinden wollte, warum sie so genannt wurde), öffnete die Tür und hoffte, dass sie dieses eine Mal nicht quietschen würde. Dann trat er über die Schwelle. Vom Kamin schien ein geheimnisvolles Leuchten auszugehen, aber als er die Spotstrahler in den Bücherregalen anknipste, war dieses Gefühl verschwunden.

Die Bibliothek wirkte jetzt seltsam zweidimensional, wie gezeichnet.

Vielleicht träumte er ja noch?

Vorsichtig durchquerte er den Raum, wobei er die Tür offen ließ, und ging zum Kamin, um das Bild zu betrachten. Aber sein Blickwinkel war ungünstig.

Er war unsicher. Von unten sah er nicht gut genug, er war zu klein.

Also zog er einen ledergepolsterten Stuhl vor den Kamin, stieg hoch und stellte sich auf die Zehenspitzen.

»Verdammt«, murmelte er.

Ich hatte recht, dachte er, und ein Schauder lief ihm über den Rücken.

Der schräge, spitze Gegenstand oben links im Gemälde war nicht etwa Atamantes Drehbolzen. Aus der Nähe betrachtet sah er ganz anders aus, es fehlten das Gewinde und der geränderte Kopf.

»Es ist der Schiefe Turm von Pisa …«, sagte Otto leise und fuhr mit dem Finger darüber. Dann wandte er seinen Blick ab.

Wenn das der Turm von Pisa ist, dachte er, während er vom Stuhl herunterstieg, *wenn das der Turm von Pisa ist, auf der*

Piazza dei Miracoli … dann ist der gewundene Schlauch direkt darunter vielleicht …

»Der Fluss, der Arno?«

Zeigte das futuristische Bild über dem Kamin etwa die Stadt Pisa? Wie ein Stadtplan?

Und wenn es ein Stadtplan war? Was genau konnte man dort erkennen?

Geh du!, dröhnte es in Ottos Kopf.

»Wohin, wohin soll ich gehen, Opa?«, fragte er sich und fixierte das Gemälde erneut, noch aufmerksamer als zuvor. Vielleicht so genau, wie es noch nie jemand betrachtet hatte, nicht einmal der Conte Liguana.

Die Mittelpunkte der Zahnräder kamen ihm jetzt wie Plätze vor, die Riemenscheiben wie Straßen, die Bolzen wie die wichtigsten Gebäude der Stadt, die Kabel …

»Die Kabel!«, rief Otto und erinnerte sich an das Leuchten über dem Kamin, das er beim Betreten der Bibliothek bemerkt hatte. »Die Lichter!«

Er ging zur Tür und knipste das Licht aus. Das Zimmer war schlagartig in tiefes Dunkel getaucht. Einen Augenblick lang sah Otto gar nichts.

Er musste seine Ungeduld zügeln und ein bisschen warten, bis sich seine Augen an die Dunkelheit gewöhnt hatten.

Dann konnte er das Leuchten über dem Kamin erneut erkennen. Als er näher heranging, wurde ihm klar, dass es von dem Bild ausging.

»Die Straße …«, flüsterte er.

Einige Linien waren mit leuchtender Farbe gezogen, die in der Finsternis ganz schwach blau schimmerte. Jeder andere Betrachter hätte sie für vom Künstler kreierte Linien und Farbkleckse gehalten. Jeder, aber nicht Otto, der genauer hinschaute. Sein Herz klopfte jetzt bis zum Hals, sein Mund war staubtrocken. Wenn das Bild ein Stadtplan war, dann zeigten die phosphoreszierenden Linien … eine Straße?

»Das ist der Turm von Pisa …«, begann Otto von Neuem und ging von dem einzigen Fixpunkt aus, den er eindeutig identifiziert hatte. Mit dem rechten Zeigefinger fuhr er auf der blauen Linie vor und zurück. »Das ist der Corso Santa Maria … die Via dei Mille …«

Dann mündete die Linie in einen kleinen Kreis mit einem »x« im Zentrum. Der klassische Hinweis auf etwas Besonderes, wie das Versteck auf der Schatzkarte eines Piraten.

Was ist dort?, sinnierte Otto und versuchte sich den Weg vor seinem inneren Auge vorzustellen.

Dann fiel es ihm wie Schuppen von den Augen. »Die Piazza dei Cavalieri!«

Der Rest erklärte sich selbst.

An der Piazza dei Cavalieri befand sich die Scuola Normale Superiore. Und an dieser Hochschule hatten sein Großvater Primo und sein Ururgroßvater Atamante viele Jahre als Professoren unterrichtet.

11

Archäologie

»Hallo? Mit wem spreche ich, bitte?«

»Ich bin's, Tante.«

»Hallo Otto, wie geht's?«, begrüßte ihn Medea, jetzt mit verändertem Tonfall.

Die Stimme klang entfernt, aber trotzdem präsent, selbstbewusst und lebhaft. Und genau diese Dominanz war es, die seine Mutter so ärgerte. Tante Medea war Single, unabhängig und optimistisch. Die Gesellschaft von Männern schätzte sie durchaus, aber ihre Leidenschaft war meilenweit entfernt von Haushalt, Kindern, Bügeleisen, Waschmaschine und allem anderen, was den Alltag der meisten ihrer Altersgenossinnen ausmachte. Ihr Leben drehte sich um etwas ganz anderes: Die Forschung nach alten Büchern, die Bestimmung ihres Wertes, die Organisation von Ausstellungen …

»Ich muss mit dir reden.«

»Ist etwas passiert?«

»Nein. Das heißt, ja. Es geht um Opa.«

»Ich verstehe …«

»Nein, ich glaube nicht, dass du das wirklich verstehen kannst. Aber ich brauche Hilfe, und ich dachte … nun, ich dachte, du könntest die Richtige dafür sein.«

»Wofür brauchst du Hilfe?«

»Du unterrichtest doch noch an der Scuola Normale, oder?«

Einen Augenblick lang schien Medea überrascht. Diese Frage hatte sie nicht erwartet, so unvermittelt. »Sicher unterrichte ich dort noch. Hmm, dürfte ich erfahren, warum … Moment mal, steckt etwa dein Vater dahinter? Hat er dich gebeten mich zu überzeugen, keine Sponsorengelder für unsere Ausstellung über Schiffe aus der römischen Zeit zu beantragen?«

»Aber nein«, stellte Otto sofort klar, »Papa weiß nicht einmal, dass ich dich anrufe.«

»Hmm … Dann steckt also etwas anderes dahinter.«

»Ja, aber ehrlich gesagt weiß ich selbst nicht genau, worum es geht.«

»Etwa um ein Mädchen?«

»Nein, wo denkst du hin! Tatsächlich geht es … Ach, ich weiß auch nicht! Ich möchte gerne einen Blick … in die Hörsäle und auch in die Bibliothek werfen. Es gibt doch eine Bibliothek, oder?«

»Otto …?«

»Ja?«

»Raus mit der Sprache. Was steckt dahinter? Warum willst du in die Universitätsbibliothek?«

Otto biss sich auf die Lippen. Bis zu diesem Augenblick hatte er gedacht, Medea wäre die ideale Vertraute, mit der er das Geheimnis seines Großvaters teilen könnte. Aber jetzt, als es darum ging, die Karten auf den Tisch zu legen, fühlte er sich plötzlich unsicher und kam sich vor wie ein dummer Junge.

»Hör mal … Können wir nicht … an einem anderen Ort darüber reden … nicht am Telefon?«, fragte er.

Seine Tante lachte, ihre Neugier war geweckt: »In Ordnung, du willst es mir also nicht verraten. Wir machen es so: Wir treffen uns um zwölf Uhr zum Mittagessen im Montino, das ist nur einen Steinwurf von der Scuola Normale entfernt. Und wenn mich deine Geschichte überzeugt, gehen wir gemeinsam in die Bibliothek.«

»Im … Montino?«

»Um zwölf«, wiederholte Medea.

Und dann legte sie auf.

Das Montino war eine der ältesten Pizzerien in Pisa. Hier gab es eine große Auswahl an Pizzen, leckere Cecine aus Kichererbsenmehl und als Spezialität des Hauses die Calzone »Paradiso«. Auf einem schattigen Platz vor dem Lokal standen einige Tische, die von Studenten belagert wurden. Das Lokal selbst bestand aus zwei schlauchartigen Gasträumen, die aussahen wie das Lager eines Schuhgeschäfts.

Otto überstand die strenge Musterung des mürrisch wirkenden Kellners und erkannte seine Tante schon von Weitem. Ihre roten Haare waren nicht zu übersehen. Sie saß am hintersten Tisch im zweiten Raum, größtenteils von einer aufgeschlagenen Zeitung verdeckt.

Erst als Otto direkt vor ihr stand, ließ sie die Zeitung sinken: »Grüß dich, Otto.«

Noch bevor sich Otto gesetzt hatte, kam der Kellner an den Tisch, fuhr sich mit der Hand über den glänzenden, kahlen Schädel und sagte: »Heute gibt's Cecina, Pizza und Calzone. Und Pasta. Pasta mit Salsiccia. Pasta mit Tomatensauce. Pasta mit Fleischsauce. Oder Cecina, Pizza und Calzone. Nehmt ihr Pasta?«

Medea lachte, ganz offensichtlich war das hier ihr zweites Zuhause. »Für mich Pasta mit Salsiccia, Andrea. Und für meinen Neffen …«

»Er kommt doch nicht etwa aus Livorno?«

»Nein, mach dir keine Sorgen«, scherzte Medea.

»Das ist gut, sonst gäbe es nämlich einen Preisaufschlag. Cecina, Pizza oder Calzone? Oder Pasta?«

»Ich nehme das Gleiche wie meine Tante.«

»Ein Viertel Wein?«

»Nein, danke, heute nur Wasser.«

»Wasser. Auf alle Fälle bringe ich euch vor der Pasta noch ein paar Stückchen Cecina«, entschied Andrea, bevor er wieder verschwand.

Jetzt musste auch Otto lachen. Er legte die Hand auf die Papiertischdecke und sagte: »Wow! Ich kannte dieses Lokal gar nicht.«

»Es hat einen legendären Ruf«, erklärte Medea. »Also?«

Otto lächelte ein wenig verlegen. Seit dem Tod seines Großvaters hatte er sich nicht mehr so wohlgefühlt. Sie sprachen kurz über die Lage in der Villa Folgore, und Medea erfuhr zu ihrer Erleichterung, dass sich die Atmosphäre langsam wieder entspannte.

»Und jetzt das andere, nur Mut.«

Wie aus dem Nichts tauchte vor Otto ein Teller dampfender Kichererbsenpfannkuchen auf, und er griff beherzt zu.

»Okay, aber nur, wenn du mir versprichst …«

»Dass ich deinen Eltern nichts verrate. Auch ich war mal jung, ob du's glaubst oder nicht.«

»Was das betrifft, sagt Mama immer …«

»Dass ich immer noch ein Kind bin. Ich weiß. Kommen wir zur Sache.«

»Mit einer Sache hat Mama allerdings recht.«

»Und zwar?«

»Du lässt mich nie einen Satz zu Ende sprechen.«

»Weil ich zu neunzig Prozent weiß, was du sagen willst. Und ich hasse diese Warterei. Los, Otto, vielleicht überraschst du mich ja dieses Mal.«

Otto streckte ihr die Gabel mit einem aufgespießten Stück Cecina entgegen: »Das kann ich nicht versprechen, aber … Also: Großvater hat mir eine Schachtel hinterlassen. Und einen Brief …«

Während der Pfannkuchen von zwei vor Sauce triefenden Tellern Nudeln abgelöst wurde, erzählte Otto von Primos Testament, las den Brief vor, zeigte ihr die Schachtel mit dem Ikosaeder und äugte dabei nach links und rechts, um sich zu vergewissern, dass sie niemand beobachtete. Dann berichtete er auch von dem seltsamen Gespräch mit dem Conte Liguana. Und von dem futuristischen Gemälde, das im Dunkeln leuchtete. Als er mit seiner Schilderung fertig war, stellte er fest, dass seine Tante ihr Essen kaum angerührt hatte. Und sie hatte ihn nicht ein einziges Mal unterbrochen.

»Donnerwetter«, brummte Medea, »wirklich eine spannende Geschichte. Und nicht wirklich neu, würde ich sagen. Wenn es um Atamante geht, sprechen wir von einer Zeit vor dem Ersten Weltkrieg … Weißt du was?«

»Nein.«

»Mir fällt in diesem Zusammenhang meine Mutter ein.

Als ich noch ein Kind war, zeigte sie mir ein Päckchen alter Briefe von ihrer Großmutter Armilla und ein Tagebuch … verdammt, wo sind die Sachen nur hingekommen? Es ist bestimmt zwanzig Jahre her, dass sie mir das letzte Mal zwischen die Finger gekommen sind. Ich habe sie total vergessen. Lass mich mal nachdenken …«

»Vielleicht in deinem Büro?«

»Aber nein. Das wüsste ich …«, antwortete Medea und fasste ihre langen, roten Haare zu einem Pferdeschwanz zusammen. »Vielleicht auf dem Dachboden? Und was ist mit dem ›x‹ auf der Piazza vor der Scuola Normale? Was könnte dort zu finden sein?«, fragte sie weiter.

»Ich habe nicht die geringste Ahnung«, gab Otto zu.

»Das scheint mir ein perfekter Ausgangspunkt zu sein, mein lieber Neffe. Wirklich perfekt.« Medea sprang auf. »Lass uns gehen.«

Mit seiner schwarz-weißen Fassade und der von zwei Seiten begehbaren Freitreppe dominierte das Hauptgebäude der Scuola Normale Superiore die Piazza dei Cavalieri. Otto folgte seiner Tante durch das altehrwürdige Portal aus Holz und Glas, begrüßte den Pförtner und ging hinter ihr die linke Treppe hoch, dabei betrachtete er die in Reih und Glied aufgehängten Wappenmedaillons. »Die Mathematikhörsäle befinden sich im zweiten Stock«, erklärte Medea, »und das Reich der Archäologen unter dem Dach.«

Medea begrüßte einige Kollegen auf dem Gang und fragte, ob Professor Merlitti im Haus sei. Das war der Dozent, der das Büro von Primo Folgore Perotti übernommen hatte.

Sie traten ein. Merlitti war ein hoch aufgeschossener

Mann, mit seinem dünnen Bärtchen machte er einen sympathischen Eindruck. Er stellte Otto Fragen über seinen Großvater, erzählte einige Geschichten, die Otto noch nicht kannte, und zeigte sich aufgeschlossen und hilfsbereit. Dann führte er Otto und Medea durch das Gebäude. Da es auf einen lichtdurchfluteten Innenhof hinausging, wirkte die Atmosphäre freundlich und hell. Eine Viertelstunde später warfen sie erst einen Blick in einen Hörsaal, dann brachte sie Merlitti zur Bibliothek im ersten Stock. Otto war überwältigt von der gewaltigen Anzahl alter Bücher, die dort aufbewahrt wurden. Aber trotz aller Faszination war er ratlos. Wonach sollte er suchen?

»Gibt es eine Liste, wer wann welche Bücher entliehen hat?«, fragte er. »Ein altes Verzeichnis?«

Der Professor und Medea wussten sofort, warum er diese Frage stellte. »Suchst du vielleicht nach einer Aufstellung der Bücher, die dein Großvater ausgeliehen hatte?«

»Genau.«

»Tja, ich weiß nicht …«, gab Merlitti zu, »wir sprechen von einer Zeit vor fünfzehn Jahren, vielleicht noch weiter zurück.«

Sie gingen zum Tisch der Bibliothekarin hinüber, die für die Kataloge zuständig war.

»Natürlich gibt es eine solche Liste«, sagte sie, »aber nicht hier.«

»Wo sonst?«

»Zwischen den Bücherleichen«, lautete ihre prompte Antwort.

10

Die Bücherleichen

Es dauerte eine ganze Weile, bis sie zu einer Tür kamen. Die Bibliothekarin schloss auf und drückte vorsichtig die Klinke herunter. Mit einem lang anhaltenden Quietschen schwang die Tür auf. Im Flur war es ziemlich finster, eine einzige schwache Lampe spendete mattes Licht. Man hörte die Geräusche der Autos, die draußen auf der Straße vorbeirauschten. Eine schmale, wacklige Metalltreppe führte hinunter in ein Kellergeschoss.

Oder war es ein Bunker?

Sie standen an der Schwelle zu den Archiven der Universität oder, wie sie von den Professoren und Archivaren genannt wurden, zu den »Bücherleichen«.

Im Halbdunkel waren nicht enden wollende Regalreihen zu erkennen, wie metallene Skelette, auf denen zum Teil durch Kunststoffhüllen geschützte Bücher unterschiedlicher Größe neben verstaubten Kisten aufgereiht waren.

»Viel Glück«, lächelte die Bibliothekarin und ließ die Schlüssel klimpern, »und ich möchte Sie bitten …«

»Sie haben uns nicht hierhergebracht, weil es diesen Ort eigentlich gar nicht gibt«, beendete Medea den Satz für sie.

»Die Bücher sind chronologisch geordnet, beginnend mit den ältesten Jahrgängen.«

Sie hatten verstanden und blickten ehrfürchtig auf die Gewölbedecke des Raumes, der sich bis ins Unendliche zu erstrecken schien. Gingen die Archive und Registraturen etwa bis zu Enrico Fermi oder womöglich bis zu Galilei zurück? Denn bevor im Palazzo dei Cavalieri die Universität gegründet wurde, war dort der Sitz der mediceischen Militärakademie gewesen.

Die Bibliothekarin sah auf die Uhr. »Höchstens eine Stunde, dann muss ich Sie wieder abholen.«

»Das müsste genügen.«

Medea schubste Otto die letzten Stufen der schwankenden Treppe hinunter. Die Tür schloss sich hinter ihnen, und sie waren alleine.

»Hättest du das gedacht?«

»Nie und nimmer«, antwortete Otto und ging gemeinsam mit seiner Tante zwischen den Regalreihen entlang. Viele Regale waren mit Jahreszahlen und einem Verzeichnis der jeweiligen Archivbestände versehen.

Etwa eine halbe Stunde streiften sie hin und her und drangen immer tiefer in das riesige Bücherlabyrinth vor, das kein Ende zu nehmen schien. Der Straßenlärm war hier nicht zu hören, nur das Surren der Lüftungsanlage und das Ticken der Temperatursensoren.

»Bibliothek. Verzeichnis der Ausleihungen«, las Medea, »wir haben es!«

Sie zog einen Stuhl heran, stellte sich darauf und entfernte die Schutzfolie, um die darunter verborgenen Registerbände in Augenschein zu nehmen.

»Welche Jahre suchen wir?«

»Keine Ahnung. Als mein Opa hier war, schätze ich.«

»Primo war ziemlich lange hier … Mal sehen …«

»Die letzten«, tippte Otto.

Medea fuhr mit dem Zeigefinger die Registerbände entlang, die alle gleich aussahen. Sie hielt an einem Band inne, der sie irgendwie am meisten überzeugte, und zog ihn vorsichtig aus dem Regal. Sie legte ihn auf die Knie und begann die linierten Seiten durchzublättern, die dicht an dicht beschrieben waren.

»Folgore Perotti, Professor Primo«, las sie schließlich.

Was folgte, war eine nicht enden wollende Liste der Titel der entliehenen Bücher. Otto meinte lapidar: »Es war klar, dass er viele Bücher gelesen hat …«

»Denkst du, dass das hier sinnlos ist?«

»Es sieht so aus«, gab der Junge schweren Herzens zu, »genauso sinnlos wie die Schachtel mit dem Ikosaeder, die Scuola Normale und die leuchtende Straße auf dem Bild.«

»Wir müssen noch die Briefe meiner Mutter lesen«, sagte Medea, »vorausgesetzt, ich finde sie.«

Aber sie gaben noch nicht auf und kontrollierten die langen Reihen der Bücher, die Primo ausgeliehen hatte, vielleicht fand sich dort …

»Warte mal«, sagte Otto irgendwann. Er tippte mit dem Finger auf einen Titel. »Das hat er schon drei Mal ausgeliehen. Nein, vier Mal …«

»Ettore Zisch. *Das Räderwerk der Intelligenz.*«

»Fünf Mal.« Otto blätterte um.

»Vielleicht nur ein Zufall, aber schauen wir mal.« Medea stieg wieder auf den Stuhl und zog den Registerband aus dem Jahr davor heraus. Es war eine Sache von wenigen Minuten, bis … »Zisch«, las sie.

Es war eines der ersten Bücher, die er ausgeliehen hatte.

»Dieses *Räderwerk der Intelligenz* kann kein Zufall sein …«, murmelte der Junge. »Zisch, wie die Signatur auf dem Bild.«

»Ich glaube, dass ich mal einen Blick auf dieses Gemälde werfen sollte«, meinte Medea.

Ein Quietschen unterbrach die Stille, die Tür öffnete sich und die Stimme der Bibliothekarin hallte von der Gewölbedecke wider: »Hallo, sind Sie noch da?«

»Wir kommen«, antworteten Medea und Otto unisono.

Sie stellten die Registerbände an ihren Platz zurück, dann versuchten sie im Halbdunkel den Ausgang zu finden.

»Sprechen Sie weiter, dann wissen wir wenigstens, in welcher Richtung die Tür ist!«, rief Medea lachend. »Hier ist es ja wie in einem Labyrinth.«

Schließlich erreichten sie die Treppe und kletterten nach oben.

»Haben Sie etwas Interessantes gefunden?«, fragte die Bibliothekarin und lächelte schief.

»Vielleicht. Haben Sie noch ein Buch von Ettore Zisch, *Das Räderwerk der Intelligenz*?«

»Ich schaue sofort nach.«

Sie überprüfte den Bestand, aber ein Buch mit diesem Titel war nicht zu finden.

9

Das verschollene Räderwerk

Otto und Medea recherchierten in Onlinekatalogen für seltene Bücher, aber vergeblich. *Das Räderwerk der Intelligenz* schien einfach nicht mehr zu existieren. Am Nachmittag hatte Medea eine Vorlesung, und Otto ging nach Hause zurück.

Er stellte sich vor das Bild, zählte die einzelnen Gegenstände, kontrollierte die Positionen und die Entfernung voneinander, konstruierte neue Szenarien – aber er konnte keinen Sinn erkennen. Nach und nach kam er von der Idee ab, dass es sich um einen Stadtplan handeln könnte, und konzentrierte sich auf das Zentrum des Gemäldes, eine Art Explosion aus mit Zahlen versehenen geometrischen Formen, oder, wie es Otto sah, von mechanischen Einzelteilen. Er schrieb die Zahlenfolge auf und ging dabei von der Zahl aus, die dem Zentrum am nächsten war. Dabei fiel ihm auf, dass die anderen Zahlen einen Bogen bildeten, der schließlich in einen Wirbel mündete. Er verglich die Zahlen mit denen des Ikosaeders, aber ohne Erfolg. Bis zum Abend hatte er nichts erreicht, außer dass er Kopfschmerzen bekam.

Kurz nach dem Abendessen klingelte des Telefon: Medea.

»Wir waren so was von bescheuert«, begann sie, »er war sein Professor!«

»Wie? Wer?«

»Ettore Zisch, Sohn einer Italienerin und eines deutschen Arztes, war der Professor von Atamante. Der eingefleischte Junggeselle hatte seine Studien mit Auszeichnung in Tübingen abgeschlossen, *blablabla*, und wurde 1914 an die Universität Pisa berufen, um dort Vorlesungen zu halten. Im folgenden Jahr schiffte er sich nach Neapel ein und starb auf der Überfahrt.«

»Er starb?«

»Ja, er war auf dem Dampfschiff *Ancona* unterwegs, 8188 Bruttoregistertonnen, fast 150 Meter lang. Die *Ancona* gehörte der Società di Navigazione a Vapore in Genua und wurde am 7. November 1915 von einem unter österreichischer Flagge fahrenden Unterseeboot südlich von Sardinien versenkt, in der Nähe von Cagliari. Zweihundertsechs Menschen starben.«

»Darunter er.«

»Genau.«

»Das war also die Verbindung zwischen Atamante und Zisch?«

»Ich habe einen befreundeten Journalisten beim ›Il Mattino‹ in Neapel gebeten, ein bisschen zu recherchieren. Und ich glaube, wir hatten Glück.«

»Ich kann es kaum erwarten, schieß los.«

»Dank eines EU-weiten Projekts sind sie in der Redaktion gerade dabei, die alten Ausgaben der Zeitung zu digitalisieren, und nach einigem Suchen hat mein Freund Zischs Todesanzeige gefunden. Ich erspare dir den vollständigen Text und lese nur den Anfang vor: *Ettore Zisch, Professor der Universität Tübingen, Mathematikdozent in Pisa, Erfinder und Planer von mechanischen Automaten …*«

»Mechanische Automaten!«, platzte Otto heraus.

»Das dachte ich auch. Aber es kommt noch besser: Seltsam ist, dass Zisch nicht alleine an Bord der *Ancona* war, sondern acht Studenten der Scuola Normale bei sich hatte. Und, wie es der Zufall will …«

»Sind sie alle beim Untergang des Dampfschiffs ums Leben gekommen.«

»Genau. Ein tragischer Zufall, würde ich sagen. Und wenn man bedenkt, dass bis heute niemand so genau weiß, warum das Schiff damals unterging und was genau die Ladung war …«

»Warte mal … warte …«, überlegte Otto, »willst du damit sagen, dass das Rätsel, das wir zu lösen haben, vielleicht mit dem mysteriösen Untergang eines Dampfschiffs im Zweiten Weltkrieg zu tun haben könnte?«

»Im Ersten Weltkrieg.«

»Wie auch immer!«

»Kann sein, kann auch nicht sein. Aber das ist immer noch nicht alles, der Knaller kommt jetzt!«

»Und zwar?«

»Die Todesanzeige ist von einigen Kommilitonen der ertrunkenen Studenten unterzeichnet.«

»Atamante?«

»Ja, aber nicht nur er.«

»Wer noch?«

»Mercuzio Liguana.«

Otto hielt den Atem an.

»Genau. Ein Vorfahr des guten alten Conte Liguana, der dich so verwirrt hat.«

»Die beiden haben zusammen studiert?«

»Exakt.«

»Und was heißt das?«

»Das heißt, dass ich morgen einen Blick auf dieses ominöse Gemälde werfen werde, das der Conte haben will, koste es, was es wolle.«

8

DER LEBENDE TOTE

Lange Schatten bewegten sich in der Dunkelheit. Die Gärtner der Villa arbeiteten ununterbrochen, topften ein und brachten die Beete in Ordnung, die zum Labyrinth der Glyzinien führten. Eine weitere dieser Seltsamkeiten, an die sich die Nachbarn inzwischen gewöhnt hatten: Gärtner, die pausenlos arbeiteten, Tag und Nacht, manchmal sogar bei Regen.

Im Inneren des Hauses herrschte dagegen absolute Ruhe, keine Spur von der regen Geschäftigkeit im Park. Fast alle Lichter waren ausgeschaltet, außer der blassblauen Lampe im Arbeitszimmer des Conte.

In der Tür stand ein kahlköpfiger, ganz in Schwarz gekleideter Riese. »Ich soll ihm also folgen?«, fragte er mit gleichgültiger Stimme.

Der Conte saß am Schreibtisch und drehte den Ring an seiner rechten Hand. »Manchmal frage ich mich, ob in den Adern meines Sohnes überhaupt das Blut unserer Familie fließt, verstehst du?«, sagte er mehr zu sich selbst. »Die Leidenschaft ist eine Tugend, die sich verbraucht und von Generation zu Generation schwächer wird.«

»Die Leidenschaft?«

Der Conte hob den Blick, aus seinen Gedanken gerissen. »Was sagst du?«

»Hat es mit dem Feuer zu tun?«

»Genau, Calibano. Die Leidenschaft hat mit dem Feuer zu tun. Aber es geht dabei um ein inneres Feuer, das dich antreibt, das dich zu Risiken verführt, dir hilft, da weiterzumachen, wo alle anderen aufgeben.«

»Die Leidenschaft ist mein Motor«, stellte Calibano ernst fest.

Der Conte musste lächeln. »Du bist wirklich etwas ganz Besonderes, mein Lieber. Aber um auf deine Frage zurückzukommen … Ja, du sollst ihm folgen.«

»Er wird es bemerken.«

»Dann beobachte sie, wenn mein Sohn nicht dabei ist.«

»Wie Sie wünschen.«

Der Conte sah auf die Uhr und bemerkte: »Es wird Zeit für die Fütterung.«

Calibano schlug die Hacken zusammen. Nur wenige Sekunden später öffnete sich die Tür des Arbeitszimmers, und ein seltsam aussehender Diener betrat den Raum. Sein Gesicht war starr, wie das einer Wachsstatue, sein roboterhafter Schritt war von einem fernen Ticken und dem stechendscharfen Geruch von Kerosin begleitet. Er stellte zwei stabile Koffer auf den Boden und verschwand wieder, ohne ein Wort zu sagen.

»Geh, Calibano …«, befahl der Conte. »Wir haben uns doch verstanden?«

»Der Frau folgen, wenn Ihr Sohn nicht dabei ist.«

Er verließ den Raum.

Als er alleine war, erhob sich Liguana, verschloss alle Türen und zog die schweren Vorhänge zu, damit niemand von außen in das Zimmer sehen konnte. Dann ging er zur Bücherwand, nahm den in seinem Gürtel verborgenen Schlüssel, steckte ihn in ein hinter den Büchern verstecktes Schloss und drehte ihn zwei Mal hörbar um. Ein leises Klacken ertönte, und wie von Zauberhand öffnete sich eine Tür. Sie quietschte nicht, offenbar war sie gut geölt.

Der Conte nahm die beiden Koffer und trug sie durch den Gang hinter der Bibliothek bis zu einem kleinen Raum, der von bläulich schimmernden Neonröhren erhellt wurde. Der Raum wurde von einer gespenstisch anmutenden Maschinerie beherrscht, von der Rohrleitungen abgingen, die in der Wand verschwanden und an anderer Stelle wieder herauskamen. Auf diesem Monsterapparat saß ein Manometer mit Zeigern, die innerhalb einer Zahlenskala hin und her pendelten. Vorne war ein kleiner Überwachungsmonitor angebracht, der die oszillierende Schwingungslinie eines schwachen Herzschlags dokumentierte; im gleichen Rhythmus war ein monotoner Piepton zu hören. Inmitten der Apparatur stand ein Bett, das durch eine Glasglocke hermetisch von der Außenwelt abgeschirmt war. Auf dem Bett lag ein greisenhafter Mann, von dem nur das verknöcherte Gesicht und der obere Teil des schlaffen Brustkorbs zu sehen war. Auf den ersten Blick wirkte der Alte mehr tot als lebendig, aber sobald der Conte an der Glasglocke erschien, riss er wütend die Augen auf.

Wütend und hungrig.

»Ich weiß nicht mehr, was ich mit meinem Sohn machen soll …«, murmelte der Conte. Ohne eine Antwort abzuwarten, öffnete er die Koffer und zog etwa zwanzig Kunststoffbeutel mit einer dunklen, zähen Flüssigkeit heraus, die große Ähnlichkeit mit Blut hatte. Er befestigte sie an den Schläuchen, während er die leeren Beutel in den Koffern verstaute.

Langsam begann eine Pumpe zu arbeiten, presste die Flüssigkeit in die Schläuche und dann weiter in den auf dem Bett ausgestreckten Körper.

Eine schwache, aber ätzend scharfe Stimme drang aus der Glasglocke. »Du hast ihn verzogen. Aus ihm ist kein Mann geworden, sondern ein Schwächling. Du solltest das wieder geradebiegen.«

»Das ist nicht meine Schuld.«

»Versuche nicht, dich rauszureden, du hast ihn nie verstanden. Du allein bist schuld, dass er so geworden ist und nicht daran glaubt, dass es einen Weg …«

Der Conte klappte die Koffer zu, dann wandte er den Blick wieder zu der fast durchsichtig wirkenden Kreatur, die seit Jahren an diese Maschine angeschlossen vor sich hin vegetierte, an eine Maschine, die er selbst konstruiert hatte. »Einen Weg, sagst du. Und du bist sicher, dass die Folgores ihn kennen?«

In den Augen des Alten leuchtete ein irres Feuer. »*Sie kennen den Weg!* Sie halten ihn geheim, aber du musst ihn finden! Wir müssen ihn finden!«

Der Conte nickte kurz.

»Ich werde tun, was du sagst, Vater. Ich werde tun, was du immer gesagt hast.«

Dann schloss er die geheime Tür hinter sich, vor ohnmächtiger Wut bebend.

7

Ungebetene Gäste

Die Hupe von Medeas in die Jahre gekommenem himmelblauen Käfer hallte durch die Villa Folgore.

Otto rannte die Treppe hinunter und sah, wie seine Mutter Medea mit einer flüchtigen Umarmung und gezwungenen Höflichkeitsfloskeln begrüßte. Die beiden ohne Sisifos Vermittlung miteinander kommunizieren zu sehen, war wirklich eine Qual. Die ganze Szene wirkte aufgesetzt und steif. Otto beendete die peinliche Situation, indem er seine Tante an der Hand nahm und sie beiseitezog: »Komm mit hoch, ich zeige dir das Gemälde, in Ordnung?«

Seine Mutter war ihm offensichtlich dankbar, von der lästigen Pflicht befreit zu sein, was ihr dankbarer Blick bewies.

Tante und Neffe betraten die achteckige Bibliothek. Ihr Blick fiel auf den Kamin, der von der Sonne in gleißendes Licht getaucht war.

»Hier, das ist es …«

Medea betrachtete das Bild lange und intensiv, dann sagte sie: »Das erinnert mich an ein Gemälde von Boccioni: der Stil ist eindeutig futuristisch. Und wahrschcinlich ist es ein Vermögen wert. Ich bin keine Expertin, aber … Habt ihr es jemals schätzen lassen?«

»Nicht, dass ich wüsste«, antwortete Otto.

»Ich sehe es mir mal genauer an.«

Otto zog einen Stuhl heran, legte eine Zeitung auf die Sitzfläche und stieg darauf, dann nahm er das Bild vom Haken und gab es seiner Tante, die es vorsichtig auf den Tisch legte.

»Ich habe dieses Bild noch nie gesehen …«, sagte sie, »nicht einmal als Reproduktion oder als Abbildung in einer Zeitschrift oder einem Kunstkatalog. Aber es wundert mich nicht, dass jemand wie der Conte Liguana davon fasziniert ist …« Sie drehte das Gemälde um. »Hast du diese handschriftliche Widmung hier gesehen?«

Um dich nicht zu verlieren, um nicht zu verschwinden.

»Nein«, gab Otto zu.

Der schwungvolle Schriftzug ging in konzentrische Kreise über. Womöglich ein mysteriöses Symbol, oder einfach nur eine unbedeutende Kritzelei.

»Ich wette, der Satz stammt von Atamante.«

»Wie kommst du darauf?«

Medea drehte das Bild wieder auf die Vorderseite. »Kreise, die symmetrisch um eine gemeinsame Mitte angeordnet sind. Wahrscheinlich eine Widmung für seine Frau Armilla.«

»Verstehe ich nicht.«

»Weißt du, was Armilla bedeutet?«

»Nicht wirklich.«

»Und eine Armillarsphäre?«

»Eine was?«

»Armillarsphäre.«

Otto lachte. »Ich verstehe immer noch nicht.«

»Eine Armillarsphäre ist ein altes astronomisches Gerät. Man nennt sie auch Weltmaschine. Stell dir ein Gestell vor, das aus mehreren Metallringen besteht, die alle unabhängig voneinander bewegt werden können, um die Bewegung der Himmelskörper zu simulieren.«

Dieses Mal nickte Otto: »Okay, ich glaube, das habe ich schon mal gesehen.«

»Ganz wunderschöne Armillarsphären stehen in Florenz, im Museum für Wissenschaftsgeschichte, gleich hinter den Uffizien.«

Otto sah seine Tante an: »Und?«

»Nichts und. Ich kenne den Direktor gut … vielleicht … Ich weiß auch nicht. Dieses Bild jedenfalls sagt mir gar nichts, Otto. Das müsste man zu einem Experten bringen.«

»Kennst du jemanden?«

»Schon, aber … Wahrscheinlich sind sie zu beschäftigt, um sich Zeit für dieses Bild zu nehmen.«

»Und jetzt? Versuchen wir die Tagebücher zu finden?«

»Ja, lass es uns versuchen.«

Medea wohnte in Asciano, einem Bergdorf oberhalb von Pisa, ganz in der Nähe der Villa Folgore. Ihr Häuschen lag ein wenig abseits und sehr ruhig. Gemeinsam mit Otto kletterte sie die Stiege zum Dachboden hinauf. Als sie die Tür öffnete, wirbelte eine Staubwolke auf.

»Entschuldige das Durcheinander«, versuchte sie sich zu rechtfertigen, »erzähl das ja nicht deiner Mutter, okay?«

»Versprochen!«

»Hier hebe ich alles auf, was ich in den vergangenen fünfzehn Jahren von meinen Reisen mitgebracht habe. Nichts Wertvolles, damit wir uns richtig verstehen, aber Dinge, die mir wichtig sind und von denen ich mich nicht trennen möchte. Pass auf deinen Kopf auf.«

»Alles klar.«

Sie betraten den Dachboden. Am First konnte man gerade noch aufrecht stehen, während man sich an der Traufe des Pultdaches tief ducken musste, wenn man sich den Kopf nicht anstoßen wollte.

»Was suchen wir eigentlich genau?«

»Einen Schrankkoffer mit Messingverschlüssen«, antwortete Medea.

Von den von der Decke herabhängenden Glühbirnen funktionierte nur eine einzige, ihr schwaches Licht fiel auf einen Haufen Gerümpel, der unentwirrbar schien.

Sie schoben Tische und Truhen zur Seite, schlüpften zwischen Statuen und antiken Vasen hindurch und hoben Teppiche und Leinentücher an.

»Ich könnte in Pension gehen und Trödelhändlerin werden …«, witzelte Medea und wuchtete eine Eisentruhe zur Seite, auf der ein Militärmantel im Stil Napoleons und ein weit ausladendes Kleid aus dem 18. Jahrhundert lagen, das sie mal auf dem Karneval in Venedig getragen hatte.

Otto suchte nach dem Koffer oder nach einem Hinweis auf seine Existenz. Zwei Swarowski-Kristalllampen erweckten sein Interesse, die auf einem Stapel zerschlissener Vorhänge und von Mäusen angefressener Stoffe lagerten. Darunter war eine Truhe zu erahnen. Er schob den Stoffstapel beiseite und entdeckte ein Messingschloss. »Tante, ich glaube, ich habe es gefunden!«

Sie legte einige völlig verstaubte Langspielplatten in die Ecke, die sie in einer verrosteten Kiste gefunden hatte, und ging zu ihrem Neffen hinüber. Gemeinsam stellten sie die schweren Kristallleuchter zur Seite und räumten die Truhe frei.

»Genau das ist er …«, bestätigte Medea, als sie den Schrankkoffer sah.

Sie ließ das Schloss aufschnappen, machte den Koffer auf und nahm zwei Porzellanpuppen heraus, deren große Augen sich öffneten oder schlossen, je nach Position des Kopfes. Otto fand das ziemlich kitschig, aber Medea strahlte sie an wie zwei Freundinnen, die sie nach langem Suchen endlich gefunden hatte.

»Mein Vater muss sie hier verstaut haben, als ich im Ausland gewesen bin …«, vertraute sie dem Jungen an.

Widerstrebend legte sie die Puppen zur Seite und wühlte weiter im Koffer herum: Alte Bücher kamen zum Vorschein, Schulhefte, mit Schnüren zusammengebundene Kinderzeichnungen, verknitterte Kleider, ein Umschlag mit alten Polaroid-Fotos, die sie längst verloren geglaubt hatte, und ganz unten, in einem Tagebuch mit Blümcheneinband: ein Bündel Briefe.

»Wenn ich mich recht erinnere, müssten sie es sein …«, stellte Medea zufrieden fest. Sie setzte sich im Schneidersitz auf den Stoffstapel, dabei ließ sie für Otto ein Eckchen frei. Sie nahm die Briefe und reichte ihm das Tagebuch. »Lies du das …« Als sie das verblüffte Gesicht ihres Neffen sah, fügte sie hinzu: »Mach dir keine Sorgen, Oma Armilla hat in sittenstrengen Zeiten gelebt; sie hat mit Sicherheit nichts aufgeschrieben, das dich schockieren könnte.«

Otto war nicht ganz so überzeugt; widerstrebend klappte er das Tagebuch auf und begann zu lesen, während seine Tante versuchte, die Poststempel auf den Briefmarken der einzelnen Briefe zu entziffern. Frauen, Soldaten, Flugzeuge und das Bild von Vittorio Emanuele II. Nachdem sie auch die Absender überprüft hatte, musste sie zu ihrem Bedauern feststellen, dass die an Armilla gerichteten Briefe von ganz unterschiedlichen Personen stammten, allerdings keiner von Atamante.

»Hier ist nichts Interessantes dabei«, verkündete sie, »und bei dir?«

»Vielleicht habe ich was …«, sagte Otto nachdenklich, ohne den Blick von Armillas eleganter Handschrift zu lösen. »Hör mal!«

Atamante wirkt abwesend. Er scheint durch irgendetwas beunruhigt zu sein, das er mir aber nicht anvertrauen will. Natürlich bringt der Krieg unser Leben durcheinander. Aber ich glaube nicht, dass es der Krieg ist, der ihn quält. Es ist vielmehr seine geplante Reise nach Amerika. Ich verstehe ihn gut, ich wäre auch hin- und hergerissen, Italien gerade jetzt zu verlassen, und wer weiß für wie lange. Warum zögert er? Nach Amerika aufzubrechen heißt schließlich, nicht an die Front zu müssen. Es ist die Belohnung für seine Genialität und all seine Mühen. Amerika! Wenn ich nur mit ihm kommen könnte!

»Spannend … lies weiter.«

Otto ließ den Blick einige Zeilen weiter nach unten wandern. Die geschwungene Schrift zu lesen, war anstrengend für seine Augen.

Heute konnte ich gar nicht mit ihm sprechen, er hat mich wie eine Fremde behandelt. Wie ein Besessener liest er die Tageszeitung, Zeile für Zeile, und stellt seltsame Fragen. Er hat mich inständig um Unterstützung gebeten bei der Suche nach Informationen über einen französischen Architekten namens Arnauld D'Urò. Das sei ein Futurist, hat Atamante mir erklärt. Als ich zugab, diesen Namen noch nie zuvor gehört zu haben, war er verärgert und meinte, man müsste alles über die Futuristen wissen. Ich war zutiefst verunsichert. Was wollen die Futuristen eigentlich genau sein? Provokateure, Revolutionäre oder Visionäre? Schriftsteller? Maler? Was auch immer sie sein wollen, ich interessiere mich nicht für sie. Genau, wie ich mich auch nicht für den Krieg interessiere, der trotzdem immer näher kommt.

Das Einzige, was mich interessiert, ist die Tatsache, dass sich Atamante immer weiter von mir entfernt, je näher die Reise rückt.

Gemeinsam lasen sie die nächsten Seiten, bis ein Absatz ihre besondere Aufmerksamkeit erregte.

Ich kann es immer noch nicht glauben: Atamante fährt morgen doch nicht. Er sagte, er habe heute Abend entschieden, sich nicht mit den anderen acht Studenten einzuschiffen, die Professor Zisch ausgesucht hat. Ich habe versucht, ihn davon zu überzeugen, dass das ein Fehler ist, dass er unbedingt reisen muss, aber er ließ sich nicht umstimmen. Er wird nicht nach Neapel reisen, um aufs Schiff zu gehen. Warum nur? Warum?

Atamante hat mir erklärt, dass er Tag und Nacht nur an Professor Zischs Idee gedacht und schließlich entschieden hat, zu bleiben.

Als ich ihn gefragt habe, was er mit »Professor Zischs Idee« meinte, blieb er mir die Antwort schuldig. Er wich aus, sprach von seiner Vision einer besseren Welt, einer Welt ohne Kriege. Von einer glücklichen Zukunft. Darin kann ich nichts Falsches sehen. Aber um Zischs Idee zu realisieren, müsste er das Land verlassen. Und er will nicht einfach verschwinden, er will bleiben. Bei mir!

Das sollte wohl Ausdruck seiner Liebe sein, aber für mich hat das alles keinen Sinn, das sind die Worte eines Menschen, der von irgendetwas gequält wird …

Medea seufzte. »Wenn mir jemand so etwas gesagt hätte, würde ich vielleicht meine Tage heute nicht damit verbringen, in alten Gemäuern rumzubuddeln …«

Otto lächelte. Auf den folgenden Seiten wurden Armillas Eintragungen immer spärlicher und hastiger.

Ich habe Atamante noch einmal gesagt, dass seine Entscheidung falsch ist. Ein solches Angebot darf man nicht ausschlagen, zumindest nicht so kurzfristig. Ein anderer Student hätte an seiner Stelle fahren können, wenn er dem Professor früher Bescheid gesagt hätte. Man kann sich nicht am Abend vor der Abfahrt entscheiden, in Pisa zu bleiben.

»Wenn man im Nachhinein bedenkt, was mit dem Dampfschiff passiert ist, hat Atamante recht damit gehabt, nicht zu fahren«, sagte Medea.

»Meinst du, er hat gewusst, dass die *Ancona* untergehen würde?«

»Nein, aber vielleicht …«

»Hatte er eine Vorahnung?«

»Möglich, auch wenn ich lieber daran glauben will, dass er wegen Armilla geblieben ist. Lies weiter!«

»Viel gibt es nicht mehr …«, sagte Otto und blätterte die immer spärlicher beschriebenen Blätter des Tagebuchs durch. »Armilla erfährt vom Untergang des Schiffs und ist glücklich, dass Atamante nicht an Bord war. Er habe es geahnt … Warte! Hier schreibt sie, dass Atamante das Projekt der drei Professoren für eine einzige Verrücktheit hält. Dass die Reise nicht gemacht werden dürfe und dass niemand von ihnen je in der Neuen Stadt ankommen würde.«

Bei diesen Worten machte etwas in Ottos Kopf »klick«. *Geh du!*

»Das Projekt der drei Professoren?«, fragte Medea. »Und von welcher Neuen Stadt ist da die Rede?«

Otto schlug sich die Hand vor den Mund. »Das ist es, wo ich hingehen soll.«

»Was sagst du?«

»Als Atamante meinem Großvater das Ikosaeder übergeben hat, hatte er eine kurze Nachricht beigelegt, auf der stand: *Geh du!* Aber Primo hat nie verstanden, was er damit sagen wollte, und ihn auch nie danach gefragt. Opa hat gehofft, dass ich diese Aufforderung vielleicht verstehen und das Rätsel lösen könnte. Und jetzt diese Reise in die Neue

Stadt …« Otto fühlte, wie ein Beben seinen Körper packte, das von ganz weit her kam, wie das Brüllen eines wilden Tieres, das gerade erwacht war. »Es steht alles in diesem Tagebuch … Wenn das Großvater gelesen hätte! Wir müssen … nein, ich muss verstehen, Tante Medea … um was es hier geht und was auf diesem Dampfschiff passiert ist.«

»Was heißt da passiert? Dein Ururgroßvater hat sich entschlossen, bei dem Menschen zu bleiben, den er geliebt hat, statt sich mit acht Studenten und einem Professor auf eine Reise zu begeben, das ist passiert … Und dann ist ein Schiff von den Österreichern versenkt worden.«

»Österreicher, sagst du? Oder Engländer?« Otto sah sie aufmerksam an.

Medea lachte: »Das Schiff ist gesunken, Otto. Forscher haben die Überreste vor einigen Jahren vor der sardischen Küste gefunden.«

»Könnte es nicht vielleicht auch so gewesen sein, dass der Professor und die Studenten … gar nicht an Bord waren?«

»Und warum? Du hast doch die Todesanzeige gelesen, oder?«

»Das beweist gar nichts.«

»Es gibt überhaupt keinen Grund, weshalb …«

»Doch, um unterzutauchen. Armilla glaubte doch auch, dass Atamante nicht verschwinden wollte.«

»Damit meinte sie doch sicher, dass er nicht nach Amerika wollte, während Italien im Krieg war, oder?«

Otto war nicht überzeugt. Da stimmte etwas nicht: Atamante, die Schachtel mit dem Ikosaeder, eine kurzfristig abgesagte Schiffsreise, die Familien Liguana und Folgore, die seit damals auf rätselhafte Weise miteinander verbunden waren, ein seltsamer deutsch-italienischer Professor, der ein noch seltsameres Bild gemalt hatte, ein imaginärer Stadtplan mit einem »x« am Standort der Scuola Normale Superiore, ein unauffindbares Buch und nicht zuletzt diese mysteriöse Reise in die Neue Stadt. Und sein Ururgroßvater, der lieber bei Armilla bleiben wollte.

Armilla.

Die Widmung hinten auf dem Gemälde: *Um dich nicht zu verlieren, um nicht zu verschwinden.*

Also für Armilla.

Armilla, die Armillarsphäre.

Die Orbits, die Umlaufbahnen der Himmelskörper.

»Warte … warte …«, rief Otto plötzlich, »wo können wir ins Internet?«

»Unten, warum?«

»Mir ist etwas eingefallen.«

Wie zwei abenteuerlustige Kinder rannten sie in Medeas Büro. »Könnte ich erfahren, was …?«

»Ich brauche eine Suchmaschine.«

Otto startete den Mac, rief Google auf und tippte die Zahl ein, die doppelt auf dem Ikosaeder vorkam: 365,26. Er musste weniger als eine Sekunde warten. »Wie doof«, sagte er, als er das Suchergebnis betrachtete.

»Was?«

»Das ist die Anzahl der Tage, die die Erde braucht, um sich einmal komplett um die Sonne zu drehen! Und die Zahl kommt zwei Mal vor, weil … der Mond genauso lange braucht! Schau nur!«

Er tippte einige andere Zahlen ein und fuhr dann fort:

»Die gegenüberliegenden Zahlen geben die Größe der Planeten in Kilometern an!«

»Ja und?«

»Und deshalb müssen wir uns tatsächlich diese Armillarsphären anschauen, von denen du mir erzählt hast, die im Museum in Florenz.«

Medea nickte fasziniert. »Versuche es mit den anderen Zahlen …«, drängte sie.

In diesem Moment hupte ein Auto vor dem Haus.

»Verflucht!« Sie schien schlagartig aus einem Traum gerissen und sah auf die Uhr. »Wie konnte ich das nur vergessen? Ich bin mit einem Freund verabredet und stattdessen … Schau nur, wie ich aussehe! Ich habe Spinnweben im Haar!«

Otto spähte aus dem Fenster: »Ist dein Freund der Typ mit dem Alfa Spider?«

»Ja, nur ein Freund, aber …«

»Ich hab schon verstanden. Heute kein Museum.«

»Nein, nein. Warte einen Moment. Ich rede mit ihm. Beweg dich nicht vom Fleck.«

Otto konnte sehen, wie der Mann in Richtung Haus ging. Von wegen, nur ein Freund, er hatte einen Blumenstrauß dabei! Elegante Erscheinung, gepflegte Haare, seinen Mund umspielte ein rätselhaftes Lächeln. Medea lief ihm entgegen, umarmte ihn und küsste ihn flüchtig. Dann entspann sich ein kurzes Geplänkel, was Ottos Neugier weckte. Aber es gab Wichtigeres.

Er ging zum Computer zurück und gab die Zahlen der anderen Dreiecke bei Google ein. Mit mathematischer Präzision waren sie dort alle zu finden: Die Zahlen standen entweder für die Tage, die die Planeten des Sonnensystems brauchten, um sich um die Sonne zu drehen, oder für die Durchmesser der Planeten in Kilometern. 365,26 Tage stand den 12756 Kilometern der Erde gegenüber, 686,98 Tage den 6790 Kilometern des Mars und so weiter. Die Null stand natürlich für die Sonne. Die Zahlen, die für Otto bisher bedeutungslos gewesen waren, hatten endlich einen Sinn.

Er hörte die Schritte seiner Tante, die wieder ins Haus zurückgekommen war.

»War er sauer?«, fragte er.

»Nicht wirklich: Wir haben das für heute Nachmittag geplante Picknick einfach in ein Abendessen verwandelt. Wir haben also nicht viel Zeit. Bist du startklar?«

6

Die Geheimnisse der Planetenbahnen

Man fühlte sich wie im Backofen.

In Medeas VW-Käfer war es unerträglich heiß, ein Modell ohne Klimaanlage und ohne elektrische Fensterheber. Otto brauchte beide Hände, um die Scheibe herunterzukurbeln. Neidvoll dachte er an den brandneuen Sportwagen von Medeas Freund.

Zum x-ten Male kontrollierten sie, ob sie alles dabei hatten, und los ging's in Richtung Florenz. Während der Fahrt auf der Autobahn A 11 von Pisa nach Florenz sprachen sie über dies und das, aber als die Brücke Viadotto dell'Indiana in Sichtweite kam, verstummte ihr Gespräch plötzlich. Kurze Zeit später waren sie am Ziel.

Dank Medeas Zufahrtserlaubnis konnten sie direkt ins historische Stadtzentrum fahren, wo sie in einer abgelegenen Gasse einen Parkplatz fanden. Ihr Weg führte am Palazzo Castellani vorbei, vor dem eine moderne Sonnenuhr ihre Aufmerksamkeit erregte. Über einer schwarzen Metallsäule bewegte sich ein Zeiger aus geblasenem Glas, der auf dem Boden des Atriums mit seinem Schatten die Uhrzeit und das gerade aktuelle Sternzeichen anzeigte.

Als sie am Museum angekommen waren, klebten ihnen

die Kleider am Körper, so heiß war es. Die Eingangstür war geschlossen, aber so leicht gab Medea nicht auf. Sie zog das Handy aus der Tasche und rief ein paar Leute an. Eine halbe Stunde später hatte sie einen Wärter aufgespürt, der die Tür öffnete und sagte: »Rufen Sie mich an, wenn Sie fertig sind.«

Im Inneren herrschte absolute Stille, sie konnten sich völlig ungestört umsehen. Otto eilte durch die Säle, vorbei an allen möglichen wissenschaftlichen Apparaten und Messgeräten, an Sonnenuhren der Spätrenaissance und Originalinstrumenten von Galileo Galilei. Vor Saal sieben hielt er inne, fasziniert von der Armillarsphäre des Antonio Santucci, auf die ihn Medea aufmerksam gemacht hatte.

Die astronomische Weltmaschine beherrschte den mit Landkarten tapezierten Raum. Ein Absperrungsseil sorgte dafür, dass Besucher sie nicht anfassen konnten. Die Armillarsphäre bestand aus zwei goldenen Halbkugeln, die auf der Höhe des Äquators aufeinandergesetzt waren, dazwischen befanden sich mehrere Reifen aus vergoldetem Buchenholz, die rund um das Zentrum des Apparates kreisten, den Planeten Erde. Die Konstruktion aus konzentrischen Kreisen ruhte auf einem Gestell mit vier Beinen, die Meerjungfrauen nachgebildet waren.

Die Bewegung der Planeten …, überlegte Otto und ging näher, um das Wunderwerk zu bestaunen. Alle Komponenten waren von Hand bemalt, die konzentrischen Ringe, die Sternbilder und das Tragegestell.

Otto kam es vor, als würde diese Renaissance-Weltmaschine zu ihm sprechen.

Er setzte sich in eine Ecke des Raumes und nahm das Ikosaeder in die Hand, dessen Zahlen die Dimensionen des

Sonnensystems wiedergaben. Doch erst als er der Armillarsphäre gegenüberstand, fiel ihm etwas elementar Wichtiges auf: Wenn die Konstellation der verschiedenen Planeten eine Bedeutung hatte, um das Rätsel des Ikosaeders zu lösen, dann musste er als Erstes bedenken, dass im Zentrum der Weltmaschine nicht die Sonne stand, wie es eigentlich richtig gewesen wäre, sondern die Erde.

»Vielleicht …«, murmelte Otto vor sich hin, »muss ich in der gleichen Reihenfolge vorgehen.«

Er sprang vom Stuhl auf und begann die Dreiecke des Polyeders so zu drehen, dass die Umlaufbahn und der Durchmesser der die Sonne umkreisenden Planeten in eine hierarchische Ordnung gebracht wurden. Nachdem er damit fertig war, drückte er als Erstes auf die beiden Dreiecksflächen, die der Erde entsprachen.

Ein *klick, klick* war zu hören, und sie blieben eingedrückt.

Otto schaute wieder auf die Armillarsphäre. Welcher war der erdnächste Himmelskörper? Der Mond. Dann der Merkur. 4878 Kilometer Durchmesser und 87,97 Tage Umlauf um die Sonne.

Er drückte beide Flächen.

Klick, klick.

Die beiden Dreiecke verschwanden mit einem kaum hörbaren Geräusch im Inneren des Ikosaeders.

Mit pochendem Herzen fuhr Otto fort, wie es das ptolemäische System der Armillarsphäre vorgab. Nach Merkur kam die Venus, dann die Sonne, der Mars, Jupiter und Saturn.

Jedes Mal verschwanden die Dreiecksflächen im Inneren des Körpers. Das Ikosaeder verlor Seitenflächen und Kanten, veränderte seine Form und schien sich in einen anderen Körper zu verwandeln.

Die Möglichkeiten von Santuccis Armillarssphäre waren erschöpft, vielleicht wusste man im 16. Jahrhundert noch nichts von der Existenz weiterer Planeten, aber Otto hörte nicht auf. Das Polyeder in seinen Händen schien ein Eigenleben zu entwickeln, wie ein pulsierender Würfel, auf dem die Schweißpunkte zu sehen waren, als wären es elektrische Kontakte.

Uranus.

Neptun.

Schließlich hörte das Ikosaeder auf, sich zu verwandeln.

Otto hob es hoch und hielt es sich direkt vor die Augen. »Mein Gott …«, flüsterte er.

Das Polyeder mit den Zahlen der Planeten war … zu etwas anderem geworden.

»Otto?«, rief seine Tante. »Otto, wo bist du?«

Otto versteckte das auf wundersame Weise verwandelte Ikosaeder in seiner Hosentasche. Das durfte niemand sehen. Aber als er bemerkte, dass seine Tante alleine war, beruhigte er sich wieder. Er ging ihr entgegen, und als er an Santuccis Armillarsphäre vorbeikam, zuckte ein blauer Blitz aus seiner Hosentasche.

Medea schrie entsetzt auf und Otto blieb stehen: Die Innenseite seiner Hosentasche war schwarz angesengt.

»Was ist passiert?«

»Keine Ahnung!« Otto steckte eine Hand in die Tasche.

»Was war das für ein Blitz?«

»Keine Ahnung!«

Seine Hand umfasste den geometrischen Körper, der sich

in einen Stern aus verkreuzten Dreiecken verwandelt hatte. Es war warm und pulsierte leicht.

»Ich glaube, das war es«, sagte Otto und drehte den Stern in der Hand.

Er hatte das Gefühl, als ob von diesem rätselhaften Körper eine Energie ausging, die bis zu diesem Moment verborgen gewesen war. Eine Energie, die einen Kurzschluss …

Otto nahm das Polyeder aus der Tasche und hielt es in Richtung der Armillarsphäre. Mit einem Zischen bildete sich ein knisternder Lichtbogen.

»*Otto!*«

Der Junge wich zurück, lächelte aber. »Hast du das gesehen?«

»Habe ich, aber woher … stammen diese elektrischen Entladungen?«

»Von Atamantes Ikosaeder, Tante Medea!« Otto stieg über die Absperrung und sah sich die Armillarsphäre aus der Nähe an.

»Pass auf!«, warnte ihn Medea. »Wenn sie dich erwischen oder du etwas kaputtmachst … Vielleicht geht sogar der Alarm los!«

»Der wäre schon durch die Entladungen losgegangen … diese Stromstöße, die … von … ich würde sagen … von hier …« Er beugte sich nach unten, um ins Innere des Geflechts aus konzentrischen Kreisen zu blicken. Mit zwei Fingern fuhr er den Äquator entlang, bis er zu einer gekrümmten Kurbel gelangte. »Oh verdammt«, stieß er hervor.

»Wie, verdammt?«

»Ich weiß, du wirst es nicht glauben, aber …«

»Aber was?«

»… aber diese Kurbel hier passt genau zu …« Otto hielt das Vieleck an den Mechanismus, der die Armillarsphäre in Gang setzte.

»Wir kriegen Schwierigkeiten, Otto. Komm her.«

»Ich kann jetzt nicht.«

»Und wie du kannst. Wir sind nur hier drin, weil der Museumsdirektor uns einen Gefallen getan hat, und wir kön…«

Zisch!

Eine weitere Entladung ließ Ottos Arm erzittern, ein Blitz zuckte und tauchte den Raum in bläuliches Licht.

»Oh, verdammt, Tante Medea!«, schrie Otto.

Die Ringe der Armillarsphäre begannen sich langsam zu bewegen, alle auf einmal, und ihre Zahnräder griffen ineinander.

»Was hast du gemacht?«

»Ich habe die Maschine in Bewegung gesetzt, denke ich …«

»Otto!«

Das Räderwerk der Weltmaschine begann zu laufen, die Ringe rotierten weiter, Kreise drehten sich konzentrisch um andere Kreise. Alles war in Bewegung, alle Planeten drehten sich zugleich um die Erde in der Mitte, wie von einem magischen Mechanismus gesteuert. Das Zentrum der Armillarsphäre war die ganze Zeit in blaues Licht gehüllt.

»Komm da weg jetzt!«, rief Medea fast flehentlich.

Knirschende Geräusche und ein leichter Luftzug begleiteten den Tanz der Planeten, die sich schließlich neu positionierten: Das Bild glich dem Panzer eines gigantischen, gepunkteten Marienkäfers, der sich an beiden Seiten öffnete, um die Flügel freizugeben.

Nahe der Erde klaffte plötzlich eine V-förmige Öffnung. Einige Zeit geschah gar nichts, dann tauchte ein dunkler Fuß auf, dann ein zweiter, gefolgt von zwei dünnen, langen Metallbeinen.

Mit offenem Mund beobachteten Otto und Medea, wie eine metallische Kreatur aus der Öffnung kroch, die bis zu diesem Moment in der Renaissance-Weltmaschine verborgen gewesen war. Dann setzte das Wesen die Metallfüße auf den Boden und richtete sich auf. Sie trauten ihren Augen nicht.

5

Gestatten, Galeno

Der Roboter war nur unwesentlich größer als Otto, mit einem rüsselförmigen Kopf wie ein Ameisenbär, dem sich ein schmaler Hals und ein glatter, kastenförmiger Brustkorb anschlossen. Das künstliche Metallwesen klapperte mit den blechernen Lidern über den Augen, die wie graue Glasmurmeln aussahen. Auf der Höhe des Brustbeins war eine pulsierende, blau leuchtende Vertiefung zu erkennen, direkt darunter eine Tastatur mit arabischen Zahlen und algebraischen Symbolen, wie auf einem alten Taschenrechner. Die Ziffern von 0 bis 9, Zeichen und Rechensymbole. An den Seiten hatte der Roboter zwei durch Zahnräder angetriebene Federarme, die immer in Bewegung zu sein schienen. Die stelzenförmigen Beine, die in Höhe des Beckens an zwei Halbkugeln geschweißt waren, endeten in spindelförmigen Füßen; das Ganze erinnerte an ein überdimensioniertes Insekt. Der Kopf der mechanischen Kreatur hatte keine Nase, und die gestanzten Löcher auf der Höhe des Mundes erinnerten Otto an ein längliches Teesieb.

Otto und Medea waren sich lange Zeit unschlüssig, ob sie die Flucht ergreifen oder sich dem Wesen nähern sollten.

Schließlich nahm Otto allen Mut zusammen, hob schüchtern die Hand und sagte: »Hallo …«

Der Roboter bewegte ruckartig den Kopf, sah ihn an und schwieg.

»Verstehst … du mich?«

Der Automat bewegte wieder den Kopf.

Medea schlug die Hand vor den Mund, sie konnte einfach nicht glauben, was sie sah.

»Du kannst sprechen?«

Im Brustkorb des Roboters war ein Ticken zu hören, dann ein fernes Rauschen, als würde eine Nadel auf eine Schallplatte gesetzt werden.

»Können … sprechen …, bitte«, antwortete er nach einigen Sekunden, zwischen den einzelnen Wörtern war wieder das Ticken zu hören.

Medea stand jetzt hinter Otto: »Frag ihn, wer er ist …«

»Wer bist du?«

»*Tick, tick, tick* … Galenos Name ist Galeno.«

»Hallo, Galeno. Ich bin Otto, und das ist Medea.«

Der Roboterkopf wanderte hin und her, dabei rollte er mit den runden Augen.

»Was machst du hier?«, wollte Medea wissen.

»Galeno … wurde … geweckt … bitte.«

»Und jetzt?«

Ticken, Knacken und Rauschen. Die Sprecheinheit des Automaten schien die Platte zu wechseln. »Galeno ist … der Führer für die Besiedlung … von Cyboria, bitte.«

»Cyboria? Und was ist Cyboria?«

»Cyboria ist … die Neue Stadt.« Der Roboter hob einen Arm, was Medea zusammenzucken ließ.

»Die Neue Stadt!«, rief Otto. »Es gibt sie also wirklich!«

Keine Antwort, Galeno fixierte ihn mit regungslosen Augen.

»Und du sollst der Führer sein?«

»Galeno ist … der Leiter von der Besiedlung … von Cyboria, bitte«, wiederholte der Automat.

In diesem Moment schien Medea ihren Elan wiedergefunden zu haben. Sie zeigte auf die Armillarsphäre und fragte: »Entschuldige, dass ich das jetzt frage, aber … Was hast du … dadrin … gemacht?«

Galeno wandte sich zu den um sich selbst drehenden konzentrischen Ringen von Santuccis Armillarsphäre um. Dabei war ein Knirschen zu hören, als hätten sich die Zahnräder von hundert Uhren gleichzeitig in Bewegung gesetzt.

»Ich habe gewartet auf eine Aufladung mit Lumen.«

»Ich denke, das war diese besondere Energie, die aus meiner Hosentasche kam …«, vermutete Otto, »oder?«

»Lumen … ist eine Abkürzung für: Licht Und Motor Elektrischer Natur«, erläuterte Galeno und klopfte sich dabei auf den Brustkorb, wo das Licht in regelmäßigen Abständen pulsierte.

»Verflucht«, murmelte Medea, »verflucht noch mal, ich kann es einfach nicht glauben.« Die Situation war so absurd, so unbegreiflich, dass sie nur mit den Händen wedeln und dann leise fragen konnte: »Und was machen wir jetzt?«

»Kannst du dich bewegen?«, fragte Otto den Roboter.

»Galeno kann sich bewegen, bitte. Kann sich in alle Richtungen bewegen.«

»Sehr gut! Dann kannst du uns … in die Neue Stadt führen? Nach Cyboria?«

»Galeno ist …«

»Der Führer von blablabla«, unterbrach ihn Medea, »das haben wir kapiert!«

Der Roboter verstummte, es zischte, als ob Druckluft abgelassen würde. Otto gab Medea einen Stoß: »Tante, bitte! Lass mich reden!«

»Aber natürlich, lass dir nur Zeit. Immerhin sind wir im Museum für Wissenschaftsgeschichte in Florenz und plaudern gerade mit einem Eisenroboter, der aus einer Armillarsphäre des 16. Jahrhunderts geklettert ist …«

»Bitte«, unterbrach sie Galeno, »Galenos Körper ist lediglich zu 28 Prozent aus Eisen.«

Otto achtete nicht auf den Roboter. »Und außerdem … Ich wette, dass Galeno wesentlich jünger ist als diese goldfarbene astronomische Weltmaschine. Wie alt bist du, Galeno?«

»Galeno ist … wurde …«, krächzte der Automat, »Galeno wurde am 6. März 1939 geboren.«

»Was habe ich gesagt?«

»Jetzt müssen wir nur noch entscheiden, was wir mit ihm machen.«

»Ich denke, wir nehmen ihn mit.«

»Bist du verrückt geworden, Otto? Das geht nicht!«

»Und warum nicht?«

»Er gehört uns nicht!«, flüsterte Medea.

»Und wem gehört er dann? Dem Museum? Er ist kein Teil der Weltmaschine, er hat nur dort geschlafen! Sieh doch!« Er zog das Ikosaeder von der Kurbel der Armillarsphäre, und das Räderwerk begann sich wieder zu drehen, diesmal in die umgekehrte Richtung. »Siehst du! Es sieht alles aus wie vorher!«

»Aber …«

»Galeno gehört niemandem, und deshalb nehmen wir ihn mit«, beharrte Otto und verschränkte die Arme vor der Brust.

Medea sah den Roboter an und gab nach. Einerseits wollte sie den freundlichen Museumsdirektor nicht in Schwierigkeiten bringen, auf der anderen Seite war es Ottos Hartnäckigkeit zu verdanken, dass sie der Lösung des Familiengeheimnisses einen Schritt näher gekommen waren. Ob sie wollte oder nicht, sie steckte bis unter die Haarwurzeln mit in dieser Sache drin. »Schon gut, schon gut«, rief sie aufgeregt, »wir nehmen ihn mit. Aber er muss laufen.«

»Galeno«, jubelte Otto, »folge mir, was auch immer passiert. Und fass nichts an, verstanden?«

»Anweisungen verstanden«, antwortete der Roboter und stakste unbeholfen über das Absperrungsseil. »Nichts anfassen, bitte.«

Galeno bewegte sich auf seinen Stelzenbeinen wie ein Reiher im hohen Gras. Die starren Arme waren eng an die Seiten gepresst, der Atem ging stoßweise und war deutlich zu hören. Obwohl der Roboter sich betont langsam bewegte, war eine gewisse Eleganz nicht zu leugnen, manchmal erinnerte Galeno sogar an einen Balletttänzer. Immer wenn er innehalten musste, schien er überrascht zu sein. Dann richtete er die spindelförmigen Füße aus, balancierte auf den Zehenspitzen, um das Gleichgewicht zu halten, drehte erst den Oberkörper und dann unvermittelt auch die Beine.

Medea seufzte, allmählich wurde sie ungeduldig. »Wir sollten jetzt verschwinden, ohne allzu sehr aufzufallen, okay?«

Otto strahlte übers ganze Gesicht. »Das schaffen wir, du wirst schon sehen.«

Medea warf einen skeptischen Blick auf Galeno, der sich mit ihnen in Bewegung setzte.

»Wir müssen ihn zum Auto bringen, ohne dass uns jemand sieht …«, fuhr Otto fort.

Medea sah aus dem Fenster: »Genau. Ich hole das Auto, parke direkt vor dem Eingang, und du setzt ihn auf die Rückbank. Hoffen wir, dass in dem Moment niemand vorbeikommt. Zuerst allerdings …«, sie sah den Roboter prüfend an, »wartet ihr hier auf mich. Rührt euch nicht von der Stelle«, befahl sie.

»Wir warten«, sagte Otto.

»Wir warten«, wiederholte Galeno, »bitte.«

Kurze Zeit später war sie zurück, einen dunklen Mantel über dem Arm, in der Hand einen weißen Panamahut.

»Wo hast du das her?«, fragte Otto.

»Aus dem Büro des Direktors.« Medea hielt Galeno die Sachen hin. »Zieh das an, schnell!«

Die Sprechplatte des Roboters kratzte: »Anweisungen nicht mit Auftrag vereinbar, bitte.« Er nahm den Mantel und hielt ihn hoch. »Stoffgewand, schwer und übertrieben vornehm. Farbe elegant und unauffällig. Nicht geeignet. Nicht geeignet.«

»Jetzt ist nicht gerade der passende Zeitpunkt, um wählerisch zu sein!«, platzte Medea heraus. »Das habe ich auf die Schnelle aufgetrieben und das ziehst du jetzt an!«

»Anziehen? Galeno muss nichts anziehen. Das sind Kleider. Galeno hat keine Kleider.«

»Jetzt hast du welche. Und du wirst sie anziehen, damit wir unbemerkt das Museum verlassen können, denn so … so … nackt fällst du zu sehr auf! Du brauchst Kleidung!«

»Kleidung brauchen!«, krächzte der Roboter, es klang fast beleidigt. Nach langem Ticken fuhr er fort: »Bekleidung soll einfach … bequem … leicht … strapazierfähig … hygienisch … modern und variabel sein. Auf keinen Fall Gelb und Schwarz kombinieren.«

Tante und Neffe tauschten einen vielsagenden Blick.

»Er hat einen ausgefallenen Geschmack«, wagte Otto zu sagen.

»Das interessiert mich nicht«, entgegnete Medea kurz und knapp. »Wir machen es so: Du kümmerst dich darum, dass er den Mantel anzieht, von dir lässt er sich ja wenigstens etwas sagen, und ich hole das Auto. In zehn Minuten vor dem Eingang.«

»Hut«, bemerkte Galeno unterdessen und hob den Panamahut hoch, »weiß, festliche Farbe.« Und ohne noch etwas hinzuzufügen, setzte er ihn sich schief auf den Kopf.

Es war nicht leicht, den Roboter zu überzeugen, auch den Mantel anzuziehen. Aber es musste sein, trotz aller Proteste und Ausweichversuche. Endlich war es geschafft: Der Mantel lag elegant auf Galenos Schultern, während der Hut einen großen Teil seines Gesichts verdeckte.

»Wie ein richtiger Gentleman, Galeno«, lobte Otto, als er sein Werk begutachtete.

»Gentleman …«, krächzte Galeno, »Wort in Galenos Vokabular nicht vorhanden.«

»Nicht so wichtig, das sagt man nur so. Du siehst sehr elegant aus.«

»Wir wollen diese steife und bedrückende Eleganz abschaffen«, antwortete der Roboter, »wir wollen bunte Kleidung, fantasievoll, mutig, witzig und spielerisch.«

»Perfekt.« Otto musste über diese gestelzten und völlig unpassenden Worte lachen. »Du bist mutig und fantasievoll, allein durch diesen Mantel. Und auch witzig.«

»Ziel erreicht«, knarzte Galeno und folgte dem Jungen.

Während sie darauf warteten, dass Medea am Portal auftauchte, schlug Ottos Herz wie verrückt. Er konnte den Blick nicht von dem metallenen Wesen abwenden.

»Galeno … Was ist die Neue Stadt?«

»Cyboria.«

»Und was ist … Cyboria?«

»Eine geniale Synthese.«

»Eine Synthese aus was?«

»Aus Unabhängigkeit, Ehrgeiz, Energie, Unternehmungslust, industrieller Perfektion, Freiheit, Eleganz, Macht, Uneinnehmbarkeit, Fortschritt und Entschlossenheit, bitte.«

Völlig erschlagen von dieser Wortflut, konnte Otto nur noch fragen: »Und du … du kennst den Weg nach Cyboria?«

»Sicher.«

»Und du kannst mich dorthin bringen?«

»Galeno kann nur die Bewohner von Cyboria nach Cyboria bringen.«

»Und wie wird man Bewohner von Cyboria?«

»Man muss seine Fähigkeiten unter Beweis stellen.«

»So wie Ettore Zisch?«

Galeno drehte den Kopf, bis er Otto mit seinen großen Glasaugen fokussiert hatte. »Du kennst Ettore Zisch, bitte?«

»Ich habe von ihm gehört. Und du?«

»Ettore Zisch hat Galeno geschaffen. Am 6. März 1939. Dann hat Elisabeth ihm erklärt, was es heißt, Führer für die Besiedlung von Cyboria zu sein. Und schließlich hat Arnauld ihn beauftragt, auf die Ankunft der geeigneten Bewohner zu warten.«

»Halt, halt«, murmelte Otto verwirrt, »ich kenne weder Elisabeth noch Arnauld. Von wem sprichst du?«

»Ettore Zisch, Elisabeth Buwler-Lytton und Arnauld D'Urò sind die Gründer von Cyboria. Ettore Zisch, Elisabeth Buwler-Lytton und Arnauld D'Urò sind auch die Lehrer der sechsundzwanzig ersten Bewohner. Und die sechsundzwanzig ersten Bewohner sind …«

»Stopp, Galeno, ich verstehe gar nichts mehr!«, flehte Otto.

Der Roboter blieb abrupt stehen. Seine dünnen Metallbeine lugten wie zwei riesige Zahnstocher unter dem Mantel hervor.

»Ich meinte …«, korrigierte sich Otto, »geh weiter, aber sei einen Moment still.«

Ein Hupton war zu hören. Durch das Fenster konnte Otto Medeas VW-Käfer erkennen.

»Du kannst mir das ja später erklären«, entschied Otto. Er zeigte auf das Auto auf der anderen Straßenseite. »Wir müssen jetzt dort einsteigen, verstehst du?«

»Galeno hat verstanden.«

»Folge mir. Folge mir, was auch immer geschieht. Und nichts anfassen!«

»Folgen, was auch immer geschieht. Und nichts anfassen«, wiederholte der Roboter.

Otto verließ mit Galeno im Schlepptau das Museum, öffnete die Beifahrertür, klappte den Sitz nach vorne und bugsierte den Roboter auf die Rückbank. Dann klappte er den Beifahrersitz wieder zurück und ließ sich in die Polster sinken.

Medea saß am Steuer und rief den Museumswärter an, um ihm mitzuteilen, dass sie jetzt abfahren würden. Während sie warteten, stand ihr der kalte Schweiß auf der Stirn. Kaum war der Wärter aufgetaucht, winkte sie ihm kurz zu, gab Gas und fuhr in Richtung Stadtautobahn.

»Geschafft! Yippie!«, jubelte Otto.

»Sag ihm, er soll den Kopf einziehen«, rief Medea, als sie an einer Ampel anhalten musste.

Zwei Kinder auf der Rückbank eines Autos auf dem Fahrstreifen neben ihnen starrten Galeno mit weit aufgerissenen Augen an. Der Roboter winkte ihnen zu.

Erst als der VW-Käfer nicht mehr zu sehen war, stand ein gut gekleideter Mann vom Tisch eines Cafés in der Nähe des Museums auf. Er legte einen Geldschein neben sein noch unberührtes Glas Wasser und ging schnurstracks auf den schwarzen Wagen zu, den er in der Nähe abgestellt hatte. Ohne mit der Wimper zu zucken, zog er den Strafzettel unter dem Scheibenwischer hervor, setzte sich ans Steuer und reihte sich in den fließenden Verkehr ein. Nach einigen Minuten hatte er den Käfer wieder im Blick und verlangsamte das Tempo.

Er hielt genügend Abstand, um nicht aufzufallen und fuhr

hinterher, bis zu einem Haus etwas außerhalb von Asciano. Dort parkte er am Straßenrand und beobachtete das Haus. Als es dunkel wurde, wendete er den Wagen und fuhr nach Calci.

Er passierte die Certosa di Calci zu seiner Linken und erreichte einige Minuten später das elektronisch gesicherte Tor der Residenz des Conte Liguana. Er hielt den Zündschlüssel Richtung Tor, das sich daraufhin automatisch öffnete. Dann parkte er den Wagen auf dem mit feinem Kies bestreuten Innenhof.

Als er ausstieg, waren die Gärtner noch immer bei der Arbeit.

4

Der Mann in Schwarz

»Ich denke, er bleibt besser bei mir …«, entschied Medea und schloss die Fenster.

»Bist du sicher?«, fragte Otto mit leichtem Bedauern.

»Du wirst ihn doch nicht mit nach Hause nehmen wollen? Wie willst du das deiner Mutter erklären? Zum Glück spricht er wenigstens nicht mehr!«

»Das habe ich ihm auch geraten.«

»Dann geht er mir auch nicht so auf den Geist und ich kann mich aufs Kochen konzentrieren, ich habe Jago eingeladen.«

»Dein Freund mit dem Spider heißt Jago?«

»Ich warne dich: Ich bin nicht in der Stimmung für blöde Kommentare von einem Dreizehnjährigen, weder über den Namen meiner Freunde noch darüber, ob unsere Beziehung in einer Tragödie enden wird, wie bei Othello.« Medea sah aus dem Fenster, ihr war gar nicht wohl.

Die rote Abendsonne verschwand langsam hinter dem Horizont.

»Du solltest dich jetzt auf den Weg nach Hause machen, du kannst das Fahrrad nehmen. Hast du eigentlich deine Eltern angerufen?«

»Die sind mir im Moment egal. Ich will wissen, wie man nach Cyboria kommt!«

Otto kauerte vor Galeno auf dem Teppich, als wäre es das Normalste der Welt. Medea schüttelte den Kopf und ging ins Badezimmer, um sich zurechtzumachen. Obwohl sie es mit eigenen Augen sah, konnte sie es immer noch nicht glauben.

Als sie wieder ins Wohnzimmer kam, fragte ihr Neffe: »Hast du das gehört?«

»Was sollte ich gehört haben?«

»Galeno ist darauf programmiert, dass er uns in die Neue Stadt bringt, aber wir müssen ihn erst überzeugen.«

»Und wie soll das gehen?«

»Wir müssen ihm beweisen, dass wir uns als Bewohner eignen«, antwortete Otto, »das heißt, wir müssen eine Art Prüfung machen.«

»Aha.« Medea lächelte gequält und ließ sich in einen alten Sessel sinken. »Eine Art Aufnahmeprüfung … um zu sehen, ob wir Einwohner der Stadt werden dürfen?«

»Genau!«, bestätigte Otto zufrieden.

»Hast du schon herausgefunden, worin diese Prüfung genau besteht?«

»Ja – Galeno, am besten erklärst du es ihr.«

»Ihr müsst nur eine einzige Frage beantworten. Wie viele Zahnräder der Intelligenz gibt es, bitte?«, fragte der Roboter mit metallischer Stimme.

»Das ist alles?«

»Das ist alles«, antwortete Otto.

Medea fuhr sich durch die Haare. »Wo habe ich schon mal davon gehört?«

»Ganz einfach«, erwiderte Otto und sah sie herausfordernd an.

»Zischs Buch!«

»*Das Räderwerk der Intelligenz!* Wir müssen uns unbedingt ein Exemplar beschaffen.«

Medea warf einen besorgten Blick auf die Uhr. »Das müssen wir unbedingt, Otto … Und du fährst jetzt schnellstens nach Hause, während ich überlege, was ich koche und was ich zum Abendessen anziehe. Es ist höchste Eisenbahn, auf geht's!«

Medea erhob sich aus dem Sessel, aber die beiden anderen bewegten sich nicht. Sie sah erst Galeno, dann Otto an und fragte: »Und was müssen wir tun, wenn wir die Antwort haben?«

Otto blickte in Galenos Glasaugen: »Ich denke, dann müssen wir sie ihm sagen, und er wird uns nach Cyboria bringen.«

In der Certosa di Calci nahm Calibano die Sonnenbrille ab, ging entschiedenen Schrittes bis zum Arbeitszimmer des Conte, klopfte kurz an und trat ein.

»Es gibt Neuigkeiten, gnädiger Herr«, begann er.

Der Conte blätterte gelangweilt in einem Buch. »Welche Art von Neuigkeiten?«

»Der Junge und die Archäologin haben sich heute im Museum mit einer seltsamen Person getroffen.«

»Was heißt ›seltsam‹?«

»Mehr kann ich nicht sagen, gnädiger Herr, die Person trug einen dunklen Mantel und einen weißen Hut.«

»Bei dieser Hitze?«

»Das habe ich auch gedacht. Ich denke, es war eine Verkleidung, um nicht erkannt zu werden.«

»Was haben sie dann gemacht?«

»Sie sind ins Auto der Archäologin gestiegen und Richtung Pisa gefahren, bis zu ihrem Haus. Dort haben sie sich lange unterhalten, kurz vor Einbruch der Dunkelheit ist der Junge aufs Rad gestiegen und losgefahren, wahrscheinlich zur Villa Folgore.«

»Und der Unbekannte?«

»Ist im Haus der Archäologin geblieben.«

»Wir müssen unbedingt herausfinden, wer er ist.« Der Conte tigerte unruhig im Zimmer auf und ab. »Besser gesagt, du musst es herausfinden … Bei der Frau, hast du gesagt? Dann kann es auch mein idiotischer Sohn klären!«

Liguana ging zum Schreibtisch und nahm den Telefonhörer ab. Er wartete einige Sekunden, dann blaffte er in die Muschel: »Hörst du? Du solltest dich jetzt besser auf den Weg machen!«

3

Lebensgefahr bei Mondlicht

Otto fuhr nach Hause. Er hatte es schon immer geliebt, im Dunkeln Fahrrad zu fahren. Der Lichtkegel der Lampe, der die Straße vor ihm erhellte, das Surren des Dynamos, wenn sich das Rädchen am Reifen drehte, die Fetzen des Nachthimmels zwischen den schwarzen Baumwipfeln, die rätselhaften Geräusche des Waldes – all das faszinierte ihn.

Aber in dieser Nacht war alles anders.

In dieser Nacht lag etwas in der Luft, das ihm Angst machte.

Die Kette klapperte rhythmisch gegen den Schutzkasten, die 28-Zoll-Räder schnurrten über den Asphalt. Otto kannte die Strecke zur Villa Folgore in- und auswendig. Bis nach Pappiana verlief alles reibungslos, alles war wie immer. Warum war er bloß so ängstlich?

Der mondlose Nachthimmel war von tiefem Indigoblau, was die Sterne noch heller leuchten ließ.

Wie jedes Mal bog Otto nach links in das Sträßchen Richtung Kloster ein und blieb in Höhe der ersten Serpentine stehen, um dem Zirpen der Grillen zu lauschen.

Er tastete nach dem Ikosaeder seines Großvaters und hielt

es sich vor die Augen. Von dem Ikosaeder ging ein fluoreszierendes Leuchten aus, ein geheimnisvolles blaues Licht.

Das Lumen.

Die Energie der Neuen Stadt.

Er steckte das Polyeder wieder in die Tasche und hatte die Füße gerade auf die Pedale gesetzt, um weiterzufahren, als er innehielt. Hinter ihm war ein Geräusch zu hören. Klar und deutlich.

Schritte. Schritte, die schnell näher kamen.

Und sie klangen metallisch.

Otto hatte das Gefühl, das Blut würde ihm in den Adern gefrieren. Er versuchte sich einzureden, das alles sei nur Einbildung. Aber die Schritte waren nicht zu überhören, jeder einzelne, stakkatohaft. Und sie kamen näher. Er handelte instinktiv, riss das Fahrrad herum, weg von der Straße die Böschung hinunter, und versteckte sich hinter dem dichten Blätterwerk der Mastixsträucher. Er machte sich ganz klein, in der Hoffnung, dass die Schritte verschwinden oder sein Herz nicht mehr so wild klopfen würde. Er presste sich dicht an den Fahrradrahmen, so wie er es vor einigen Tagen im Marmorsteinbruch getan hatte.

Und er betete.

Die Schritte kamen näher. In gleichbleibendem Rhythmus bewegte sich jemand über den Asphalt, wie ein Langstreckenläufer.

Otto kniff die Augen zusammen, aber die Schwärze der Nacht war undurchdringlich und er konnte nichts erkennen. Die Schritte kamen näher, immer näher, und plötzlich verharrten sie ganz in der Nähe des Busches, hinter dem er sich versteckt hatte. Otto hielt den Atem an, was sollte er tun? Fliehen? Aber wovor eigentlich?

Von panischem Schrecken gepackt, bemerkte er, dass bläuliches Licht aus seiner Hosentasche strahlte, wo er das Ikosaeder verstaut hatte. Als wäre der Stoff durchsichtig. Das Lumen war aktiviert und hatte zu leuchten begonnen.

Otto legte seine Hand darüber und konnte den Schatten seiner Finger sehen. Bestimmt war das blaue Licht auch auf der Straße zu erkennen.

Wieder die Schrittgeräusche. Aber dieses Mal kamen sie nicht von der Straße, sondern aus dem Wald.

Aus den Büschen.

Ganz in seiner Nähe.

Otto hörte, wie Zweige gegen Metall rieben, machte sich noch kleiner und versuchte vollständig im Unterholz zu verschwinden.

Was auch immer sich da näherte, es war nur wenige Meter von ihm entfernt. Bei jedem Schritt war ein metallisches Ticken zu hören und das langsame Kreiseln eines Gyroskops, das offenbar helfen sollte, das Gleichgewicht zu halten.

Plötzlich verstummte das metallische Geräusch.

Man hörte nur das Zirpen der Grillen.

Und die Autos im Tal, ganz weit entfernt.

Und … eine schnarrende Stimme: »Galeno ist … angekommen.«

Otto riss die Augen auf und entspannte sich etwas: »Galeno?« Er konnte es nicht glauben: »Galeno?« Er richtete sich auf und kam hinter dem Busch hervor. »Was machst du denn hier?«

Der Roboter neigte den Kopf erst nach rechts, dann nach links. Die zwei hauchdünnen Membranen, die seine Glasaugen schützten, zogen sich zurück. »Galeno folgt den Anweisungen. Dir folgen, was auch immer passieren mag«, sagte er, »und nichts anfassen, bitte!«

Otto kam ganz aus seinem Versteck, das Fahrrad hielt er über dem Kopf. »Was soll ich denn jetzt meiner Tante sagen? Hast du sie informiert?«

»Informiert? Nein! Galeno … hat … Anweisungen befolgt.«

»Aber sie weiß, dass du abgehauen bist?«

»Frau Medea hat etwas geschrien. Galeno … ist dir gefolgt, was auch immer passieren mag! Und nichts anfassen!«

Otto stellte das Rad wieder auf den Asphalt. »Aber du solltest mir nicht weiter folgen! Die Anweisung ist aufgehoben! Was machen wir denn jetzt? Wir müssen zu meiner Tante zurück … oder … soll ich dich mit nach Hause nehmen? Auf jeden Fall brauche ich erst mal ein Telefon!«

Vor seinem inneren Auge tauchten zwei sehr verschiedene Schreckensszenarien auf: Schauplatz war zum einen die Villa Folgore, weil er viel zu spät nach Hause kam, zum anderen das Haus seiner Tante, weil Galeno verschwunden war.

»Du bist wirklich kompliziert als Freund!«, sagte Otto verärgert.

»Freund?«

»Ja, Freund. Weißt du, was ein Freund ist?«

»Negativ. In Galenos Vokabular nicht existent.« Der Roboter senkte den Kopf und schwieg.

»Ein nicht existierender Freund, wie passend«, sinnierte Otto und setzte sich aufs Rad. »Ein Freund ist jemand, den du gut kennst, der dir ähnlich ist und der Dinge für dich tut, ohne dass du ihn darum bitten musst. Verstehst du? Der für dich da ist, wenn du in Schwierigkeiten bist. Und du ... Ach, wie soll ich dir das nur erklären?«

»Freund«, wiederholte Galeno, als ob er eine fremde Sprache lernen würde. »Jemand, den ich gut kenne, der wie Galeno ist, der Dinge für mich tut und der für mich da ist ... wenn ich in Schwierigkeiten bin.«

»Exakt. Auf einen Freund kannst du dich verlassen. Immer. Verstehst du?«

»Galeno kann sich immer auf einen Freund verlassen.«

»Genau so!«

Klick, klick, klick.

Dann schwiegen sie, Otto fuhr ganz langsam, und Galeno trottete hinter ihm her.

Nach einer Weile kam die Villa Folgore in Sicht. Galeno wandte sein spitzes Gesicht zu Otto um und fragte: »Ist das ein Freund?«

»Nein«, sagte Otto ohne zu zögern, »das ist kein Freund. Das ist ein Tor, das Tor zur Villa Folgor...« Der Rest blieb ihm im Halse stecken. Denn in diesem Augenblick tauchte hinter der rechten Säule des Eingangstors eine riesenhafte Gestalt mit breiten Schultern auf, noch schwärzer als der Asphalt, noch düsterer als die Finsternis um ihn herum. Der Hüne blockierte fast die ganze Straße. »Oh, oh ... verdammt«, murmelte Otto, »das gefällt mir ganz und gar nicht.«

Der geheimnisvolle Unbekannte machte einen Schritt in

ihre Richtung. In der Stille der Nacht hörte man ein quietschendes Geräusch. Er hob den rechten Arm. In der Hand hielt er einen bedrohlich wirkenden Gegenstand. Eine Waffe? Mit der linken Hand bedeutete er ihnen, stehen zu bleiben.

Otto schien vor Angst wie erstarrt, während Galeno unbeirrt auf das Tor zuging. Was hatte er vor?

»Freund!«, wiederholte er. »Freund!«

Sein weißer Panamahut leuchtete im Dunkeln und seine Beine klackerten bei jedem Schritt, er wirkte wie ein Gespenst. Es quietschte erneut, dann hörte man ein Fauchen, der Riese verströmte eine Kerosinwolke und richtete die Waffe auf sie.

»Galeno, bleib stehen!«, konnte Otto gerade noch schreien.

Paff!

Aus der Waffe schoss ein Fischernetz in die Luft, groß genug, um ein Doppelbett einzuhüllen. Im Flug breitete sich das Netz aus, an den Enden wurde es von einer Schar Metallspinnen gehalten, die wild mit den Beinen zuckten.

»Komm zurück!«, schrie Otto wieder.

Aber das Netz richtete sich nicht gegen Galeno, sondern fiel auf Otto und sein Fahrrad herab. Sobald es den Boden erreicht hatte, zog es sich zusammen; die Metallspinnen liefen aufeinander zu und wickelten Otto und sein Fahrrad in das Netz ein.

»Galeno, hilf mir!«, schrie der Junge, dann stürzte er zu Boden. Er versuchte verzweifelt, sich von dem Netz zu befreien, das sich jedoch bei jeder Bewegung nur noch fester zusammenzog.

Der Riese kam rasch auf Otto zu, er schien regelrecht über den Asphalt zu fliegen.

Und da erkannte er ihn.

Im Netz gefangen auf dem Boden liegend, erkannte er ihn.

»Mfffff! Nein! Nein!«, schrie er gellend auf. »Verdammt, Galeno! *Mach was!*«

»Galeno mach … was«, wiederholte die Roboterstimme.

»Versuche ihn aufzuhalten!«

Für den Bruchteil einer Sekunde wirkte Galeno unentschlossen, dann stellte er sich der Attacke des Angreifers entgegen. Der Riese stürzte sich auf ihn wie eine Furie, er war doppelt so groß wie Galeno und sehr viel kräftiger.

»Freund?«

»Ich kenne dich nicht«, war von dem Schattenmonster zu hören. Es packte Galeno und schleuderte ihn in den Wald, wo er mit einem metallischen Scheppern auf dem Boden landete.

Diese Stimme! Otto wehrte sich verzweifelt gegen das immer enger werdende Netz. Jetzt war er sicher: Diese Stimme hatte »der Wagen steht bereit« gesagt, damals zu Conte Liguana. Die gleiche Stimme. *Genau die gleiche Stimme.*

Otto zerquetschte eine der strampelnden Spinnen, die das Fangnetz steuerten, und versuchte sich auf die Seite zu drehen. Irgendwie gelang es ihm, einen Fuß herauszustrecken, sich abzustoßen und das Netz ein wenig anzuheben. Dabei fiel ihm auf, dass der Fahrradrahmen ihm etwas Freiraum bot, vielleicht konnte er sich mit seiner Hilfe befreien. Er kroch zwischen Querstange und Kette hindurch, die Kratzer, die er sich dabei zuzog, störten ihn nicht. Mit dem freien Fuß stützte er sich ab und befreite das zweite Bein, danach den Brustkorb. Das Netz zog sich wieder zusammen, vermochte aber den Fahrradrahmen nicht zusammenzudrücken.

Der schwarze Riese setzte sich wieder in Bewegung.

»Aaaah!«, schrie Otto und befreite sich mit einem Purzelbaum aus dem Netz. Er riss sich die letzte Metallspinne aus den Haaren, die anderen hatten sich bereits auf das Fahrrad gestürzt. Mit offenem Mund lag Otto auf dem Boden und sah mit schreckensgeweiteten Augen zu, wie der Schattenmann immer näher kam.

Wieder hob er die unförmige Waffe, und Otto spürte die leichte Wärme eines roten Zielpunktes auf seiner Stirn.

Der Junge robbte zurück, rollte sich zur Seite, sprang auf und rannte über die Straße.

Paff!

Das Geräusch eines Schusses ertönte, aber Otto hatte sich schon ins Gebüsch geworfen. Sofort wirbelte er herum und sprang wie eine Feder wieder auf, ohne auch nur eine einzige Sekunde an Ort und Stelle zu verharren. Er hörte ein Knacken und sah, wie der schwarze Riese die Verfolgung aufnahm. Er verdoppelte seine Anstrengungen und huschte leichtfüßig und schnell durch den Wald, während der Koloss immer wieder durch Äste und Zweige aufgehalten wurde und nur langsam vorankam.

Otto umkurvte geschmeidig einen mächtigen Baumstamm und erreichte die Böschung, die zum Kloster hinabführte. Ohne lange nachzudenken, warf er sich auf den Boden und rutschte rücklings nach unten. Zweige peitschten ihm ins Gesicht, ein stechender Schmerz durchzuckte seine Schulter, aber er verringerte sein Tempo nicht. Erst an den Fundamentpfeilern des Aquädukts kam er zum Halten, dann schlug er einen Haken nach links, instinktiv wie ein Waldtier, fast hätte er dabei auf dem glitschigen Untergrund das Gleichgewicht verloren.

Endlich hatte er die Straße wieder erreicht. Als er einen Blick zurück wagte, bot sich seinen Augen ein beeindruckendes Schauspiel: Zweige und Blätter schienen zu explodieren. Der Riese war an einem Aquäduktbogen ins Straucheln gekommen und zu Boden gestürzt. Aber es war nur eine Frage von Sekunden, dann würde er wieder auf die Beine kommen und ihn weiter jagen.

»Der wird niemals aufgeben!«, stöhnte Otto und mobilisierte seine letzten Kräfte. Er rannte so schnell wie noch nie in seinem Leben, immer dem dunklen Band der Serpentinenstraße folgend. Am Hang tauchten die Lichter des Dorfes auf, ein Hoffnungsschimmer, der ihm neue Kraft gab. Obwohl die Beine schmerzten, beschleunigte er nochmals und erreichte schließlich eine Haarnadelkurve, die auf die Staatsstraße führte. Kaum dort angekommen, blendete ihn grelles Scheinwerferlicht.

Ein Auto!

Otto schrie auf und warf sich zur Seite, um der Gefahr, überrollt zu werden, auszuweichen. Er hörte das Quietschen der Bremsen auf dem Asphalt und kurz darauf aufgeregte Stimmen. Plötzlich war alles um ihn herum gleißend hell.

Ich bin tot, dachte er.

Nicht enden wollende Sekunden vergingen.

Dann öffnete Otto die Augen. Das grelle Licht schien ihm direkt ins Gesicht. Er sah die Fliege, die wie magisch angezogen vor dem Scheinwerfer hin und her flog.

Und er hörte das ferne Zirpen der Grillen.

Verdammt! Er lebte also noch.

Zitternd stand er auf und wandte sich um. Er traute seinen Augen nicht.

»Otto!«, rief eine ihm wohlbekannte Stimme.

Die Beifahrertür des Autos öffnete sich. Otto versuchte etwas zu erkennen, er verstand nicht recht … Wie war das möglich?

»Otto, meine Güte! Alles klar mit dir? Wir hätten dich fast überfahren.«

»Tante Medea?«

Die Schweinwerfer blendeten ab und die Fahrertür öffnete sich ebenfalls.

»Ach du Schreck!«, rief Medeas Freund. »Er stand plötzlich vor mir. Ein Wunder, dass nichts passiert ist!«

Otto blickte zuerst seine Tante, dann ihren Freund an und erkannte schließlich die Silhouette des Alfa Spider.

»Otto? Otto? Alles in Ordnung?«

»Ja, Tante. Alles in Ordnung.«

»Galeno ist abgehauen«, sagte Medea.

»Er ist nicht abgehauen … Er ist …«, stammelte der Junge, er war noch immer zu verschreckt, um einen klaren Satz formulieren zu können. Dann waren metallische Schritte auf dem Asphalt zu hören, die näher kamen.

Eine schemenhafte Gestalt mit weißem Panamahut und zerrissenem dunklen Mantel tauchte am Waldrand auf. »Galeno ist … angekommen«, sagte der Roboter mit schnarrender Stimme.

»Was zum Teufel ist das denn?«, rief der Mann, sprang wieder ins Auto und schlug rasch die Tür zu.

Tante und Neffe tauschten einen kurzen Blick. »Ich fürchte, wir müssen ihn einweihen«, meinte Medea, »er hat mich sofort hierhergefahren. Und er ist ein Mann, er kann uns vielleicht helfen.«

Otto hörte ihr gar nicht zu: »Da war jemand ... am Tor.«

»Ich weiß, Otto, ich weiß.«

»Der hat auf mich gewartet.«

»Vielleicht bist du in der Villa Folgore nicht sicher.«

»Das befürchte ich auch.«

»Dann kommst du mit zu mir.« Medea öffnete die Beifahrertür, klappte den Sitz nach vorne und ließ Otto und Galeno auf die schmale Rückbank klettern.

»Dieses Blechgestell kann nicht einfach so in mein Auto ... Das geht doch nicht ...«

Aber Galeno stieg ein, ohne auch nur den kleinsten Kratzer zu verursachen. Der Mann am Steuer verstummte.

»Er ist tatsächlich drin«, stellte er nur verblüfft fest.

Medea fuhr sich nervös durch die Haare. »Was macht man nur in solchen Fällen?«, fragte sie flüsternd.

Niemand antwortete.

Die Grillen zirpten wie verrückt. Der schwarze Riese musste auf der Lauer liegen, irgendwo da draußen, ganz in der Nähe.

Otto sah zum Himmel. Kein Stern war mehr zu sehen. Er ließ sich in die Lederpolster sinken und zwang sich, ruhig zu atmen. Aus seiner Hosentasche und aus der Öffnung in Galenos Brustbein schimmerte pulsierendes bläuliches Licht. »Ich will nicht nach Hause ...«, sagte Otto mit matter Stimme.

Medea drehte sich zu ihm um. Selbst in der Dunkelheit

leuchteten ihre Augen. Sie nickte. »Einverstanden. Jago, dreh bitte um. Dort vorne muss eine Wendebucht sein.«

Jago legte den ersten Gang ein.

»Wir fahren in Richtung Stadt«, entschied Tante Medea ohne weiter nachzudenken.

2

Die binäre Sprache

»Dann schieß mal los … Du musst wohl der Wunderneffe sein …«, sagte Jago etwas später, als sie am Bahnhof von Pisa in der Parkzone standen.

Sie hatten einen etwas abgelegenen Platz gefunden, ganz in der Nähe der Springbrunnen.

Otto nickte, sagte jedoch nichts. Obwohl Jago versuchte nett zu sein, traute Otto ihm nicht. Sein Oberlippenbart zuckte irgendwie verdächtig, aber vielleicht war das auch nur ein Tick.

»Deine Tante hat mir schon viel von dir erzählt. Ich freue mich, dass ich dich endlich persönlich kennenlerne. Und jetzt hast du mir sogar noch deinen neuen … Freund … vorgestellt.«

»Freund?«, fragte Galeno, der plötzlich wieder hellwach war. »Ein Freund ist …«

Während der Roboter monoton die Definition herunterleierte, die er vor Kurzem über Freundschaft gehört hatte, schloss Otto die Augen. Er hatte jedes Zeitgefühl verloren. Als er sie wieder öffnete, blickte er durch die Windschutzscheibe auf das beleuchtete Telefonhäuschen, in das Tante Medea gerade verschwunden war.

Er versuchte sich das Gespräch vorzustellen: Medea erklärte seinen Eltern, warum er noch nicht zu Hause war, und versuchte ihnen vor allem nahezubringen, warum er auch morgen nicht nach Hause kommen würde. Was würde sie sich wohl ausdenken?

Medea hielt den Hörer ans Ohr, dann nickte sie, hielt den Hörer von sich weg, dann wieder ans Ohr, sprach lebhaft ins Telefon, hob und senkte den Arm. Diese Prozedur wiederholte sie mehrmals und hängte schließlich ein.

Ein Zug fuhr vorbei.

»Entschuldige ...« Jago gab schließlich auf. »Du hast keine Lust zu reden.«

»Ja«, sagte Otto, »es tut mir leid.«

»Kein Problem.«

Medea setzte sich wieder ins Auto.

»Wie ist es gelaufen?«

»Gut, aber erst, als ich mit deinem Vater sprechen konnte.«

»Also?«, fragte Jago.

»Ottos Eltern sind einverstanden. Ich habe ihnen erzählt, dass wir einige Tage ans Meer fahren.«

»Ans Meer?«

»Ja, nach Capraia. Dort wohnt eine Freundin von mir, die Ferienhäuser vermietet. Ich meine ... Ich meine, wir sollten es wirklich tun. Zu mir nach Hause können wir nicht, das ist wahrscheinlich zu gefährlich.«

»Ich bringe euch erst mal in ein ruhiges Hotel«, schlug Jago vor und startete den Motor, »zu mir nach Hause können wir nämlich auch nicht. Ich wohne bei meinem Vater.«

»Du hast mir gar nicht erzählt, dass du bei deinem Vater lebst.«

»Du hast mich nie danach gefragt.«

Wieder kam ein Zug vorbei.

Galeno sah dem Zug nach, dessen Lichter die Dunkelheit jenseits der Sperrmauer zu den Gleisen durchschnitten. Sein spitz zulaufender Kopf bewegte sich ein wenig, die zwei winzigen Membranen auf den Glasaugen leuchteten kurz auf. »Galeno … kennt diesen Ort«, sagte er und fügte dann hinzu: »Bitte warten.«

Er schlüpfte aus dem Auto und ging auf die Gleise zu.

»Galeno?«, rief Otto. »Wo willst du hin?«

Der Roboter ging einfach weiter, er schwankte hin und her. »Galeno ruft …«

Ticken. Klackern. Diesmal brauchte er nicht lange, um das richtige Wort zu finden. »Galeno ruft seine Freunde, bitte.«

Galeno kletterte auf die Sperrmauer an den Gleisen und sprang auf der anderen Seite wieder hinunter. Jago, Otto und Medea versuchten ihm zu folgen und rannten durch die Fußgängerunterführung zu den Gleisen.

»Wo kann er sein?«, fragten sie sich, als sie dort angekommen waren.

Das Bahnhofsgelände war in Dunkelheit gehüllt, die wenigen Züge, die hier standen, sahen aus wie stählerne Ungeheuer, die Graffiti-Schmierereien auf den Mauern ließen alles nur noch trauriger und heruntergekommener aussehen.

»Da lang«, rief Otto, als er in der Ferne den weißen Panamahut erspäht hatte.

Sie liefen den gesamten Bahnsteig entlang, außer ihnen

war keine Menschenseele zu sehen. Über ihnen surrten die Neonlampen.

Ein kurzer Blick nach links und rechts, dann kletterten sie auf die Gleise und gingen über die Holzschwellen.

»Das ist wahrscheinlich strengstens verboten …«, sagte Medea mit einem Anflug von Verantwortungsgefühl.

Aber da Galeno nicht mehr sehr weit vor ihnen war, hörte niemand hin und sie gingen einfach weiter. Schließlich verschwand er hinter abgestellten Eisenbahnwaggons.

Sie folgten ihm, passierten die Waggons ebenfalls und tauchten wieder in die Dunkelheit ein. Nur die vereinzelten Lichter der Stadt waren zu sehen. Die Stille wurde lediglich durch das Knirschen ihrer Sohlen auf dem Schotter zwischen den Schwellen durchbrochen.

»Hohe Absätze«, bemerkte Medea sarkastisch und schlüpfte aus den Schuhen, »sind ein Fluch für Frauen in Aktion! Und das ist alles deine Schuld!«

»Wegen mir hättest du zum Essen keine hochhackigen Schuhe anziehen müssen«, entgegnete Jago leicht genervt.

Otto bedeutete ihnen still zu sein. Er sah Galeno auf den Schwellen eines stillgelegten Gleises knien, kurz danach war ein klopfendes Geräusch zu hören.

Tick-tick-tick-tock.

Tick-tick-tick-tock.

Tock-tock.

Tick-tick.

Und wieder von vorne.

Was machte er da?

Die drei verharrten regungslos, nur zwanzig Schritte von Galeno entfernt, und verstanden nicht, was da vor sich ging.

Der Roboter ließ die Arme kreisen und schlug mit dem Handrücken auf die Schienen, wie ein Schlagzeuger auf seine Trommeln. Immer wieder die gleichen Intervalle, immer wieder der gleiche Rhythmus, und das alles mit großer Präzision.

»Ich glaube …«, sagte Otto zögernd, »… er kommuniziert mit jemandem.«

»Ja«, murmelte Medea mit den Schuhen in der Hand, »er schickt eine Nachricht.«

Jago riss verblüfft die Augen auf. »Er kommuniziert? Eine Nachricht? Und an wen?«

Medea legte den Zeigefinger auf die Lippen. Sie schwiegen, während das monotone *tick-tick-tock* des Roboters die Gleise vibrieren ließ.

Das Ganze dauerte nur ein paar Minuten.

Als Galeno fertig war, legte er sein Ohr auf die Gleise. Er wartete etwa fünf Minuten, dann stand er wieder auf und begann erneut auf die Schienen zu klopfen.

Otto ging näher, aber Galeno ließ sich nicht beeindrucken.

»Oh, Otto, bitte …«, sagte der Roboter, »… noch einen Versuch. Es hat noch niemand geantwortet.«

»Wer sollte dir denn antworten?«

»Einer der anderen Führer. Aber vielleicht ist in der Nacht Funkstille. Es gibt keine Verbindung.«

Otto betrachtete die Gleise, die sich in der Dunkelheit verloren, und einen Moment lang stellte er sich vor, wie sie in einem gigantischen stählernen Netz die ganze Erde umspannten. Ein Netz aus Metall und Elektrizität. »Andere Führer? Wie viele gibt es denn?«

»Viele! Es gibt viele andere Führer, um die Neue Stadt zu besiedeln.«

»Andere Führer sollen neue Bewohner aussuchen?«

»Andere Führer sollen neue Bewohner aussuchen. Bewohner, die den Zulassungstest bestehen.«

»Genau: *Wie viele Zahnräder der Intelligenz gibt es?*«, wiederholte Otto die Frage.

»Bitte. Die Lösung eingeben«, sagte Galeno und drehte das Tastenfeld auf seiner Brust in Ottos Richtung, das so ähnlich wie ein Taschenrechner aussah.

»Ich kenne die Lösung nicht.«

Galeno begann wieder gegen die Gleise zu klopfen. Otto kniete sich neben ihn und überlegte. »Vielleicht sind die anderen Führer alle schon weg.«

Der Roboter antwortete nicht.

»Es sind viele Jahre vergangen. Vielleicht sind deine Freunde schon gegangen. Und wir sind die Letzten.«

Tick-tick-tick-tock.

Tick-tick-tick-tock.

»Welche Nachricht sendest du denn da?«

»Galeno klopft seinen Namen. Er fragte nach den Namen der anderen Führer, die ihn hören. Er fragt, ob der Zug des Südens schon abgefahren ist.«

»Der Zug des Südens?«

Der Roboter wechselte wieder die Position und lauschte. Otto wandte sich zu Medea und Jago, die etwas entfernt das Geschehen beobachteten. Dann kauerte er sich neben Galeno und legte die Hand auf das kalte Metall der Schienen. Nach einigen Sekunden glaubte er eine Vibration zu spüren. Ein einzelner Schlag. Weit entfernt … aber spürbar.

Galeno wechselte erneut die Position. »Sehr gut«, sagte er, »der Zug des Südens ist noch nicht abgefahren.«

Otto spürte wie sein Herz hüpfte, als hätte er unverhofft eine gute Nachricht erhalten. »Und was heißt das, dass er noch nicht abgefahren ist?«

»Das heißt, dass sie auf uns warten. Der Zug des Südens wartet auf die Bewohner des Südens. Er fährt ab, wenn Galeno die gefunden hat, die mitfahren sollen. Und wenn er noch nicht abgefahren ist, bedeutet das …« Galeno versuchte den Gedankengang zu Ende zu bringen, aber offensichtlich war der Wortschatz auf seiner Sprechplatte dazu nicht ausreichend. Deshalb schloss er: »Das bedeutet, dass sie noch nicht abgefahren sind, bitte.«

»Und … was ist der Zug des Südens?«

»Der Zug des Südens ist … der Zug des Südens.«

»Wo fährt er hin?«

»Zum Hauptbahnhof.«

»Zum Hauptbahnhof? Du meinst … zum Bahnhof der Neuen Stadt?«

Galeno antwortete nicht.

»Und kannst du mit dem Zug Kontakt aufnehmen?«

»Sicher. Galeno ist … ein Führer für die Besiedlung der Neuen Stadt. Galeno ruft den Zug, wenn es neue Bürger gibt.«

»Du meinst … du kannst ihn … hier auf diesen Gleisen rufen?«

»Ja. Galeno kann ihn hier auf diesen Gleisen rufen …« Der Mechanismus des Roboters erzeugte ein pfeifendes Geräusch, als würde er lachen. »Der Zug des Südens fährt auf den Gleisen des Südens!«

»Worauf wartest du dann noch? Ruf ihn!«

Der Roboter blickte erst auf Otto, dann auf die beiden anderen. »Galeno sieht keine … Bürger von Cyboria. Galeno kann den Zug rufen, wenn geeignete Bewohner da sind.«

»Du hast recht.« Otto biss sich auf die Lippen, dann sah er auf das Tastenfeld auf der Brust des Roboters. »Vielleicht … kenne ich die Lösung«, sagte er leise.

Galeno sprang auf und stellte sich ihm gegenüber. Sein dunkler Mantel öffnete sich. »Bitte die Lösung eintippen.«

Otto näherte sich mit dem Zeigefinger den Tasten. *Wie viele Zahnräder der Intelligenz gibt es?*

»Nur ein einziges«, entschied Otto. Er drückte auf die »Eins«, dann suchte er nach der »Senden«-Taste und drückte diese ebenfalls.

Das Tastenfeld verschwand mit einem Zischen in Galenos Brust. Nach weniger als einer Sekunde kam es wieder heraus.

»Die Lösung ist falsch«, schnarrte der Roboter.

Ohne weiter zu überlegen, drückte Otto auf die »Null«. Die Tastatur verschwand erneut und Otto dachte: *Die Intelligenz ist kein Räderwerk, weil … sie nicht mechanisch ist … sie …*

»Die Lösung ist falsch«, schnarrte Galeno. Und fügte hinzu: »Noch ein letzter Versuch, bevor der Führer deaktiviert wird.«

»Der Führer wird deaktiviert? Was bedeutet das?«

»Um Bürger von Cyboria zu werden, hat man nur drei Versuche, junger Herr Otto. Danach erlischt die Funktion des Führers.«

»Nur drei Versuche? Hättest du mir das nicht früher sagen können?«

»Galeno wurde nicht danach gefragt.«

Die erbarmungslose Logik des Automaten ging ihm auf die Nerven. Am liebsten hätte er auf ihn eingeprügelt.

»Was ist los?«, fragte Medea und kam näher.

Otto erzählte kurz, was passiert war.

»Eine dumme Frage«, meinte Jago und zuckte mit den Schultern, »sie lassen sich nicht zählen.«

»Wer sie?«

»Die Mechanismen der Intelligenz«, fuhr Jago fort. »Es gibt nicht nur einen Mechanismus. Es gibt … unzählige! Die Intelligenz entzieht sich jeder Definition. Auch Wahnsinn kann Intelligenz sein. Die Intelligenz ist nicht … intelligent.«

Medea nickte zustimmend: »Jago hat völlig recht. Eine dumme Frage.«

»Und wie soll ich das Galeno erklären?«

»Sag ihm, dass es unmöglich ist, auf die Frage mit einer Zahl zu antworten. Zahlen sind logisch und rational, seine Frage hingegen ist … unlogisch.«

Alle großen Geheimnisse sind Zahlen, fiel Otto plötzlich ein.

»Genauso unlogisch wie die Tatsache, dass wir hier sind, auf einem stillgelegten Bahngleis in einem menschenleeren Bahnhof, und einem Roboter zuhören, der mit den Schienen spricht. Findet ihr das logisch? Ich nicht. Und trotzdem halten wir drei uns alle für intelligent.«

Galeno sah in Hut und Mantel aus wie eine Vogelscheuche.

Seine Frage war unlogisch.

»Wartet einen Moment …«, sagte Otto. In seinem Kopf war plötzlich eine Leere, als ob etwas Wichtiges bevorstünde, das aber noch versteckt und weit entfernt war. Etwas, das er nicht greifen konnte, von dem er aber wusste, dass es da war. »Ich … ich weiß …«

»Otto?«

Der Junge nahm seinen Kopf zwischen die Hände und begann laut zu denken. »Es stimmt nicht, dass Zahlen logisch und rational sind.«

»Wie das?«, protestierte Jago. »Zwei plus zwei gibt vier. Wenn selbst die Zahlen nicht mehr logisch sind, dann können wir uns auf gar nichts mehr verlassen!«

»Nicht *alle* Zahlen sind logisch. Es gibt auch Zahlen, die keine richtigen Zahlen sind, die es eigentlich gar nicht geben kann«, beharrte Otto, »wir hatten das in der Schule, sie heißen … sie heißen …«

»Verrückte Zahlen?«, schlug Medea vor.

»Verkleidete Zahlen?«

Otto rief: »Irrationale Zahlen!«

»Tatsächlich?«, sagte Jago, die Hände in die Hüften gestützt. »Na ja, ich habe es ja immer gesagt: Ich hätte lieber Maler werden sollen.«

»Otto, du bewegst dich auf einem Gebiet, von dem ich keine Ahnung habe«, warnte ihn seine Tante, »ich kann dir nicht mehr folgen.«

»Irrationale Zahlen. Genau. Zahlen, die unter den Mathematikern auf der ganzen Welt für Unruhe gesorgt haben, weil sie … nicht logisch sind.«

»Und erinnerst du dich noch an eine dieser Zahlen?«, fragte Medea leise.

»Vielleicht«, sagte Otto unsicher, »vielleicht, aber … ich bin nicht sicher.«

»Wir könnten es zu Hause überprüfen«, sagte Jago.

»Wir können nicht nach Hause«, erinnerte ihn Medea.

»Dann eben im Hotel, oder in einem Internetcafé.«

Es war bestimmt vernünftig, von hier wegzugehen, ein Internetcafé zu suchen, sich ins Netz einzuloggen und zu überprüfen, ob Ottos Intuition richtig war. Wenn die Frage bewusst irrational gestellt war und deshalb eine irrationale Antwort verlangte, dann sollte man das am besten mit einer sehr rationalen Recherche überprüfen.

Oder vielleicht auch nicht.

Vielleicht musste man sich auch nur auf sein Gefühl verlassen. Auf das, was Otto deutlich in sich pulsieren spürte.

Auf seinen inneren Drang, zu antworten.

Geh du!

Das hatte sein Ururgroßvater geschrieben, als er die Schachtel mit dem Ikosaeder Großvater Primo übergeben hatte. Und um zu gehen, musste man den ersten Schritt machen. Dann den zweiten, den dritten. Alle Schritte, die notwendig waren.

Auch wenn sie …

… irrational …

… erschienen.

Die Möglichkeiten kommen nie wieder, hatte sein Großvater geschrieben. *Nie.* Und Otto spürte, dass seine Chance hier lag, hier auf diesen Gleisen.

Und nicht wiederkommen würde.

Er streckte den Zeigefinger aus und legte ihn auf das Tastenfeld des Roboters. »Mein Freund«, flüsterte er so leise, dass Galeno ihn vielleicht nicht einmal hören konnte, »deine Funktion wird nicht erlöschen, oder?«

Er erinnerte sich an eine irrationale Zahl, eine Zahl, die unendlich viele Dezimalstellen hatte und deren Sequenz sich niemals wiederholte. Und nicht nur das. Ottos Zahl war noch mehr, sie hatte etwas, das über die Irrationalität hinausging: Es war eine Zahl, die in den Köpfen der Menschen schon immer Leidenschaften entfacht hatte, weil sie auch in der Natur vorkommt, die »Goldene Zahl«, die auch als der »Goldene Schnitt« bezeichnet wird. Der Inbegriff von Ästhetik und Harmonie.

Die Göttliche Zahl.

War es möglich, dass diese ideale Zahl auch die Mechanismen der Intelligenz beschrieb?

War die Intelligenz vielleicht ein göttlicher Funke?

Geplagt von diesen mathematischen Betrachtungen, die so alt und so vielschichtig waren, dass sie sein Vorstellungsvermögen überstiegen, beschloss Otto aufs Ganze zu gehen. Er versuchte die langen Gespräche mit seinem Großvater in seinem Gehirn abzurufen, um sich an die genauen Dezimalstellen dieser Zahl zu erinnern.

Er wollte mit der »Zwei« beginnen, dann zögerte er, die Fingerkuppe berührte schon das Metall.

Nein, nicht die Zwei. Die Eins, dann ein Komma …

Genau, eins Komma … sechs.

Er drückte beide Tasten, sie rasteten ein, dann kam die »Eins« wieder nach oben. Otto schauderte. Es schien, als wäre die Taste wie von Zauberhand wieder nach oben gekommen. Denn mit dieser Ziffer ging die Zahl weiter.

Eins Komma Sechs … und dann wieder die Eins.

Und dann die Acht.

Die Null.

Die Drei.

Danach verschwand die Tastatur wieder in Galenos Körper, das übliche Zischen ertönte. Otto hielt den Atem an.

»Die Lösung ist richtig«, schnarrte der Roboter, »ich erwarte Anweisungen, Bürger Otto, bitte.«

Otto konnte seine Begeisterung kaum zügeln, ihm wurde regelrecht schwindlig. Aber sobald er sich wieder gefangen hatte, jubelte er: »Der Zug des Südens! Ruf ihn sofort!« Dann drehte er sich zu Medea und Jago um, die reglos im Hintergrund standen und kein Wort gesagt hatten.

»Welche Zahl hast du gedrückt?«, wollte Jago völlig verwirrt wissen.

»Die Goldene Zahl«, antwortete Otto, »auch Phi genannt, nach einem griechischen Architekten und Bildhauer namens Phidias, der die Zahl zum ersten Mal benutzt hat, um seine monumentalen Statuen zu schaffen.«

Jago massierte sich die Schläfen: »Wenn ich ehrlich bin, habe ich wirklich keine Ahnung, meine Lieben.«

In der Zwischenzeit begann Galeno wieder gegen die Gleise zu klopfen, dieses Mal aber kräftiger als zuvor. Dann hielt er inne und lauschte, er wartete auf die Antwort: »Er kommt.«

»Er kommt? Und von wo?«

»Aus südlicher Richtung«, antwortete Galeno, stand auf und reckte sich gegen den nachtschwarzen Himmel.

1

Der Zug des Südens

Jetzt konnten sie aus der Ferne ein Dröhnen hören, das immer näher kam.

Das Geräusch eines in die Jahre gekommenen Verbrennungsmotors, mit abgenutzten Elektrokontakten, ausgeleierten Ventilen und gläsernen Steuerungsdioden, die zu zerplatzen drohten.

Der Zug des Südens bestand eigentlich nur aus einem überdimensionierten Waggon, der mit ausgeschalteten Scheinwerfern langsam näher rollte. Er rumpelte über die Weichen, stieß eine Dampfwolke aus und hielt kurz vor Galeno an.

Otto, Medea und Jago wurden eingenebelt, der Funkenflug der Bremsen sprühte ihnen ins Gesicht.

Aus dem Motorraum drang ein seltsames bläuliches Leuchten.

Sie starrten den Waggon an: ein stählerner Koloss, viel größer als ein normaler Eisenbahnwaggon. Vorne und hinten war er mit Messingornamenten verziert und mit stilisierten Drachenflügeln bemalt, die bis zu den Fenstern reichten.

Konzentrische Kreise und emaillierte Metallspiralen schmückten die schwarzen Seitenwände, die von schmalen, schießschartenartigen Fenstern durchbrochen wurden. Wie eine Gallionsfigur prangte vorne am Zug eine von einem Kreis umrahmte Fackel, darunter eine Aufschrift in Großbuchstaben, typisch für das frühe 20. Jahrhundert:

CYBORIA

ZUG DES SÜDENS

1939

ZISCH + D'URÒ + BUWLER-LYTTON

»Der Zug nach Cyboria …«, murmelte Otto und ging an dem Waggon entlang.

Als er die Fackel und die goldene Aufschrift sah, wies er Medea darauf hin. »Zisch, D'Urò und Buwler-Lytton, das sind die Namen der drei Gründer, und wie Galeno sagt …«

»Im Jahre 1939«, fiel ihm Medea ins Wort, »das bedeutet, dass Ettore Zisch nicht auf dem Dampfschiff vor Sardinien ertrunken ist.«

»Aber er muss sich irgendwo versteckt haben«, folgerte Otto, »wie Atamante schon sagte.«

Jago kam aus dem Staunen nicht mehr heraus. Immer wieder kratzte er sich verlegen am Kopf und brummelte vor sich hin: »Das … das kann nicht wahr sein. Das ist nicht wahr. Und weißt du, was mich dabei am meisten ärgert? Dass mein Vater … recht hatte.«

»Recht hatte? Womit?«, fragte Medea und ging zu ihm.

»Er hat gesagt, du wärst eine gefährliche Frau.«

»Und woher wollte er das wissen?«

Jago verschränkte die Hände im Nacken und betrachtete den riesigen Eisenbahnwaggon auf den Schienen. »Und was passiert jetzt?«

Medea lächelte: »Was meinst du?«

»Ich habe keine Ahnung, aber … ich fürchte … dass ich nicht mehr die Zeit haben werde, das Auto umzuparken, oder?«

Galeno näherte sich dem Zug und streckte den Arm aus, um eine unsichtbare Verriegelung aufspringen zu lassen. Mit einem zischenden Geräusch glitt die Tür auf einer gut geölten Schiene zur Seite. Eine kleine Messingtreppe erleichterte den Einstieg.

Ohne zu zögern stieg Otto in den Zug, er drehte sich nicht einmal um.

Galeno stand vor Medea und Jago, er erinnerte an einen Kontrolleur. Otto sagte bestimmt: »Sie kommen mit!« Erst da sagte Galeno: »Bitte!« und ließ sie einsteigen. Als Letzter bestieg er selbst den Zug, klappte die Treppe wieder ein, schloss die Tür und aktivierte die Verriegelung. Dann ging er ins Führerhaus, das vom Passagierraum des Waggons mit einer schmalen Holztür abgetrennt war. Er setzte sich, klemmte beide Arme in die Rillen auf dem Kommandostand und betätigte mehrere Porzellanschalter.

»Einsteigen, bitte!«, verkündete er mit schnarrender Stimme. »Wir fahren ab!«

VERGANGENHEIT

»Besingen werden wir die Fabriken, die mit ihren sich hochwindenden Rauchfäden an den Wolken hängen; die Brücken, die wie gigantische Athleten Flüsse überspannen, die in der Sonne wie Messer aufblitzen; die abenteuersuchenden Dampfer, die den Horizont wittern; die breitbrüstigen Lokomotiven, die auf den Schienen wie riesige, mit Rohren gezäumte Stahlrosse einherstampfen.«

Futuristisches Manifest, »Le Figaro«, 20. Februar 1909

-12

Die Fahrt nach Nirgendwo

Otto sah die Landschaft durch die schmalen Fenster des Waggons wie im Zeitraffer an sich vorbeiziehen und wurde schlagartig wach.

Es war schon heller Tag. Otto reckte und streckte sich und klappte ein paarmal die Augen auf und zu, um zu verstehen, wo er sich befand und woher dieses Schaukeln kam. Es dauerte nicht lange, bis er sich erinnerte; er musste sich nur die schwarz-weißen Vorhänge mit dem geometrischen Muster anschauen, die Möbel mit den abgerundeten Ecken, den schwarzen kleinen Tisch, auf dem ein Stapel vergilbter Bücher lag, und seine Tante Medea, die darin blätterte.

»Guten Morgen«, begrüßte sie ihn ganz entspannt.

»Wo sind wir?«

»Jago meint, in Frankreich.«

»In Frankreich?«

»In Burgund, um genau zu sein.«

Galeno saß links von Medea, auch er hielt ein Buch in der Hand, allerdings verkehrt herum.

»Und was macht er … hier?«

»Ich glaube, er imitiert uns. Aber immerhin ist er eine nette Gesellschaft und schnarcht nicht.«

»Aber wenn er hier ist … Wer steuert dann den Zug?«

»Niemand, denke ich«, antwortete Jago, der im Abteil auf und ab ging, »er fährt automatisch, und das in rasendem Tempo.«

Jago hatte recht. Die Geschwindigkeit, mit der sie durch die sanften Hügel Burgunds brausten, war in der Tat atemberaubend.

»Ich hoffe nur, dass dieses Raketengefährt auf einem Vorfahrtsgleis unterwegs ist, ich habe keine Lust, mit dem nächsten TGV Paris-Lyon zusammenzustoßen.«

Als Antwort streckte sich Otto ein zweites Mal und gähnte lautstark.

Galeno legte das Buch auf den Tisch und fragte: »Wünschen der junge Herr Otto Frühstück?«

»Wow! Aber sicher!«

Jago strich sich über den Oberlippenbart. »Ich weiß nicht, wie sie funktioniert, aber im Nebenabteil steht eine von Zisch konstruierte Maschine, die so verführerisch duftende Croissants ausspuckt, dass sie sogar einen Toten wiedererwecken könnten.«

»Toten?«, fragte Galeno, der immer neugierig auf Wörter war, die er noch nicht kannte.

»Vergiss es«, empfahl Medea, »›tot‹ ist ein zu schwieriges und schmerzliches Wort, um es zu erklären. Vor allem am frühen Morgen.«

»Tot«, rekapitulierte Galeno, »ein zu schwieriges und schmerzliches Wort, um es zu erklären. Vor allem am frühen Morgen.« Dann verschwand er in Richtung des besagten Abteils und setzte den »Zischetizer« in Gang. Nach ein paar Minuten kehrte er mit einem Silbertablett zurück, das mit einem Spitzendeckchen ausgelegt war. Darauf stand eine Tasse Kaffee, daneben lagen zwei köstlich duftende Croissants.

»Ich habe es mir überlegt«, meinte Jago, während das Tablett unter seiner Nase vorbeigetragen wurde, »kann ich noch ein zweites Frühstück haben?«

»Habt ihr euch schon eine genauere Vorstellung von unserem Ziel machen können?«, fragte Otto kurze Zeit später.

Medea sah zu Jago hinüber. »Wir haben schon darüber gesprochen. Jago hat den ganzen Waggon durchsucht, und ich habe die Bücher der kleinen Reisebibliothek durchgesehen. Das hat uns auf einige Ideen gebracht.«

Otto nickte auffordernd.

»Nach der Zahl der Liegeplätze kann der Zug etwa zehn Personen befördern, wenn man sich zusammendrängt, höchstens fünfzehn. Der Waggon ist elegant und sehr geschmackvoll eingerichtet.«

»Anfang des 20. Jahrhunderts, würde ich meinen.«

»Genau, dieser Einrichtungsstil war etwa vor einem Jahrhundert groß in Mode.«

»1916?«

»Ja, aber ein 1916, das seiner Zeit voraus war. Sehr weit voraus.«

»Ein futuristisches 1916?«, vermutete Otto.

»Etwas in der Art. Auch weil … Habt ihr euch nicht gefragt, wie dieser Motor funktioniert? Es riecht nicht nach Diesel oder Benzin, auch nach keinem anderen Treibstoff, und die Oberleitung benutzt der Zug auch nicht. Das heißt …«

»Lumen«, flüsterte Otto.

Jago zog die Augenbraue hoch. Er konnte mit dem Begriff nichts anfangen. Medea klärte ihn auf.

»In jedem Fall …«, fuhren die beiden Erwachsenen fort, dabei ergänzte der eine den anderen, »wer auch immer diesen Zug konstruiert hat, hat das mit einer visionären Fantasie getan. Er wurde vor etwa hundert Jahren gebaut, um ohne Lokomotivführer über ein Schienennetz zu fahren, das extra zu diesem Zweck angelegt zu sein scheint. Das System funktioniert perfekt und muss den Überlegungen eines genialen Geistes entsprungen sein. Oder der Synthese dreier genialer Geister.«

»Die drei Gründer, genau. Habt ihr mehr über sie herausgefunden?«

»Wir wissen, dass alle drei Professoren waren. Jago meint, sie wären an einem geheimen Forschungsprojekt einer Universität beteiligt gewesen.«

»Und was haben sie gelehrt?«

»Architektur, Mathematik und Medizin.« Medea hielt ein Buch mit Schwarz-Weiß-Illustrationen hoch, auf dem ein unscheinbar wirkender Mann mit lockigen Haaren zu sehen war, dessen durchgeistigter Blick durch eine winzige Brille unterstrichen wurde. »Das ist Arnauld D'Urò, der Architekt. Wie es aussieht, war er ein leidenschaftlicher Konstrukteur von Brücken und beweglichen Gebäuden. Seine Passion waren Häuser auf Rädern und sogar solche auf Stelzen.«

Das nächste Bild zeigte ein viereckiges Gebäude, das auf trampolinähnlichen Fundamenten ruhte.

»Auf jeden Fall ein seltsamer Typ …«, meinte Otto.

»Bei Ettore Zisch müssen wir uns mit dem begnügen, was wir schon wissen, denn außer der Croissant-Maschine gibt es hier im Zug kaum Hinweise auf ihn. Sagen wir mal: kreativer Erfinder und genialer Mechaniker.«

»Und die Buwler-Lytton?«

»Ihr Vorname war Elisabeth …«, sagte Medea und hielt eine alte Zeitschrift in die Höhe. »Sie war die Tochter des Arztes Philip Buwler-Lytton und Hygienikerin der Klinik ›Faith Home for Incurable Women‹ in Brooklyn. Man nannte sie die ›Schwalbe der Kranken‹, weil sie stets elegant gekleidet durch die Krankenzimmer flatterte. Obwohl sie eine Frau war und zu Beginn des 20. Jahrhunderts lebte, folgte sie den Fußstapfen ihres Vaters und arbeitete an seiner Seite. Wahrscheinlich gingen ihre Forschungen über endemische Krankheiten sogar über die ihres Vaters hinaus. Ihr wisst ja, hinter einem bedeutenden Mann steht immer …«

»… ein Schatten?«

»… eine Reihe von Parasiten?«

Medea rümpfte amüsiert die Nase. »… eine Frau, meine Herren. Eine Frau! Und jetzt richtet euer Augenmerk auf eine Reihe von seltsamen Zufällen. Arnauld D'Urò starb mit einer Gruppe von Studenten bei einer Bergtour auf der französischen Seite des Mont Blanc, Ettore Zisch ist vor der sardischen Küste ertrunken … während Elisabeth, welch ein Zufall, unter mysteriösen Umständen auf einem Überseedampfer zu Tode gekommen ist. Es handelt sich um die *Lusitania*, die am 1. Mai 1915 in New York aufgebrochen ist und von einem deutschen U-Boot ohne bestimmten Grund vor der irischen Küste versenkt wurde.«

»Bingo«, sagte Otto, »und auf diese Weise verschwanden alle drei Professoren … und mit ihnen einige ihrer begabtesten Studenten.«

»Aber nicht Atamante«, schloss Medea, »der hat im letzten Moment entschieden, nicht mitzufahren.«

»Aus Liebe.«

»Ganz genau, aus Liebe. Wie es sich für einen guten Italiener gehört.«

»Verzeiht, wenn ich eure romantischen Gedankengänge unterbreche«, schaltete sich Jago ein, »aber auch wenn wir unterstellen, dass diese drei brillanten Köpfe wirklich unter diesen Umständen verschwunden sind … und alle von dieser Sache wussten … und diese ›Machenschaften‹, um einen Ausdruck zu benutzen, der Zisch bestimmt gefallen hätte, von Erfolg gekrönt gewesen wären … wisst ihr … was sie vorhatten?«

Tante und Neffe sahen sich an, als ob die Antwort bereits auf der Hand läge. »Cyboria gründen!«

»Eine Neue Stadt, vor allen und allem verborgen.«

»Papperlapapp«, ereiferte sich Jago, »man kann zu dritt keine Stadt gründen.«

»Sie waren neunundzwanzig«, korrigierte ihn Otto, »drei Professoren und sechsundzwanzig ausgewählte Studenten.«

»Das sind immer noch zu wenige.«

»Und doch … ist das … alles wahr«, sagte Medea leise, während der Zug dröhnend weiterbrauste, »denkt doch mal nach: Wenn ihr aus dem Nichts eine neue Stadt gründen wolltet, was bräuchtet ihr dann alles?«

»Einen Architekten für die Wohnhäuser und andere Gebäude …«, antwortete Otto und dachte dabei an die fantastischen Konstruktionen von D'Urò.

»Einen auf Hygiene spezialisierten Arzt, der für die Kanalisation, die Wasserleitungen, die Krankenhäuser und die gesamte medizinische Versorgung zuständig ist …«, fuhr Medea fort, »und dazu noch einen Schuss Weiblichkeit und Sinn fürs Praktische beisteuert.«

»Und einen kreativen Kopf wie Professor Zisch, diesen genialen Mathematiker mit handwerklichem Geschick!«

»Und wie soll das gehen?« Jago war nicht überzeugt. »Mit algebraischen Formeln?«

Otto sah zu Galeno hinüber, der reglos vor ihnen saß. »Nein, Jago, indem man Automaten wie ihn konstruiert.«

Jagos Blick streifte Galenos ausdruckslose Augen.

»Roboter, die pausenlos arbeiten können, Tag und Nacht. Maschinen, die produzieren, Maschinen, die bauen oder reparieren …«

»Und sogar Gärtner«, murmelte Jago, dessen Gesicht sich plötzlich verdüsterte, »gewiss, möglich ist das.« Gedankenversunken sah er aus der Fensterscharte und schwieg einige Minuten. Urplötzlich sprang er auf. »Mein Gott!«, schrie er aufgeregt. »Schaut mal nach draußen!«

Otto und Medea stellten sich neben ihn und trauten ihren Augen nicht: Die Gleise mündeten in eine weit geschwungene parabolische Kurve, die an einem Abhang endete.

»Die Gleise führen ins Nichts!«

»Wir fahren direkt auf den Abgrund zu!«

»Galeno! Tu was!«

Der Automat klickte irritiert: »Tu was, bitte. Sicher. Galeno hat eine solche Anweisung schon einmal erhalten und keinen Erfolg gehabt. Genauere Anweisungen, bitte!«

»Halt den Zug an!«

Galeno blieb ungerührt. »Es ist nicht möglich, den Zug des Südens anzuhalten.«

»Aber du musst! Schau dir den Abhang an!«

»Die Gleise führen direkt dorthin!«

»Bald sind wir alle tot!«

»Tot, eine schwierige und schmerzliche Frage, vor allem am frühen Morgen«, rief ihnen Galeno ins Gedächtnis.

»Zum Teufel!«, schrie Jago wütend, während der Zug unaufhaltsam ins Nichts raste. Er griff nach dem kleinen Tisch, an dem sie gefrühstückt hatten, und versuchte, allen Protesten Galenos zum Trotz, die Fensterscheiben einzuschlagen.

»Lass das, Jago! Denk doch mal nach!«, brüllte Medea ihn an. »Auch wenn du die Scheiben einschlägst, wie sollen wir da rauskommen?«

Jago ließ den Tisch sinken und begutachtete die schmalen Fenster, überlegte kurz und begann wie ein Berserker auf die Tür einzuschlagen, durch die sie in den Zug gestiegen waren. »Mach diese verdammte Tür auf, du seelenloses Ungeheuer! Mach sie auf, sonst schlage ich alles kurz und klein!«

»Mein Herr! Mein Herr! Ich bitte Sie!«, versuchte Galeno ihn zu besänftigen.

Der Zug raste mit unverminderter Geschwindigkeit weiter und begann sich in die parabolische Kurve zu legen, keine vierhundert Meter mehr vom Abhang entfernt.

Nach mehreren vergeblichen Versuchen zerbrach der Tisch, danach prügelte Jago mit den Fäusten erst auf die Tür, dann auf Galeno ein. »Aufmachen! Sofort aufmachen! Aufmachen, verdammt noch mal!«

Der Roboter kippte nach hinten und verlor dabei seinen weißen Hut. Erst jetzt reagierte er. Er betätigte einen Mechanismus, der ihn plötzlich größer und bedrohlicher aussehen ließ, und schnarrte: »Selbsterhaltungsprozess aktiviert.«

»Hört auf, ihr zwei!«, versuchte sich Otto einzuschalten, aber er kam zu spät. Aus dem rechten Arm des Roboters zuckte ein bläulicher Blitz, der Jago ans andere Ende des Abteils schleuderte, wo er reglos liegen blieb. Danach fuhr Galeno den Arm ein, ließ das vertraute Ticken hören und schrumpfte wieder zu normaler Größe. Er griff nach dem Hut und setzte ihn wieder auf. In aller Seelenruhe, während der Zug weiter ins Verderben raste.

»Es ist zu spät«, sagte Medea, den Blick starr nach draußen gerichtet.

Noch dreihundert Meter.

Zweihundertfünfzig.

Otto machte einen letzten Versuch. »Galeno, als Bürger von Cyboria befehle ich dir den Zug zu stoppen.«

»Galeno … kann den Zug nicht stoppen.«

»Ich weiß, aber du musst es versuchen. Ich bitte dich als Freund. *Versuche es*: Wir stürzen sonst ab. Wir stürzen ab, verstehst du?«

»Galeno versteht abstürzen … Aber er versteht nicht, warum wir abstürzen werden.«

»Wie, du verstehst das nicht?«, schrie Medea und packte seine mechanische Hand, die Jago in die Ecke geschleudert hatte. »Siehst du überhaupt, was da vor uns ist?«

Noch etwa hundert Meter bis zum Abhang. Einige Vögel flogen über dem Flussbett auf, aufgescheucht von dem dahinrasenden Zug.

»Das sehe ich«, antwortete Galeno ungerührt, »aber ich verstehe immer noch nicht.«

»Tante!«, rief Otto.

Noch fünfzig Meter bis zum Ende der Gleise. Wie aus

dem Nichts baute sich am Rand des Flusses plötzlich ein Metallskelett auf: Dutzende von Stahlseilen, die von einer unterirdischen Winde angetrieben wurden, zogen mit ohrenbetäubendem Ächzen und Stöhnen eine Brücke hoch. Es klang, als würde sich ein alter Hund nach einem langen Schläfchen dehnen und strecken. Dabei wirbelten dicke Staubwolken auf.

Noch zwanzig Meter.

Zehn.

Vor Ottos schreckensweiten Augen rastete die Brücke punktgenau dort ein, wo die Gleise endeten. Das Ächzen brach ab, der Zug des Südens überquerte in wenigen Sekunden donnernd den Fluss und setzte seine Fahrt ungestört fort, wobei die Schienen eine leichte Kurve nach Norden machten.

Sie blickten zurück und sahen, wie die Brücke sich wieder absenkte und in ihrem unterirdischen Versteck verschwand.

Otto und Medea standen kurz vor der Ohnmacht. Der Junge starrte Galeno vorwurfsvoll an: »Das hast du gewusst!«

Der Roboter klickte und neigte den Kopf zur Seite. »Was gewusst, junger Herr Otto?«

»Dass die Brücke auftauchen würde.«

»Aber natürlich.«

»Und warum konntest du uns nicht vorher sagen, was passiert? Dann wären wir doch ruhig geblieben!«

»Sagen, was passiert, damit alle ruhig bleiben«, wiederholte Galeno, »das ist gut.«

In diesem Augenblick schien ihm etwas einzufallen. Er drehte sich um die eigene Achse und ging auf den Zischetizer zu. Seine Multifunktionsarme aktivierten einige Schalter und Knöpfe. Aus den Lüftungsschlitzen stiegen Dampfwolken auf. »Bleibt ganz ruhig. Es gibt bald Mittagessen.«

Um Punkt zwölf wurde den drei Passagieren ein Teller heiße Suppe serviert, dazu gab es geröstetes Weißbrot in Schraubenform und ein Glas mit rötlich schäumender Flüssigkeit.

»Bouillon aus Rosen und Sonne, meine Herrschaften, bitte«, verkündete Galeno feierlich, »mit einer mediterranen Beilage ›Zickzack‹ und prickelndem Cinzano-Schaumwein.«

»Mmmh … köstlich!«, sagte Otto, der als Erster probiert hatte.

Medea ließ den Löffel zögernd über dem Teller schweben, während Jago ablehnend die Arme vor der Brust verschränkt hatte. Offensichtlich hatte er Galeno den Elektroschock noch nicht verziehen, der ihn zu Boden geschickt hatte.

»Iss das doch selbst, du Blechhaufen!«, murrte er.

»Ich danke Ihnen für das freundliche Angebot, aber ich muss Sie daran erinnern, dass Galeno nicht isst«, stellte der Roboter fest.

»Pass auf, was du sagst, sonst putze ich dich weg, du Ungeheuer!«

Galenos Gesichtsausdruck verriet eine gewisse Verblüffung, soweit das überhaupt möglich war: »Ich muss Ihnen leider mitteilen, dass keine der 9467 Schrauben von Galeno vom menschlichen Organismus verdaut werden kann …« Medea hielt Jago davon ab, aufzuspringen, während Otto leise in sich hineinlachte.

Eine Stunde später runzelte Medea misstrauisch die Stirn: »Meint ihr nicht auch, dass wir langsamer werden?«

Sie blickten nach draußen. Rechts und links der Gleise waren Häuser zu sehen; je länger sie fuhren, desto dichter standen sie.

»Ich würde sagen, dass wir uns einer Stadt nähern oder gerade eine durchqueren«, meinte Otto etwas enttäuscht.

Der Zug des Südens rumpelte über die Gleise, dass die Suppenteller auf dem Tisch hüpften. Er fuhr unter einer imposanten Brücke hindurch und passierte andere Gleise. Plötzlich tauchten Straßen auf: Autobahnen, Staatsstraßen, Landstraßen, ein unentwirrbares Betonlabyrinth.

»Wir scheinen tatsächlich anzuhalten«, beharrte Medea.

Die Häuser wurden allmählich größer, höher und hässlicher, während der Zug das Tempo weiter verlangsamte.

»Ich sehe aber keine fliegenden Autos oder futuristische Gebäude«, meinte Jago mit spöttischem Unterton, »das sieht mir nach einer ganz normalen europäischen Großstadt aus.« Er sah sich um. »Wohin ist eigentlich dieses Metallgestell verschwunden?«

Sofort tauchte Galeno aus der Führerkabine auf. »In etwa zwanzig Minuten werden wir in der Stadt des Eisenturmes eintreffen.«

»Die Stadt des Eisenturmes?«

Jago grinste verschlagen. »Was habe ich euch gesagt?«

»Du? Was hast du uns gesagt?«

Die Häuser zogen langsam an den Zugfenstern vorbei, breite Straßen, Kreuzungen und Plätze, hohe Bäume rechts und links der Straßen, das graue Band eines Flusses, auf dem gemächlich Schiffe unterwegs waren. Und einen Augenblick später tauchte im Hintergrund die Silhouette einer Kathedrale auf.

»Der Eisenturm«, wiederholte Jago und spielte mit seinem Löffel im leeren Teller. »Habt ihr es noch immer nicht verstanden? Wir sind in Paris.«

-11

Der Bahnhof aus Stahl

Nachdem sie noch über ein Gewirr von Schienen und Weichen gerumpelt waren, blieb der Zug des Südens stehen. Die Tür des Waggons öffnete sich mit einem zischenden Geräusch, von den überhitzten Rädern stiegen Dampfwolken auf.

Medea, Jago und Otto waren erstaunt: Im Bahnhof war keine Menschenseele zu sehen. Die stählerne Halle hatte eine bogenförmige Dachkonstruktion und riesige Fenster, durch die gedämpftes, goldfarbenes Licht sickerte. Die Scheiben waren mit einer dicken Staubschicht bedeckt, offensichtlich waren sie seit vielen Jahren nicht mehr geputzt worden. Die Fenstereinfassungen und die Metallstreben der Bahnhofshalle waren mit rotbraunen Rostflecken überzogen.

»Wo sind wir denn hier gelandet?«, fragte Otto und stieg aus dem Zug. Das Erste, was er auf dem staubbedeckten Bahnsteig sah, war eine Tafel mit dem Bild einer von einem Kreis eingerahmten Fackel, dem Symbol von Cyboria, und direkt darunter stand das Wort »Willkommen« in fünf verschiedenen Sprachen.

Als Nächstes stieg Medea aus, während Jago unschlüssig

auf der Treppe stehen blieb. »Ich denke, wir sind im Gare du Nord.«

»Das kann ich mir nicht vorstellen, das sieht mir eher wie ein Geisterbahnhof aus.«

Einige aufgescheuchte Tauben flogen durch das Gebäude, dabei flatterten sie aufgeregt. Neben dem Gleis, auf dem der Zug des Südens eingefahren war, gab es drei weitere Gleise, die in verschiedene Richtungen führten.

Der Bahnhof erinnerte entfernt an einen hohen Tunnel. Ein grau gestrichenes Metallskelett mit Tausenden von Schrauben, Bolzen und Nieten bildete das Tragegerüst für die bogenförmige Dachkonstruktion. Am Ende der Bahnsteige schloss sich ein Wartesaal mit einem Springbrunnen an. Im Hintergrund waren vier große Metalltafeln zu erkennen, die die vier Bahnsteige bezeichneten. Otto ging näher, bis er sie entziffern konnte: Ihr Bahnsteig war die Süd-Linie.

»Eine Linie für jede der vier Himmelsrichtungen«, vermutete er, ohne die anderen Schilder zu lesen.

Das Bahnhofsgebäude und die Gleisanlagen waren verwaist. Die einzigen Geräusche, die zu hören waren, drangen von draußen herein: typische Großstadtgeräusche, Autoverkehr, Hupen, quietschende Bremsen.

»Das war noch ein ganz anderes Leben damals, meint ihr nicht?«, seufzte Jago und stieg ebenfalls aus.

»Ein unglaublicher Ort«, sagte Medea.

»Und jetzt? Habt ihr eine Idee, was wir jetzt machen?«, fragte Jago und strich sich verlegen über den Oberlippenbart. »Oder sollten wir … unseren Blechkumpel fragen?«

Galeno folgte ihnen auf dem Fuß, geduldig wie immer.

Otto ging weiter in die Mitte der Bahnhofshalle. Als er vor dem Springbrunnen stand, blieb er plötzlich stehen. Er hatte es klicken und quietschen gehört. »Hört ihr das auch?«, fragte er.

»Ich schon.«

»Woher kommt das?«

»Von überall und nirgends, würde ich sagen.«

»Bleibt mal stehen!«

»Was ist los?«

Dem Quietschen folgte jetzt ein metallisches Knirschen und Ächzen. Schließlich war ein schwaches »Plopp« zu hören, und aus der oberen Röhre des Springbrunnens kam ein Schwall rostfarbenes Wasser. Kurze Zeit später sprudelte es von überall aus dem Brunnen, die zunächst unregelmäßigen Wasserstrahlen verwandelten sich nach und nach in raffinierte Wasserspiele, die von einem Menuett für Klavier und Streicher untermalt wurden, das nach einem anfänglichen Krächzen melodisch aus einer Lautsprecheranlage drang.

»Donnerwetter.«

»Alles erwacht zum Leben.«

»Das heißt, sie wissen, dass wir hier sind«, meinte Medea.

»Oder es liegt an ihm«, gab Jago zu bedenken und deutete auf Galeno.

Otto war ganz anderer Meinung, sagte aber nichts. Er umfasste das Ikosaeder in seiner Hosentasche, das wieder begonnen hatte, warmes blaues Licht auszustrahlen.

Der Bahnhof schien zum Leben zu erwachen, überall begann es zu rumoren. Mini-Roboter tauchten aus niedrigen Mauernischen auf und begannen, ihre Positionen einzunehmen.

Einige hatten lange Wischmopps bei sich, die sie in den Springbrunnen tauchten. Dann begannen sie den Boden zu wischen.

»Ach du Schreck, das ist ja unglaublich!«, murmelte Medea; für sie sahen die kleinen Arbeitsroboter wie Insekten mit schwarz glänzendem Rückenpanzer aus.

Otto schmunzelte, während Jago immer noch alles ins Lächerliche zog: »Wenn die wirklich funktionieren, nehme ich ein Dutzend mit nach Hause.«

Allerdings schienen die Jahre des Stillstands nicht spurlos an den Arbeitsrobotern vorübergegangen zu sein. Manch einer war bereits stark verrostet und schien nicht mehr ganz funktionstüchtig. Trotzdem gaben alle ihr Bestes, um ihre Aufgaben zu erfüllen. Einige versuchten unerschütterlich Spülmittel aus verstopften Düsen zu spritzen, andere taten alles, um stehen gebliebene Instrumente und defekte Bürsten wieder zum Laufen zu bringen. Ein hoffnungsloses Unterfangen. Aber sie waren unermüdlich bestrebt, die programmierten Pflichten zu erfüllen. Ein rührendes Bild.

Sie passierten den Springbrunnen mit einer Steinfigur, die einem Mann nachgebildet war, der eine brennende Fackel in der Hand hielt und in die Ferne schaute. In die Bogengänge zwischen den einzelnen Wartesälen waren Mosaiken mit Inschriften in fünf Sprachen eingelassen. Im Bogengang über ihnen konnten sie EINLADEND UND LUFTIG lesen. Vom Springbrunnen aus gelangte man entweder in das THEATER EXCELSIOR oder in den GROSSEN WARTESAAL. Da das Theater noch geschlossen zu sein schien (eine Anzeigetafel verkündete, dass die Vorstellung erst in einer halben Stunde beginnen würde), entschieden sie sich für den Wartesaal.

Hier standen eng aneinandergereiht Liegestühle und bequeme Polsterliegen. Die Gewölbedecke war mit einem längst verblichenen Sternenhimmel bemalt, den ein paar Roboterspinnen vergeblich wegzuwischen versuchten. Der Boden aus rot-weiß-blau-schwarzem Porzellanmosaik allerdings war blitzblank, denn hier fuhren die Roboter mit Wachsrollen unter den Füßen Rollschuh. Die Wände des Wartesaals waren tiefschwarz.

Medea fuhr mit der Hand über die weichen Matratzen der Liegestühle, denen der Zahn der Zeit deutlich anzumerken war: Milben hatten sich eingenistet, Motten Löcher gefressen, Generationen von Vögeln Federn und eingetrocknete Exkremente hinterlassen. Über allem lag eine dicke Staubschicht. Alles eindeutige Beweise, dass sich hier seit vielen Jahren kein Reisender mehr ausgestreckt hatte, um zu warten … Auf was auch?

An den Wänden hingen drei riesige Uhren, die Zeiger aber bewegten sich nicht. Die erste zeigte die Zeit in Paris und Rom an, die zweite die in New York und die dritte die in Cyboria. Unter den Uhren war ein Metallschild angebracht, dessen Text durch die Staubschicht schwer zu entziffern war. Otto wischte mit der Hand darüber und entdeckte eine farbige Linie, die immer wieder von Kreisen unterbrochen wurde, wie der Streckenplan einer U-Bahn mit den einzelnen Haltestellen.

»Orsay … Napoleon …«, las Otto, »das sind alles Haltestellen eines anderen Zuges.«

»Oder einer Straßenbahn«, korrigierte ihn Medea, die den

Staub von der anderen Seite des Schildes weggewischt hatte, sodass das Bild einer Straßenbahn und der Name der Linie sichtbar wurde: ZANG-TUMB-TUMB.

Jago grinste: »Meint ihr, wir sollten jetzt die ZANG-TUMB-TUMB-Linie nehmen?«

»Keine Ahnung.«

Ein Spinnenroboter kletterte auf das Schild und begann es langsam, aber gründlich mit gräulich schimmerndem Wasser zu reinigen.

»Wir sollten warten, bis der Roboter mit seiner Arbeit fertig ist, dann können wir den Text besser lesen.«

Sie verließen den Wartesaal durch eine zweiflügelige Tür, über der in weißen Mosaikbuchstaben auf schwarzem Untergrund geschrieben stand:

HIER BRAUCHT MAN KEINE
FAHRKARTEN ODER PÄSSE!
HIER BRAUCHT MAN IDEEN!

Und darunter, sehr viel kleiner:

BESORGE DIR DEINE BEI UNSEREM
AUSKUNFTSBÜRO.

-10

Schwierigkeiten und Erkenntnisse

Sie kamen an einen blank gescheuerten Bahnsteig, von dem aus ein leuchtend blaues Trittbrett zu einer Straßenbahn aus der Zeit der Wende vom 19. zum 20. Jahrhundert führte. Sie trug die Nummer 85479. Die Türen der Straßenbahn standen weit offen, so als ob sie nur auf Passagiere gewartet hätte.

»Ich glaube, die wartet auf uns.«

»Straßenbahn Nummer 85479. Ich hoffe, das sind keine fortlaufenden Nummern, sonst würde das heißen, dass schon einige davon abgefahren sind.«

Galeno, der ihnen bis zu diesem Moment schweigend gefolgt war, ging auf die Straßenbahn zu und betrachtete sie aufmerksam. Dann stieg er ein und stellte sich in den Führerstand. Er betätigte einen Hebel, wodurch auf dem Dach ein Mechanismus in Gang gesetzt wurde. Der Stromabnehmer der Straßenbahn wurde mit der Oberleitung über den Gleisen verbunden. Blaue Funken sprühten, und die Bezeichnung der Straßenbahn sprang eine Zahl weiter (jetzt war sie Nummer 85480). Danach ertönte das Brummen eines startenden Motors.

Das dauerte allerdings nur wenige Sekunden, dann war ein

saugendes Geräusch zu hören, gefolgt von einem aus der Ferne kommenden metallischen Scheppern, typisch für etwas, das nicht so funktionierte, wie es sollte. Galeno verließ den Führerstand und kam zum Bahnsteig zurück. Er schien verwirrt.

»Galeno versteht das nicht«, krächzte er, »es hat ein Problem gegeben … das Tor öffnet sich nicht.«

Er stieg auf die Schienen hinunter und blickte reglos in den Tunnel, durch den weit entfernte Verkehrsgeräusche zu hören waren.

»Einfach lächerlich«, beschwerte sich Jago, »jetzt wird wohl wieder geklopft.«

Über der Tunneleinfahrt hingen drei Medaillons, auf denen zwei Männer und eine Frau im Porträt zu sehen waren.

»Das sind die Professoren«, rief Otto, »Ettore, Elisabeth und Arnauld.«

Die drei lächelten vor einem himmelblauen Hintergrund, die Szenerie wirkte irgendwie surreal. Elisabeth hatte ein kantiges Gesicht mit spitzem Kinn, lange, kastanienbraune, glatte Haare und große leuchtende Augen.

Das etwas der Welt entrückt wirkende runde Gesicht von Arnauld wurde von einem nach oben gezwirbelten Spitzbart und einer grau melierten Künstlermähne unterstrichen.

Ettore Zisch hingegen hatte dichtes strohblondes Haar, seine blauen Augen wirkten kalt und trotz des Lächelns hoch konzentriert.

»Träume sind der Treibstoff der Realität«, las Medea auf dem Schild unter den Medaillons.

»Professoren sind und bleiben eben Professoren, wahrhaft ein Muster an Bescheidenheit …«, lästerte Jago.

»Warum sagst du das?«

»Siehst du hier vielleicht auch nur einen einzigen der sechsundzwanzig Studenten, die mit von der Partie waren?«

Während sie darauf warteten, dass Galeno das Problem des sich nicht öffnenden Tores löste, erkundeten sie weiter den verlassenen Bahnhof. Sie durchquerten gerade die prächtige Halle aus weißem und schwarzem Marmor, als sich plötzlich mitten in der Wand ein Absperrgitter auftat und ein Verkaufsstand auftauchte.

Die drei gingen verblüfft näher.

Hinter einer elfenbeinfarbenen Theke stand ein lustig anzuschauender weiblicher Roboter mit einem Kopftuch, das früher einmal weiß gewesen sein musste, dazu trug er eine Schürze, die mit der Cyboria-Fackel bestickt war.

Der Kopf des Roboters war dreieckig und durch einen spiralförmigen Hals mit dem Körper verbunden, die Augen waren von langen Blechwimpern umrahmt. Mit einem verdächtigen Knirschen drehte die Roboterdame ihren Oberkörper herum und sagte mit einer kratzenden Grammofonstimme:

»Bitte! Treten Sie heran! Aktuelle Ausgabe! Brandneue Nachrichten aus der Neuen Stadt!«

Im Hintergrund waren Druckmaschinen im Einsatz und spuckten perlmuttfarbene Blätter aus.

Otto nahm sich eines.

Es war eine aus einem einzigen Blatt bestehende Zeitung, noch druckwarm. Die Buchstaben waren nicht schwarz, sondern grau, offenbar war die Tinte schon sehr alt.

16. Mai 1939

Der Cyborianer

Die Stadt ist bereit! Die Phase der Besiedlung beginnt!

Dreißig Jahre hat es gedauert, bis wir jedes Detail geplant und umgesetzt hatten, aber jetzt sind wir bereit, die ersten auswärtigen Bewohner aufzunehmen. Die Strukturierung des Geländes, Bau und Inbetriebnahme der Gebäude sind abgeschlossen, die Verfassung ist verabschiedet. Wer uns nach den Aufnahmebedingungen fragt, dem antworten wir: Es gibt nur eine einzige. Neue Ideen. Cyboria ist für alle, aber nicht für jeden.

ETTORE ZISCH

Meine Assistenten und ich in der Klinik sind, um es vorsichtig auszudrücken, aufgeregt. Ich habe gewettet, dass der erste Fremde, der einen Fuß nach Cyboria setzen wird, eine Frau sein wird. Lasst mich diese Wette nicht verlieren, Bürgerinnen der Zukunft! Cyboria ist der Ort, an dem alle ihren Platz haben, unabhängig von Herkunft und Geschlecht. Allen Menschen ist eines gleich: Sie sind verschieden.

ELISABETH BUWLER-LYTTON

Schwärmt aus, Führer! Geht in alle Städte der Welt, um unsere heiß ersehnten neuen Bürger zu finden! Bringt ihnen Luminario bei, die spontanste Sprache der Welt, die ganz leicht zu erlernen ist! Euch, Bürger der Zukunft, bitten wir: Beeilt Euch, damit wir nicht länger warten müssen und unser Werk vollenden können.

ARNAULD D'URÒ

[Gratisausgabe – Verkauf verboten – vorsichtig zu verschenken – selbstgedruckt mit der D'URÒ Monotype, Paris.]

»Habt ihr das Datum bemerkt?«

»In diesem Jahr scheint tatsächlich alles stehen geblieben zu sein.«

»Die Zeitung ist schon ziemlich alt.«

»Aber sie drucken sie noch immer«, sagte Jago, »wahrscheinlich haben diese Herrschaften seit damals keine aktuellen Nachrichten mehr.«

»Es muss sehr lange her sein, dass zum letzten Mal jemand hier war …«

Jago lachte. »Ich habe ernste Zweifel, ob überhaupt schon jemand hier gewesen ist.«

»Hast du die Nummer der Straßenbahn vergessen? Diese 85000 und ein paar Zerquetschte, die Zahl, die eins nach vorne gesprungen ist, als Galeno die Bahn gestartet hat? Wenn das die Anzahl der Fahrten ist …«

»… auf der nicht existierenden ZANG-TUMB-TUMB-Linie.«

»Was heißt da nicht existierend? Die Gleise und die Brücke sind doch Realität!«

»Möchtest du, dass ich einige Informationen einhole?«, witzelte Jago und ging auf die Roboterdame zu. »Hallo, schöne Frau! Kannst du mir sagen, wie viele Exemplare dieser Zeitung du verteilt hast?«

»Hier ist Ihr persönliches Exemplar, mein Herr! Um die Wartezeit zu verkürzen! Brandaktuelle Nachrichten aus der Neuen Stadt!«

»Ich habe deine Zeitung schon!«, entgegnete Jago leicht genervt.

»Zum Zeitvertreib! Nehmen Sie am Excelsior-Ball im Theater des Bahnhofs teil!«, fuhr der Roboter ungerührt fort. »Die allerneusten Neuigkeiten! Ihr persönliches Exemplar, mein Herr!«

Jago schüttelte den Kopf.

Medea sah den Roboter mit einer Mischung aus Mitleid und Spott an. »Ich beneide sie ein wenig. Immer gute Laune, auch wenn die Zeitung, die sie verschenkt, fast hundert Jahre alt ist …«

Jago faltete sein Exemplar zusammen und steckte es in die Hosentasche. »Ich habe jedenfalls überhaupt keine gute Laune.«

»Otto … überleg doch mal … wenige Monate nach dem Erscheinen dieser Zeitung«, fuhr Medea fort, »marschierte Hitler in Polen ein und der Zweite Weltkrieg begann.«

»Stimmt.«

Ihre Schritte hallten auf dem Fußboden wider.

»Meinst du, das hat etwas zu bedeuten?«

»Vielleicht. Vielleicht war es ein unglücklicher Zufall, dass die Professoren gerade zu diesem Zeitpunkt damit begonnen haben, Cyboria zu besiedeln, so kurz vor dem Krieg.«

»Vielleicht haben die ausgewählten Bürger auch gekämpft.«

»Ich möchte daran erinnern, dass wir von drei mittlerweile etwa achtzigjährigen Professoren sprechen, dazu eine Handvoll ›junge Leute‹ um die fünfzig.«

»Oder vielleicht wurden die anderen Roboter von Panzern und bei Fliegerangriffen zerstört.«

»Oder sie wurden eingeschmolzen, um Munition herzustellen.«

»Und so hat man das ganze Projekt vergessen.«

»Vielleicht wurde sogar die Neue Stadt bombardiert und zerstört.«

»Alles Blödsinn.« Jago schrie fast. »Das ist doch kompletter Blödsinn! Seid ihr euch darüber im Klaren, was ihr da sagt?« Medea und Otto sahen ihn an. »Es gibt keine Neue Stadt! Und niemand ist jemals dorthin geschickt worden!«

»Ach nein?« Otto wirkte beleidigt. »Und wie erklärst du dir … das alles?«

»Das ist einfach Show, ein Hype, eine Schatzsuche für Milliardäre!«

»Ist dir eigentlich bewusst, was du da redest?«, explodierte Medea. »Hat dir die Reise mit dem Zug des Südens nicht genügt? Die Brücke, die aus dem Nichts aufgetaucht ist? Oder Galeno?«

»Gut, gut! Ich gebe ja zu, dass wir es mit einer Reihe unglaublich genialer Erfindungen zu tun haben, mit Spitzenleistungen im Roboterbau … und in der Architektur. Aber mehr auch nicht!«

»Dort draußen steht eine Straßenbahn, die darauf wartet, uns in die Neue Stadt zu bringen!«

»Ich möchte dich daran erinnern, dass wir uns in Paris befinden, meine Liebe«, entgegnete Jago süffisant, »in der Stadt des Eisenturms! Und nicht in irgendeiner Geisterstadt! Wir befinden uns in einem verlassenen Bahnhof mitten in Paris! Schaut her!« Er zog Medea und Otto zu einem der großen Fenster, durch die man nach draußen blicken konnte. Obwohl die Scheiben mit einer Staubschicht überzogen waren, erkannte man dunkle Dächer und ein gewölbtes Glasdach. »Seht ihr das? Erkennt ihr es? Das ist der Gare d'Orsay. Der alte Pariser Bahnhof, der heute ein Museum ist.«

»Ja und?«

»Zuerst waren wir in Italien, in Pisa, also in der … nun … in der Stadt des Schiefen Turms.«

»Ja und?«

»Lasst uns Schluss machen mit diesen Hirngespinsten und Absurditäten und nicht mehr auf diese Marionette aus Stahl und Glas hören, die spricht wie vor hundert Jahren! Versuchen wir lieber hier rauszukommen … und fahren nach Hause.«

Otto wedelte verärgert mit seinem Exemplar der Zeitung aus dem Jahre 1939. »Ich bleibe«, sagte er sehr leise, aber bestimmt, »aber wenn ihr wollt, könnt ihr gerne gehen.«

-9

Die Unbezähmbaren

Otto war richtig sauer.

Er ging am Zeitungskiosk vorbei zu einer großen Glastür, deren Scheiben das Logo von Cyboria zierte. Schweigend betrat er einen großen Raum.

Das Auskunftsbüro.

Darin standen etwa zehn runde Tische, die wie überdimensionale Pilze aussahen. Spiralförmige Kupferrohre verschwanden in einer Wand, um gleich daneben wieder herauszukommen. Auf dem Fußboden darunter waren etwa hundert zylinderförmige Behälter aufgereiht. Sie erinnerten an Mini-Waschmaschinen, mit einem schießschartenähnlichen Fenster wie beim Zug des Südens. Jeder Behälter hatte eine gravierte Messingplakette und ein quadratisches Schloss.

Die Behälter waren in alphabetischer Reihenfolge aufgestellt, auf den Plaketten standen verschiedene Namen. Otto suchte nach dem Buchstaben »F«.

»Hier ist meine!«, rief er.

Jago und Medea waren ihm gefolgt.

»Was meinst du damit?«

»Hier steht ›Folgore‹. Das ist mein Nachname. Und … natürlich auch der meines Großvaters und meines Ururgroßvaters, aber wie dem auch sei … Hier ist es.«

»Was hat das zu bedeuten?«

Otto strahlte: »Das bedeutet, dass sie auf uns warten.«

»Das ist logisch …«, nickte Medea, »sie haben Roboterführer dorthin geschickt, wo sie Menschen vermuteten, die das Abenteuer wagen würden.«

Jago blickte sich suchend um: »Apropos Führer, wo ist denn unserer?«

»Er ist bei den Straßenbahnschienen geblieben.«

»Ich sehe mal nach, was er macht«, bot sich Jago widerwillig an.

»Jago …«

»Du musst nichts sagen. Ich werde mich nicht mit ihm schlagen und mir nicht noch mal die Haare anrösten lassen. Aber ihr rührt euch nicht von der Stelle, ist das klar?«

Otto antwortete nicht einmal, so fasziniert war er. Er strich mit dem Zeigefinger über den mysteriösen Zylinder am Fußende der Wand und fragte sich, was er jetzt machen sollte. Während Medea und Jago noch über Galeno sprachen, entschloss er sich, das Naheliegendste zu tun. Er nahm das Ikosaeder aus der Tasche und steckte es in das Schloss des Behälters, als wäre es ein Schlüssel.

Ein blauer Blitz zuckte und das Ikosaeder war verschwunden.

»Otto! Was machst du da?«

»Nichts, glaube ich jedenfalls …«

Was natürlich nicht stimmte.

Durch das Rohrsystem wurde ein Schwall Druckluft gepresst, der alles ächzen und knirschen ließ. Dann erkannte man einen Gegenstand, der durch die spiralförmigen Windungen raste, bis er direkt vor dem Behälter der Folgores zum Halten kam. Das Schießschartenfenster öffnete sich zischend.

»Wow! Das sind Briefkästen für Rohrpost!«, jubelte Otto.

Das Päckchen war etwa so groß wie ein Schuhkarton. Medea lächelte und schüttelte dann verblüfft den Kopf. »Unglaublich …«

»Das kannst du schon glauben, Tante Medea«, antwortete Otto, nahm das Paket und ging zu einem der Tische, »denn es ist direkt an uns adressiert.«

Jago war verwirrt.

Während er durch den menschenleeren Bahnhof lief, kochte langsam Wut in ihm hoch. Und je länger er lief, desto größer wurde seine Verwirrung. Als er den Springbrunnen erreichte, bemerkte er, dass die Türen zum Theater Excelsior offen standen. Er spähte kurz hinein. Im Hintergrund war leise Musik zu hören, eine Stimme vom Band sagte: »Hereinspaziert, meine Damen und Herren! Während Sie auf die Abfahrt Ihres Zuges warten, genießen Sie die Excelsior-Show! Eine Choreografie in sechs Teilen und elf Bildern! Zum ersten Mal auf der Bühne sehen Sie ein Dampfschiff, ein Morsegerät, eine Glühbirne, den Fréjus-Tunnel und den Suezkanal!«

Die Musik wurde lauter und der Vorhang öffnete sich: Zwölf Robotertänzerinnen auf Rollschuhen erschienen auf der Bühne, offenbar das Ballett.

Das war zu viel.

Jagos Verwirrung verwandelte sich in unbändigen Zorn. Er verließ das Theater und versuchte den Drang zu unterdrücken, alles kurz und klein zu schlagen.

In seinem Kopf tobten widerstreitende Gefühle. Außer Wut spürte er Gewissensbisse, Verblüffung, Angst und Hilflosigkeit. Er kam sich vor wie einer der Roboter auf der Bühne, wie einer, der nach der Pfeife eines Puppenspielers tanzen musste. Allein der Gedanke, nicht mehr Herr seiner Entscheidungen zu sein, war unerträglich. Er hatte seine Freiheit eingebüßt. Und sein Geheimnis war von Stunde zu Stunde schwerer zu verbergen. Galeno hatte Calibano wiedererkannt und ihn »Freund« genannt …

Ein großes Problem.

Das er früher oder später lösen musste.

Ich könnte einfach verschwinden, sagte er sich beim Gehen, *ich könnte einfach verschwinden und alles hinter mir lassen. Ich könnte nach Cyboria gehen und für immer dort bleiben, weg von allem, weg von meinem Vater.*

Cyboria! Aber wenn die Neue Stadt doch nur eine Illusion war? Wenn es doch nur eine große Show, eine Schatzsuche für Milliardäre war, wie er selbst zuvor gespottet hatte? Was würde er seinem Vater erzählen? Wie sollte er mit seinem Zorn fertigwerden?

Jago lief in seiner wütenden Verzweiflung einfach weiter, ohne wahrzunehmen, was um ihn herum geschah. Er hörte nicht, wie die Stimme aus dem Lautsprecher verkündete, dass die Passagiere nach Cyboria sich auf dem Bahnsteig zur Abfahrt einfinden sollten. Für ihn waren die Straßenbahn, der Zug und dieser menschenleere Bahnhof nichts anderes als die Kulisse eines bizarren Schauspiels. Dann stieß er schließlich doch noch auf Galeno, der auf den Schienen saß und seine seltsamen Klopfzeichen machte.

Wen rief er jetzt? Und warum?

Jedes Mal, wenn er die stereotypen Bewegungen des Roboters betrachtete, überkam Jago ein beklemmendes Gefühl: Angst.

Die Angst, entdeckt zu werden.

Und dann … Galeno sah diesem anderen Roboter irgendwie ähnlich, diesem riesenhaften mechanischen Ungeheuer, das ihn seit seiner Kindheit tyrannisiert hatte.

Galeno und Calibano hatten offenbar den gleichen Erfinder.

Galeno hörte ihn nicht kommen und klopfte weiter auf die Schienen. Jago blieb stehen und überlegte, wie er sich verhalten sollte. Dann fiel sein Blick zufällig auf eine auf dem Boden liegende Eisenstange. Er griff danach und umklammerte sie fest. Ein abstruser Wunsch machte sich in ihm breit, die Wut war noch nicht verschwunden, im Gegenteil, sie kochte wieder in ihm hoch.

Mit der Eisenstange in der Hand ging Jago an der Straßenbahn entlang und kletterte dann auf das Gleis. Sofort drehte sich der Roboter zu ihm um. Spürte er die Gefahr?

»Ach, Sie sind es, Herr Jago …«, schnarrte er mit seiner grässlichen Grammofonstimme, »Galeno hat Sie nicht kommen hören.«

Absurd! Warum sprach er immer in der dritten Person von sich!

»Was machst du da?«

Galeno blieb auf den Schienen hocken. »Galeno sucht … Freunde.«

»Was für Freunde?«

»Andere Führer. Galeno … versteht nicht, warum das

Tor geschlossen ist. Er versteht das nicht. Galeno hatte andere Anweisungen.«

»Was heißt ›andere Anweisungen‹?«

»Galeno fragt die Gleise, um eine Lösung zu finden.«

»Und was sagen die Gleise?«

»Bis jetzt geben sie keine Antwort.«

»Also? Von welchen Anweisungen sprichst du?«

»In Galenos Arbeitsspeicher sind andere Anweisungen programmiert. Erste Anweisung: Den Zug des Südens rufen. Und das hat Galeno getan. Zweite Anweisung: Den Zug des Südens bis in die Stadt mit dem Eisenturm fahren. Auch das hat er getan. Dritte Anweisung: der ZANG-TUMB-TUMB-Linie folgen. Und das klappt nicht. Deshalb fragt Galeno die Gleise nach einer Lösung.«

»Gibt es noch eine vierte Anweisung?«, fragte Jago ahnungsvoll und umklammerte die Stange noch fester.

»Aber natürlich, Herr Jago. Vierte Anweisung: Den Riesen zähmen.«

In Jagos Hals bildete sich ein dicker Klumpen, der einfach nicht mehr verschwinden wollte. Er lockerte den Griff um die Eisenstange etwas.

»Den Riesen zähmen?«

»Ganz genau, Herr Jago. Aber natürlich erst dann, wenn wir ihn gefunden haben, noch weiß Galeno nicht, wie er … Oh, Achtung bitte!«

»Was ist los?«

Der Roboter blickte in den Tunnel und legte beide Hände auf die Gleise. »Wären Sie so freundlich und würden bitte leise sein? Ich bekomme eine Antwort.«

Der Klumpen in Jagos Hals wurde größer.

-8

DER AUSWEIS FÜR DIE NEUE STADT

Die Schnur und das Wachssiegel lösten ein ähnlich prickelndes Gefühl aus wie damals, als er die Schachtel seines Großvaters Primo geöffnet hatte. Das Päckchen, das Otto in Händen hielt, beinhaltete noch geheimnisvollere Dinge: eine schwarz lackierte Spieluhr, eine gelochte Ausweiskarte aus Plastik und einige gerollte Dokumente, die mit einem orangefarbenen Bastfaden zusammengehalten wurden. Die Spieluhr war mit einer Insel im Meer bemalt, über der eine schneeweiße Wolke schwebte. Darunter stand geschrieben:

KURZE EINWEISUNG IN DIE SITTEN UND GEBRÄUCHE CYBORIAS

Doch als Otto die Uhr aufklappte, war nichts zu sehen und zu hören.

»Sie ist kaputt«, meinte Medea.

Otto drehte sie hin und her. »Oder ...« Er fand ein Röhrchen, in dem sich ein winziger Metallzylinder befand. Er hielt ihn gegen das Licht und entdeckte die Aufschrift LUMEN. Aber nichts passierte, selbst in Kontakt mit dem Ikosaeder.

»Vielleicht ist einfach die Batterie leer?«

Er klappte die Spieluhr wieder zu und betrachtete die anderen Gegenstände aus dem Päckchen. Die Ausweiskarte hatte das Format einer Magnetstreifenkarte, war aber viel dicker und in eine Gebrauchsanweisung gewickelt.

»Lege hier dein Geld aus der Vergangenheit an!«, las Medea auf der Rückseite des Zettels. »Gold und Silber sind in Cyboria wertlos! Benutze ausschließlich deine Karte und das Persönliche Passwort!« Sie lächelte. »Wie es aussieht, haben die Professoren schon in die Zukunft gedacht und die Kreditkarte erfunden!«

Otto konzentrierte sich währenddessen auf ein Dokument, das in rotes Leder eingebunden war. Als er es öffnete, kam ein Zettel herausgeflattert.

ACHTUNG!

WIR BÜRGER CYBORIAS GLAUBEN NICHT AN DIE GEMEINSAME IDENTITÄT EINES VOLKES, SONDERN IM GEGENTEIL AN DIE INDIVIDUALITÄT DES EINZELNEN. FÜLLE DESHALB DEINEN INDIVIDUALITÄTSAUSWEIS AUS UND LASSE DABEI ALLES OFFEN, WAS DIR UNKLAR IST.
ES IST NICHT ZWINGEND NOTWENDIG, DEINE BISHERIGE STAATSANGEHÖRIGKEIT ANZUGEBEN, GLEICHES GILT FÜR DEIN ALTER. DENN ZUKÜNFTIG WIRST DU BÜRGER DER STADT OHNE STAATSANGEHÖRIGKEIT SEIN. UND DAS EINZIGE ALTER, DAS WICHTIG IST, IST DAS DEINER INTELLIGENZ.

WENN DU ALLES AUSGEFÜLLT HAST, FÜHRE DEN AUSWEIS MIT, DAMIT MAN DEINE DATEN LESEN KANN, ODER LASS IHN IRGENDWO LIEGEN, WENN DU JEMAN-

DEN NEUGIERIG MACHEN WILLST. UND NUN BEEIL DICH! SCHNELL! STEIGE IN DIE ZANG-TUMB-TUMB-BAHN EIN! VERLIERE KEINE ZEIT!

WIR WARTEN AUF DICH! ENTSCHEIDE JETZT ÜBER DEINE ZUKUNFT: SEI DER, DER DU SEIN WILLST, EIN BÜRGER DER NEUEN STADT!

Otto schlug das Dokument auf, aus dem der Zettel gefallen war, lächelte und sagte: »Es ist der Ausweis von Cyboria …«

Reisepass für freizügiges Reisen

Auch Individualitätsausweis genannt

(handschriftlich auszufüllen)

Name: *Otto*

Nachname: *Folgore Perotti*

Codename: *Blitz aus Pisa*

Motto (Hinweis: Das Motto wird im Register für erloschene Bürger Cyborias gespeichert): *Remedium frustra est contra fulmen quaerere*

Meine Herkunft (in Prozent)

Wald: *70 % Pisaner Wälder*

Stadt: *20 % Pisa, die Stadt des Schiefen Turms*

Küste: *10 % Livorno (gegenüber den Pisanern geheim zu halten)*

Unterirdisch: -

Universum: -

Gletscher: -
Sonstiges (bitte näher beschreiben): -
Wichtigste intellektuelle Begabungen:
Mathematik, Konstruktionen, Dinge, die man in der Schule lernt (aber nur so viel, damit ich nicht durchfalle)
Wichtigste körperliche Fähigkeiten: Fahrrad fahren
Zahl und Art der Haustiere, die bis zur Ankunft in Cyboria gepflegt wurden: 1 Goldfisch, 2 Landschildkröten, 1 Igel (aber in der Nacht abgehauen)
Zahl und Art der Dinge, die bis zur Ankunft in Cyboria kaputtgemacht wurden: mehr als 500 (keine genaue Angabe möglich)
TaschenInhalt zum Zeitpunkt des Ausfüllens dieses Dokuments: 1 Polyeder, 1 Bleistiftstummel, 1 Papiertaschentuch, 1 Suppenlöffel (Leihgabe aus dem Zug des Südens)
Was man sonst noch über mich wissen sollte: Ich bin der Enkel von Primo Folgore Perotti und der Ururenkel von Atamante Folgore Perotti, der 1915 mit Professor Zisch abreisen sollte.

-7

Eine Flucht wie aus dem Lehrbuch

Aus dem Tunnel der ZANG-TUMB-TUMB-Linie konnte Galeno ein fernes Rufen hören.

»Was sagen deine Freunde?«, fragte Jago, als er seine Neugier nicht mehr zurückhalten konnte.

»Oh, Herr Jago, es schmerzt Galeno, Ihnen mitteilen zu müssen, dass es nicht Galenos Freunde sind, die antworten, sondern das automatische Notfallsystem für Problemlösungen.«

»Automatisches Was …?«

»Notfallsystem für Problemlösungen. Es schickt mir gerade die alternativen Anweisungen für die ZANG-TUMB-TUMB-Linie. Das Tor öffnet sich nicht, weil die Strecke unterbrochen ist. Gründe dafür können sein: A) die unkontrollierte Ausbreitung der Stadt hat einen Teil des Schienennetzes lahmgelegt oder den Lumen-Generator für die Stromversorgung beschädigt; B) eine feindliche Macht hat die Kontrolle über die Stadt übernommen und verhindert den freien Bahnverkehr; C) eine Naturkatastrophe – Erdbeben, Seebeben, Vulkanausbruch – verhindert, dass sich das System mit seinem Ziel verbinden kann …«

»Es ist Alternative A, Galeno! Mit Sicherheit A! Und was besagen deine Anweisungen für den Notfall?«

Galeno klopfte kurz. »Die Anweisungen sind sehr komplex. Sie lauten: A) Den Unsicherheitsausgang C neben dem Tor Z benutzen; B) die Durchfahrtserlaubnis am automatischen Torwächter abgeben; C) den Plan mit der Streckenführung der ZANG-TUMB-TUMB-Linie an sich nehmen; D) den extraordinären Energiepunkt Picasso erreichen; E) den Druckknopf ZANG aktivieren.«

»Das ist alles?«

»Die Nachricht wird wiederholt. A) Den Unsicherheitsausgang C …«

»Ich habe schon verstanden! Alles klar!«

»Sie haben verstanden, Herr Jago? Das ist gut, denn Galeno hat fast nichts verstanden.«

Jago umklammerte den Eisenstab wieder fester.

Der Roboter deutete auf die Schienen. »Und das tut Galeno …«, er suchte nach dem passenden Wort, »… leid.«

Jago ließ den Stab kaum wahrnehmbar sinken. »Es tut dir leid? Und warum? Seit wann interessiert dich, ob du etwas verstehst?«

Galeno drehte den Kopf hin und her und imitierte dabei das für Medea typische Kopfschütteln. »Ah, Herr Jago, das weiß Galeno nicht …«, krächzte er schließlich, nachdem er die richtige Sprechplatte gefunden hatte, »aber Galeno weiß, dass etwas nicht zu wissen auch richtig sein kann. Etwas nicht zu verstehen, ist falsch. Und das ist nicht alles, was Galeno denkt. Galeno tut noch etwas leid: Die anderen Führer antworten nicht. Galenos Freunde hören seine Fragen nicht, als ob sie gar nicht da wären. Es ist, als wäre Galeno allein. Ohne Freunde. Und das macht ihn noch trauriger.«

Jago lockerte den Griff wieder. »Weißt du, warum die anderen Führer nicht antworten?«

»Galeno weiß es nicht.«

»Kannst du es dir nicht vorstellen?«

»Galeno kennt die Bedeutung des Wortes ›vorstellen‹ nicht.«

»Das bedeutet, dass du dir eine Sache, über die du nicht genau Bescheid weißt, mit dem wenigen, was du darüber weißt, erklären kannst. Man nennt das Vorstellungskraft.«

»Sich etwas vorstellen ist also wie etwas nicht wissen?«

»Könntest du dir vorstellen, dass die anderen Führer tot sind?«

»Tot: eine schwierige und schmerzhafte Frage, vor allem am frühen Morgen. Wollen Sie damit sagen, Herr Jago, dass Galeno seine Freunde lieber am späten Abend rufen soll?«

»Ich meine damit, dass die anderen Führer … ausgeschaltet sind. Verstehst du das besser?«

»Oh, Herr Jago, ja. Jetzt versteht Galeno besser. Alle Führer sind ausgeschaltet. Deshalb … müssen sie wieder eingeschaltet werden, damit sie Galenos Fragen beantworten können.«

»Du bist ein unverbesserlicher Optimist, Galeno«, flüsterte Jago, als ob er Angst hätte, dass ihn jemand hören könnte.

Der Roboter wechselte das Thema: »Sie haben ein schönes Stück Metall gefunden, Herr Jago … Darf ich fragen, wozu es verwendet wird?«

Jago ließ die Eisenstange zu Boden sinken. »Für nichts Besonderes, es ist nur ein Stück Eisen. Vor Kurzem wollte ich dir damit noch den Schädel einschlagen, aber jetzt …« Galeno wich quietschend ein Stück zurück. »Aber jetzt habe ich es mir anders überlegt. Es scheint, dass du anders nachdenkst.«

»Galeno versteht das Wort ›nachdenken‹ nicht.«

»Das ist, wenn du nach dem ›Warum‹ fragst und nicht gleich eine Antwort findest.«

»Dann ist ›nachdenken‹ so etwas Ähnliches wie ›vorstellen‹?«

Ohne es zu wollen, musste Jago lächeln. »Wegen genau dieser Formulierungen habe ich mich entschieden, dir nicht mit dieser Stange den Schädel zu spalten.«

»Wegen dieser Formulierungen … oder weil ich der Einzige bin, der die Anweisungen für die Fahrt mit der ZANG-TUMB-TUMB-Linie kennt?«

Jagos Lächeln wurde breiter: »Du beginnst nachzudenken, mein Freund, das gefällt mir.«

Aus der Ferne hörten sie eine Lautsprecherstimme, die die Reisenden aufforderte, ihr Gepäck an sich zu nehmen, weil die Abfahrt unmittelbar bevorstand.

»Einsteigen! Alle einsteigen!«

Otto und Medea steckten die Dokumente wieder in das Päckchen und kehrten in den Großen Wartesaal zurück, auf der Suche nach Galeno und Jago. Die Putzspinnen hatten ganze Arbeit geleistet. Der Fahrplan war jetzt fast vollständig zu lesen. Die violette ZANG-TUMB-TUMB-Linie hatte viele Windungen und viele Haltestellen, einige mit französischen Namen wie *Place de la Bastille* oder *Rue de Rivoli*, andere wiederum schienen frei erfunden, wie: FRAN-BLA-BLAU oder KRAK-PIN-PIN.

Die Lautsprecherstimme forderte weiter zum Einsteigen auf.

Aber wohin ging die Fahrt?

Und wie sollte sie ablaufen?

Otto verfolgte den Streckenverlauf der ZANG-TUMB-TUMB-Linie, der im Hauptbahnhof begann, wo sie sich gerade befanden, und dann in Richtung Nordwest führte, mit Haltestellen in Zang, Tumb und Tumb.

Und dann? Was sollten sie machen?

Die Doppeltür, die vom Wartesaal auf den Bahnsteig der Straßenbahn führte, öffnete sich, Jago und Galeno tauchten auf. »Wo seid ihr gewesen? Ich hatte euch doch gebeten, im Auskunftsbüro zu bleiben!«

»Wir haben die Lautsprecheransage gehört und sind hierhergerannt, um zu sehen, was los ist!«

»Es war falscher Alarm, eine fehlerhafte Schaltung. Nichts fährt ab. Alles ist blockiert.«

»Blockiert?«

»Das Tor öffnet sich nicht.«

»Und warum?«

»Mögliche Gründe sind: A) die unkontrollierte Ausbreitung der Stadt hat einen Teil des Schienennetzes lahmlegt oder den …«, setzte Galeno an, wurde aber sofort von Jago unterbrochen.

»Fakt ist: Die Straßenbahnlinie ist blockiert und wir müssen die Notfallanweisungen ausführen. Ziemlich kompliziert, auch wenn die erste machbar zu sein scheint.«

»Den Unsicherheitsausgang C neben dem Tor Z benutzen«, erklärte Galeno.

»Und welches ist das Tor Z?«

»Das einzig vorhandene«, fuhr der Führer fort, »Z steht für ›Zang‹. Am Ende des Tunnels.«

»Okay«, meinte Otto, »auf geht's.«

Die anderen ließen sich von ihm mitreißen.

Galeno half Medea auf die Gleise zu klettern und stakste dann in den Tunnel, dabei aktivierte er eine blaue Stirnlampe, um die Orientierung zu erleichtern.

-6

Ein Geistesblitz

Nach etwa hundert Metern endete der Tunnel an einem mächtigen Eisentor; dagegen wirkte das Eingangsportal der Villa Folgore wie ein Spielzeug. Zwei massive Wandpfeiler, die muskulösen Männerkörpern nachgebildet waren, stützten das Tor an beiden Seiten, während die Mitte von einer stilisierten Fackel dominiert wurde. Dahinter waren Straßen und Häuser zu erahnen, die Gleise schienen in eine Art Hängebrücke einzumünden.

Während die anderen sich neugierig umsahen, konzentrierte Galeno das blaue Licht seiner Stirnlampe auf eine Schottentür an der Seitenwand, auf der das »C« für Cyboria prangte.

»Unsicherheitsausgang C«, rief Jago. »Sieht aus wie eine Einstiegsluke an einem U-Boot.« Er ging darauf zu und tastete die Tür ab. »Ich denke, sie ist es«, meinte er dann und versuchte sie zu öffnen, »weiß jemand, wie sie aufgeht? Vielleicht hier …?«

In der Mitte der Tür war ein Schlitz zu erkennen, in den Jago jetzt seine Hand steckte.

Ein *Bzzzt! Stack!* war zu hören.

Erschreckt zog Jago die Hand wieder heraus. »Aua, es hat

mich gebissen!« Auf seinem Handrücken waren etwa zehn kleine rote Punkte zu sehen.

Eine Grammofonstimme schnarrte: »Durchgang nicht gestattet. Gültigen Passierschein einstecken.«

Das ließ Otto sich nicht zweimal sagen, er nahm den Ausweis der Neuen Stadt und steckte ihn in den Schlitz. Galeno leuchtete ihm mit der Lampe.

Bzzzt! Stack!

Der Ausweis kam wieder heraus.

»Durchgang nicht gestattet. Gültigen Passierschein einstecken.«

»Lass mich mal probieren«, sagte Medea. Ohne große Hoffnung steckte sie die Plastikkarte in den Türschlitz, wartete auf das *Bzzzt! Stack!* und nahm die Karte wieder heraus.

»Durchgang gestattet! 99 Lumen Restguthaben«, sagte die Stimme.

Dann sprang die Tür nach innen auf. Dahinter befand sich ein nach oben führender Gang, der mit einem gemusterten Teppich ausgelegt war.

»Das ist ja schrecklich.« Jago schüttelte sich und starrte wie hypnotisiert auf das Zebramuster.

»Nicht wirklich, Tiermotive sind heute wieder total in«, erwiderte Medea, bevor sie den Flur betrat. »Kommt ihr mit?«

An den Wänden hingen Skizzen von futuristischen Gebäuden, eine neben der anderen, und ganz am Ende des Flures war eine geschlossene Holztür zu erkennen, auf der schon von Weitem zu lesen war:

UNSICHERHEITSAUSGANG

Langsam gingen sie weiter nach oben, der Flur wurde immer niedriger und schmaler. Als sie schließlich die Tür erreichten, konnte nur noch Otto aufrecht stehen. Neben der Tür stand ein von einer Messinglampe mit grün besticktem Schirm beleuchteter runder Tisch, auf dem ein Stapel Zettel lag und daneben ein Schildchen mit einer kurzen Nachricht:

Nimm dir deinen Gratis-Plan!
Viel Spaß mit der
ZANG-TUMB-TUMB!

Otto nahm drei Pläne und verteilte sie an die anderen.

»Entschuldigt bitte, aber habt ihr nicht den Eindruck …«, meinte Jago gedankenversunken, »dass uns die werten Professoren ein wenig auf den Arm nehmen? Was für einen Sinn hat denn eine so niedrige Tür?«

»Das hängt davon ab, was sich auf der anderen Seite befindet«, antwortete Otto und öffnete dabei langsam die Tür.

Ein Windstoß pfiff ihnen entgegen, und die Geräusche einer pulsierenden Stadt drangen an ihr Ohr. Otto wich zurück: Sie befanden sich mindestens zwanzig Meter über dem Erdboden, an der Außenwand eines Mehrfamilienhauses.

»Gütiger Himmel!«

»Und was machen wir jetzt?«

»Dieses Mal bin ich ganz deiner Meinung, Jago …«, murmelte Medea und lehnte sich hinaus.

Die Häuserfassade war mit einem riesigen Werbeplakat beklebt, dessen Farben schon verblasst waren. Darauf war eine Lampe zu erkennen, das gleiche Modell, das auf dem runden Tisch stand.

Plötzlich redeten alle wild durcheinander.

»Gehen wir zurück?«

»Und dann?«

»Wir könnten versuchen, über das Glasdach herauszukommen.«

»Das Kabel, bitte«, sagte Galeno.

»Das Dach ist viel zu hoch!«

»Ich gehe nicht zurück.«

»Das Kabel, bitte«, wiederholte Galeno.

»Und wenn wir den Gleisen des Zuges des Südens folgen …?«

»Oder wir versuchen, das Tor aufzubrechen …«

»Vielleicht auf der anderen Seite des Theaters …«

Dem Roboter wurde es zu bunt: »Galeno hat gesagt: Zieht das Kabel, bitte!«, schnarrte er.

Otto, Medea und Jago verstummten. Galeno zog das Kabel der Messinglampe, und das Licht erlosch.

»Tolle Idee«, murmelte Jago, »wirklich genial.«

Galeno ging wieder zur Tür, ein Windstoß riss ihm den Hut vom Kopf.

»Krrk! Krrk!«, schnarrte er.

Otto, Medea und Jago sahen dem weißen Panamahut hinterher, wie er über die Dächer von Paris nach unten segelte, dann bemerkten sie, dass an der Hausfassade Zahnräder zu klackern begannen.

Sie beugten sich abwechselnd nach unten, um zu sehen, was da vor sich ging. Aus dem Nichts tauchte plötzlich eine Sprossenleiter auf, die bis auf den Bürgersteig führte.

Erstaunt sahen sie Galeno an.

»Wie bist du auf die Idee gekommen?«

Aber der Roboter war ganz auf seinen Hut fixiert, er wirkte irgendwie abwesend: »Licht innen, Licht außen. Kleine Lampe, große Lampe. Kabel raus, Leiter runter.«

Als die letzte Sprosse der Leiter den Boden erreicht hatte, machte Jago Anstalten nach unten zu klettern, doch Galeno packte ihn am Arm.

»Ich erlaube mir Ihnen mitzuteilen, Herr Jago, dass Galeno als Erster geht. Sonst dürfte er … seinen Hut nie wiederfinden.«

Dann setzte er seinen Metallfuß auf die oberste Leitersprosse und begann mit dem Abstieg.

»Der Letzte macht die Tür zu«, fügte er noch hinzu, bevor er nach unten verschwand, »bitte.«

Als sie auf dem Bürgersteig angekommen waren, überkam sie große Lust, in das erstbeste Bistro zu stürmen und eine gewaltige Crêpe mit Schokosauce zu essen, um die Akkus mit neuer Energie und Optimismus aufzuladen.

Es war wie im Schlaraffenland. Alles war vergessen, die Strapazen, die verdreckte Kleidung: Willkommen in der Normalität!

»Einfach herrlich«, jubelte Medea schließlich mit einem verschmierten Schokoladenbart auf der Oberlippe, »jetzt kann es weitergehen! Wie lauten die Anweisungen?«

»Das liegt doch auf der Hand. Wir müssen den extraordinären Energiepunkt Picasso erreichen«, antwortete Jago, bevor er zur Toilette verschwand.

»Und das heißt?«

Otto schüttelte den Kopf und steckte sich das letzte Crêpestück in den Mund. »Keine Ahnung.«

»Wartet mal … vielleicht ist es einfacher, als wir glauben.« Medea faltete ihren Plan der ZANG-TUMB-TUMB-Linie auf und kontrollierte die Streckenführung. Nach einigen Minuten zeigte sie auf eine der letzten Haltestellen: »Hier, Haltestelle Picasso. Dort müssen wir hin, denke ich.«

Galeno war draußen geblieben und lehnte lässig an der Ampel der Kreuzung. Die Passanten bemerkten gar nicht, dass er ein Roboter war, mit Armen, Beinen und Kopf aus Metall. Er hatte seinen Panamahut wiedergefunden und ihn tief ins Gesicht gezogen, so war er vor den Augen der Vorübergehenden geschützt. Nur einige Kinder, die genauer hinschauten, schrien etwas, aber ihre Eltern ignorierten sie.

Medea fragte nach einer Straße oder einem Platz mit dem Namen Picasso, um sich über die Entfernung dorthin zu informieren. Mit Galeno konnten sie kein Taxi nehmen, das wäre zu auffällig.

Sie erfuhr, dass es eine Straße mit diesem Namen gab, die jenseits des Geschäftsviertels lag, ziemlich weit von ihrem Standort entfernt. Sie mussten die Seine überqueren und sich in nordwestlicher Richtung orientieren, immer die historische Stadtachse entlang, bis zu den Hochhäusern von *La Défense*. Nicht gerade ein Spaziergang.

»Wir könnten mit der Metro fahren«, warf Otto ein.

Der Besitzer des Bistros schien nicht seiner Meinung: »Es ist ein so herrlicher Tag. Es gibt noch eine andere Möglichkeit, dorthinzukommen.«

»Und die wäre?«

»Schon mal von Velib gehört?«

-5

Avenue Pablo Picasso

Überall in der Stadt gab es sie.

Leihfahrräder.

Velib war ein Fahrradverleihsystem, mit einem weitverzweigten Netz von Stationen, die über die ganze Stadt verteilt waren. Wenn man das Fahrrad nicht mehr brauchte, gab man es einfach an einer x-beliebigen Station zurück. Man musste nur seinen Namen eingeben, mit einer Kreditkarte bezahlen und los ging's. Jagos Kreditkarte war die einzige, die noch funktionierte, aber ihm war nicht ganz wohl dabei, sie zu benutzen.

Otto dagegen war glücklich. Er radelte durch die Straßen von Paris, vorbei an den berühmtesten Bauwerken der Stadt (Louvre, Tuilerien, Triumphbogen, Champs-Elysées …). Es kümmerte ihn nicht, wenn seine hinter ihm fahrende Tante hin und wieder entzückt aufschrie, wenn sie wieder an einer Sehenswürdigkeit vorbeikamen, und auch nicht, dass Jago völlig außer Atem als Letzter hinter ihnen her keuchte. Galeno fuhr voran, wie ein Heerführer, den Panamahut auf dem Kopf und den Stadtplan vor Augen.

»Ampel!«, riefen sie ihm an der ersten Kreuzung zu, und

Galeno blieb mitten auf der Straße stehen. Hinter ihm stauten sich die Autos.

»Prends-garde à où tu marches!«, beschimpfte ihn einer der Fahrer und musterte ihn kritisch.

Otto, Medea und Jago eskortierten Galeno über die Straße, und bei der nächsten Möglichkeit hielten sie an, um ihm die Grundregeln im Straßenverkehr zu erklären.

»Immer auf die Vorfahrt achten …«, schnarrte Galeno am Ende der Schulung, »alles klar, Galeno hat verstanden.«

Dann ging es weiter.

Die vier auf den Fahrrädern mussten einfach auffallen, besonders natürlich die seltsame Gestalt aus Metall in dunklem Regenmantel und weißem Panamahut. Die Passanten dachten an einen schrägen Werbegag, vielleicht für einen Film oder ein Kinderbuch. Niemand wagte es, sie anzuhalten, aus Angst, etwas aufgeschwatzt zu bekommen oder einen Fragebogen ausfüllen zu müssen.

Sie fuhren durch den gläsernen Torbogen von *La Défense* und hielten sich dann in südwestlicher Richtung. Die Straßen wurden immer breiter und der Verkehr immer dichter. Sie passierten einen Park, und als sie in die Avenue Pablo Picasso einbogen, war es bereits sechs Uhr abends.

Jago ließ sich entkräftet zu Boden sinken. Er war seit Jahren nicht mehr so lange Rad gefahren. Auch Medeas Gesicht glühte vor Anstrengung, Otto dagegen sprühte die Energie noch aus allen Poren. Er war ganz in seinem Element.

»Was ist wohl ein extraordinärer Energiepunkt, was meint ihr?«, fragte er.

Natürlich hatte niemand auch nur die geringste Ahnung.

»Es könnte ein Gebäude sein … oder ein Geschäft?«

»Oder ein Elektrizitätswerk?«

»Eine Reparaturwerkstatt?«

Als ihnen nichts mehr einfiel, schauten sie zu dem Roboter hinüber, der die ganze Zeit geschwiegen hatte.

»Fragt nicht Galeno«, entschuldigte er sich, »er hat nicht genug … Vorstellungskraft!«

Sie schoben die Räder jetzt und spähten von einer Straßenseite auf die andere, um das rätselhafte Objekt zu entdecken. Die Avenue Pablo Picasso war eine eher unauffällige Straße, gesäumt von achtstöckigen Wohnhäusern. Sie machte eine langgezogene Kurve und kreuzte eine baumbestandene Nebenstraße. Nichts deutete darauf hin, dass sich hier der extraordinäre Energiepunkt Picasso befinden könnte. Otto kontrollierte die Klingelschilder und ging von Haus zu Haus.

»Es könnte eine Windturbine sein …«

»Oder eine Telefonverteilerstation.«

»Oder ein Kanalschacht mit eingeprägtem Cyboria-Fackelsymbol.«

Hundert Meter weiter nördlich fanden sie die Lösung. Das musste es sein: Am Ende der dem genialen kubistischen Maler gewidmeten Straße stand eine Art überdimensionale Schachtel mit Fenstern, ein dreistöckiger Pfahlbau, so groß wie ein Parkdeck. Das utopisch anmutende Gebäude ähnelte einem gigantischen Vogelkäfig.

»Was meint ihr? Könnte das von Arnauld stammen?«, fragte Otto und stellte das Rad vor dem Gebäude ab.

»Kein Zweifel«, antwortete Medea.

»Es ist sein Werk«, stimmte Jago zu.

Ganz vorsichtig näherten sie sich dem Stelzenbau. Ein komisches Gefühl, unter einem Haus zu stehen. Wenn sie nach oben schauten, konnten sie die mächtige Stahlkonstruktion und die Rohrleitungen sehen, die sich zu einem seltsamen Gebilde bündelten, das wie ein Wollknäuel aussah. Der Pfahlbau war durch zwei gewaltige Stützpfeiler aus Eisenfachwerk fest im Boden verankert, ganz ähnlich wie der Eiffelturm. Eine beeindruckende Konstruktion, wenn man das Gewicht des darauf schwebenden Gebäudes bedachte.

Man betrat das Bauwerk über zwei abgerundete Treppenstufen, die zu einer mit dunkelvioletten Kacheln gefliesten Galerie führten, bis man schließlich zu einem wuchtigen zweiflügeligen Eingangsportal kam, das von zwei aufgemalten Großbuchstaben beherrscht wurde: »E« und »Z«. Ein Türschloss war nicht zu sehen.

Neben dem Portal waren über einem Messinglautsprecher ein Mikrofon, ein runder Klingelknopf und ein Spiegel angebracht.

»Ich klingele«, sagte Otto.

»Meinst du wirklich?«

»D) den extraordinären Energiepunkt Picasso erreichen; E) den Druckknopf ZANG aktivieren«, rief Galeno ihnen in Erinnerung.

»Erreichen? Wir haben ihn erreicht.«

»Seid ihr sicher, dass es der richtige ist?«

»Es ist das sonderbarste Gebäude, das ich je in meinem Leben gesehen habe. Und es befinden sich ein E und ein Z auf dem Eingangsportal: Extraordinär und ZANG. Wir haben es gefunden.«

»Dann klingele ich jetzt.«

»Und was bedeutet eigentlich … den Druckknopf ZANG aktivieren?«

»Klingeln?«

»Klingeln!«

Otto drückte auf den Knopf. Der Spiegel über dem Mikrofon drehte sich um 45° und enthüllte in seinem Inneren ein vertikales Kabel und einen zweiten Spiegel, der nach oben gerichtet war. Eine intelligent konstruierte mechanische Sprechanlage aus den 1930er Jahren.

Aus dem Messinglautsprecher unter dem Klingelknopf ertönte ein Musikstück für Klavier und Cello.

»Das erkenne ich wieder …«, flüsterte Medea, »das ist die gleiche Melodie wie im Bahnhof.«

Otto vibrierte vor Anspannung. Er wartete einige Sekunden gespannt ab, dann verstummte die Musik und der Spiegel kehrte wieder in seine Ausgangsstellung zurück, als ob nichts gewesen wäre.

»Es funktioniert nicht.«

»Niemand da.«

»Versuch es noch mal.«

Otto drückte erneut die Klingel, aber … vergebens.

»Wartet mal … Lasst uns überlegen …«, begann Jago und tigerte vor der Tür auf und ab. »Es gibt kein Schloss und keine Schlüssel, das heißt, die Klingel ist die einzige Möglichkeit hineinzukommen. Vielleicht genügt es nicht, nur einmal zu klingeln, sondern man muss in einem besonderen Rhythmus klingeln … So etwas wie dreimal kurz, dreimal lang, dreimal kurz. So ungefähr wie Galeno auf die Gleise geklopft hat. Aber …«

»Aber …«

»Aber wenn wir einen solchen Code benutzen müssten, wüssten wir es.«

»Und warum?«

»Weil wir den Notfallanweisungen für die ZANG-TUMB-TUMB-Linie folgen, die genau für diesen Fall aufgestellt worden sind. Wenn jemand beabsichtigt hat, dass wir dieses Gebäude finden, dann sollte er uns auch die Möglichkeit geben, hineinzukommen, meint ihr nicht?«

»Klingt logisch«, stimmte Medea zu.

»Also, ich glaube, dass sie alles genau geplant haben. Auch, dass wir zur Orientierung einen Führer brauchen. Galeno. Der Einzige übrigens, der uns die Notfallanweisungen übermitteln kann. Richtig?«

Es herrschte andächtige Stille, als ob Jago eine berühmte Persönlichkeit wäre und eine entscheidende Rede halten würde.

»Und das heißt?«, hakte Medea nach, weil Jago nicht den Anschein machte, als wolle er fortfahren.

»Das heißt, meiner Meinung nach, dass die Lösung ganz einfach ist. Wir dürfen nicht klingeln, Galeno muss es tun.«

Der Roboter wich einen Schritt zurück. »Galeno hat keine Anweisung, zu klingeln.«

»Du hattest auch nicht die Anweisung, das Kabel der Lampe zu ziehen, und hast es trotzdem gemacht«, rief ihm Otto in Erinnerung.

Galeno klickte verwirrt. »Ich habe nur nachgedacht, während hier …«

»Denk noch mal nach, Galeno!«, forderte ihn Jago auf. »Wem vertrauen die Professoren? Auf wen können sie sich verlassen, wenn nicht auf ein Geschöpf, das sie selbst erdacht und gebaut haben?«

Wieder schienen Jagos Gedanken überzeugend. Obwohl Galenos Fähigkeit zum logischen Denken und seine Vorstellungskraft eingeschränkt waren, war er einverstanden.

»Wie Sie wünschen, Herr Jago. Ich klingle. Aber nur mit der Erlaubnis von Herrn Otto.«

»Erlaubnis erteilt!«

Galeno näherte sich der Klingel, hob den Arm und drückte mit dem Zeigefinger den Knopf, genau wie er es bei Otto gesehen hatte. Wieder drehte sich der Spiegel um seine eigene Achse, die Melodie erklang und einige Sekunden später drehte sich das »Z« auf dem rechten Türflügel zweimal im Uhrzeigersinn.

Tack. Tack.

Aus dem »Z« wurde ein »N«, sodass die beiden Buchstaben jetzt das Wort »EN« formten.

En. Die beiden ersten Buchstaben des französischen Wortes »entrez« – tretet ein.

Medea lächelte Jago zu und drückte gegen die Tür, die sich langsam öffnete.

»Was habe ich euch gesagt?«, triumphierte Jago und strich sich selbstgefällig über den Schnurrbart.

»Du hast mich wirklich verblüfft …«, murmelte die Archäologin und betrat den extraordinären Energiepunkt Picasso.

-4

Rendezvous in Paris

Sie trauten ihren Augen nicht.

Das Innere des Gebäudes war aus grauem Beton. Zwei Wendeltreppen mit schwarz-weißen Stufen führten sowohl nach oben als auch nach unten. Dort, wo sich die beiden Treppen trafen, befand sich die gläserne Kabine eines Aufzugs, die mit Messingbeschlägen eingefasst war.

Als Erstes fiel ihr Blick auf ein großformatiges Porträt von Arnauld D'Urò, der an einem Tisch saß, der vor Bleistiften, Federkielen, Hämmern und einem Fass schwarzer Tinte regelrecht überquoll. Neben dem Bild befanden sich zwei dicke, rote Pfeile, der eine wies nach oben, der andere nach unten. Der zugehörige Text verkündete:

Keine Angst, Herrschaften!
Warum auch immer ihr hier seid,
ihr seid hier richtig!

↑	↓
nach oben	nach unten
Störung auf der Strecke	Probleme mit der Versorgung

»Hoch oder runter?«, fragte Medea und blieb vor dem Bild stehen. »Störungen auf der Strecke oder Probleme bei der Versorgung?«

»Ich würde sagen nach oben: Versorgungsprobleme haben wir nicht.«

»Wir haben aber ein anderes Problem: den Druckknopf ZANG aktivieren.«

»Hast du eine Idee, Blechbüchse?«

Galeno antwortete nicht. Er schloss die Tür hinter ihnen, die mit einem bedrohlichen Geräusch ins Schloss fiel.

»Na toll«, fluchte Jago, »jetzt sind wir eingeschlossen. Gehört das auch zu deinen Anweisungen?«

»Galeno hat eine andere Anweisung«, erinnerte ihn der Roboter. »Den Riesen zähmen.«

»Wirklich beruhigend«, murmelte Medea ironisch, »das hättest du ruhig schon früher sagen können.«

Otto betrat den durchsichtigen, eiförmigen Aufzug und schloss die Tür. Genau in der Mitte der Kabine war eine Kette befestigt, darunter hing ein Schild.

Nach oben: kurz ziehen. Nach unten: lange ziehen.

Er zog lang.

Als Otto aus dem Aufzug stieg, befand er sich in einer Art Weinkeller. Er hörte Medeas Stimme, die von oben nach ihm rief (von oben? Jedenfalls schien die Stimme weit entfernt). Er formte mit seinen Händen einen Trichter und schrie: »Alles okay! Ich schau mich nur ein wenig um!«

Es war stockdunkel.

Otto suchte nach einem Lichtschalter, und als er ihn gefunden hatte, kippte er ihn nach oben. Lampen flammten auf, ihr bläuliches Licht erhellte einen langen Gang. Ein Teppichläufer mit Leopardenmuster führte an zwei Regalreihen vorbei, die mit Weinflaschen in verschiedenen Größen gefüllt waren. Große und kleine, bauchige und schmale. An den einzelnen Regalen waren Nummern befestigt. Was hatte das zu bedeuten? War das der jeweilige Jahrgang?

Otto schaute genauer hin und bemerkte, dass die Behälter gar keine Weinflaschen waren, sondern … Batterien. Kapseln aus Glas und Metall in verschiedenen Größen, so weit das Auge reichte, aufgereiht nach ihrer Größe. Otto nahm eine Batterie heraus und drehte sie in der Hand hin und her.

»Lumen …«, murmelte er leise.

Er war von einem riesigen Lager mit Lumen-Batterien umgeben. Vielleicht bezeichneten die Nummern die Menge der Ladung, oder die Art der Energie, die in den Batterien gespeichert war.

Er nahm das Ikosaeder aus der Hosentasche; die Stromkontakte pulsierten und schimmerten in bläulichem Licht. Dann fiel ihm die Spieluhr ein, die er im Bahnhof bekommen hatte. Er musste die Gelegenheit nutzen und ihre Batterie aufladen.

Etwa in der Mitte des Ganges wurde sein Blick von einer großformatigen Schwarz-Weiß-Fotografie gefesselt. Sie zeigte im Vordergrund die drei Professoren, dahinter die Dächer von Paris. Sehr wahrscheinlich war sie im Café oben im Eiffelturm aufgenommen. Die drei lächelten in die Kamera. Zwischen ihnen war eine Zeitung zu erkennen, »Le Figaro«. Dort stand zu lesen:

LUMEN: ENERGIE DER ZUKUNFT ODER GAR ERSATZ FÜR ERDÖL?

Otto betrachtete lange das Gesicht von Arnauld, dem Architekten, der das Haus auf Stelzen gebaut hatte, in dem er sich gerade befand. In seinem Gesicht lag ein enthusiastischer Ausdruck, wie man ihn sonst nur bei Kindern findet. An seiner Seite stand der Mathematiker, dem es offensichtlich unangenehm war, dass man ihn fotografierte. Seine Finger schienen die Finger der Frau zu berühren, die als einzige Person im Profil aufgenommen war, der Rand ihres kecken Hütchens bildete die Konturen ihrer wohlgeformten Nase nach.

Otto konnte sich nur schwer von diesem Bild lösen, und als er es schließlich doch tat, klopfte ihm das Herz bis zum Hals, als hätte er der Vergangenheit ein Stückchen Wahrheit geraubt.

Nachdem er die Batterie der Spieluhr ausgewechselt hatte, ging Otto wieder zum Aufzug, zog kurz an der Kette und fuhr nach oben.

Durch die Fenster des über den Pfeilern der Eisenfachwerkkonstruktion hängenden Appartements flutete das letzte Abendlicht herein.

Ein atemberaubendes Ambiente an einem magischen Ort auf verschiedenen Ebenen; man hatte den Eindruck, als sei alles in Bewegung. Hinter schwarz lackierten Türen erkannte man eine skurril eingerichtete Küche, ein kleines Bad und ein Schlafzimmer. An den Wänden standen Bücherregale mit Einlegeböden aus Metall, und dazwischen hingen weitere Schwarz-Weiß-Bilder.

Galeno war im Erdgeschoss geblieben und bewachte die Eingangstür. Medea betrachtete die Fotos, während Jago den Hörer eines in die Jahre gekommenen Bakelit-Telefons abgenommen hatte.

»Wen rufst du an?«, fragte Otto.

»Niemanden. Ich wollte nur sehen, ob es funktioniert.«

»Und?«

Medea pfiff durch die Zähne. »Seht euch das mal an! Das ist Gustave Eiffel, der Erbauer des Eiffelturms!«

Jago steckte einen Finger in die Wählscheibe und wählte eine Nummer. »Wartet mal, ich höre etwas … eine Grammofonstimme. Eine Bandansage.«

»Und was sagt sie?«

Jago hörte eine Weile zu, dann legte er auf. »Ah, sehr gut.«

»Was?«

»Die Stimme sagte, wir sollen warten. Die Störung auf der Strecke ist bekannt, sie sind schon unterwegs und werden sie so schnell wie möglich beheben.«

»Wer ist unterwegs?«

»Und um welche Strecke geht es?«

»Keine Ahnung! Es war eine Bandansage, das habe ich dir doch gesagt!«

»Und wie lange wird es dauern?«

»Sie bemühen sich, den Schaden so schnell wie möglich zu beheben.«

»Das heißt alles und nichts«, meinte Medea.

Dann betrachtete sie mit Otto zusammen die Fotos. Meist waren Baustellen darauf zu sehen: Arnauld mit Arbeitern, Arnauld vor dem Hochofen, Arnauld neben einem mächtigen Eisenträger, Arnauld hoch oben auf einem Gerüst.

Die Bücher in den Regalen waren nach einem merkwürdigen System geordnet: Bücher, die ich schon immer lesen wollte, aber für die ich noch keine Zeit hatte; Bücher, nach denen ich jahrelang überall gesucht habe; Bücher, die ich um keinen Preis der Welt verleihen würde; Bücher, die ich getrost zur Seite legen, verschenken oder verleihen kann; Bücher mit interessanten Themen; Bücher, deren Themen mich nicht besonders interessieren; Bücher, die mir aus nichtigen Gründen geschenkt wurden; Bücher, die gut im Regal aussehen.

Die Küche war mit Standardgeräten ausgestattet, der Herd wurde mit Lumen beheizt, ein Kühlschrank enthielt etwa ein Dutzend Flaschen Champagner.

Das Bad wurde von Spiegeln dominiert. Die horizontale Dusche verteilte das Wasser über eine Vielzahl von Brausedüsen in alle Richtungen. Die vertikale Badewanne war in eine Glaskapsel integriert, in der man seine Körpergröße angeben musste, damit nicht zu viel Wasser eingefüllt wurde und man nicht Gefahr lief, zu ertrinken.

Zuletzt kamen sie zu einer Art Heizungsraum, von wo aus man eine atemberaubende Aussicht auf die Dächer von Paris hatte. Der Raum wurde von einer Art Kommandostand beherrscht: Auf der einen Seite befand sich ein Armaturenbrett mit runden Anzeigen für Druck und Geschwindigkeit (was hatte das in einem Heizungsraum zu suchen?). In der Mitte gab es eine längliche Vertiefung und auf der anderen Seite drei Druckknöpfe: ZANG, TUMB und TUMB.

Den Druckknopf ZANG aktivieren.

Es schien ganz einfach zu sein.

Otto drückte auf den Druckknopf ZANG. Der eingerostete Mechanismus knarrte ein wenig, mehr geschah aber nicht. Er nahm das Ikosaeder aus der Hosentasche und klemmte es in die Vertiefung.

Zisch.

Medea und Jago tauchten auf.

»Und jetzt?«

Plötzlich zitterte und bebte das ganze Haus, Bücher fielen aus den Regalen und das Geschirr in den Küchenschränken klirrte.

»Aufhören! Schalte das sofort wieder aus!«, schrie Medea verängstigt.

»Ich hab doch gar nichts angeschaltet!«

»Dann nimm das Ding da weg!«

Otto versuchte das Ikosaeder aus der Vertiefung zu ziehen, aber vergebens. »Das sagst du so einfach! Es steckt fest!«

»Ich habe kein gutes Gefühl! Es gefällt mir überhaupt nicht, wie dieses Haus plötzlich vibriert!«

»Mir auch nicht!«

Otto war hin- und hergerissen. »Wenn ihr wollt, versuche ich noch mal den ZANG-Knopf zu drücken … vielleicht funktioniert er jetzt!«

»Nein, stopp!«, rief Jago. »Ich meine … lass uns einen Moment abwarten, vielleicht kommt jemand und hilft uns.«

Galeno stieg langsam die Treppe hinauf und betrat die Wohnung. »Es hat an der Tür geklingelt«, sagte er ruhig.

Jago, Medea und Otto wandten sich ruckartig zu ihm um.

»Was hast du gesagt?«

»Wer hat geklingelt?«

Hinter Galeno tauchte ein riesiger Schatten auf: Calibano. Er hielt zwei übergroße Pistolen in den Händen, die tiefschwarzen Läufe glänzten, die Magazine waren geladen, die Abzüge gespannt.

-3

DER VERRÄTER

Todesangst.

Jago, Medea und Otto schienen wie zu Stein erstarrt. Es war wie in einem Albtraum. Calibano näherte sich mit atemberaubender Geschwindigkeit. Er reckte eine der Pistolen in die Luft und ließ sie mit aller Kraft auf Galenos Metallschädel krachen. Als der Roboter ins Schwanken kam, packte er ihn auf Höhe der Hüfte und zog ihn zu sich heran.

»Freu…?«, konnte Galeno gerade noch krächzend fragen, bevor sich Calibanos Stahlfinger in sein Zahnradgetriebe bohrten und die Energieversorgung herausrissen. Der Riese schleuderte die noch blau pulsierende Batterie zu Boden und zerschmetterte sie mit einem Fußtritt.

»NEIN!«, schrie Otto auf und warf sich nach vorne.

Galeno stürzte kraftlos zu Boden. Er konnte gerade noch den Kopf zu ihm drehen und leise etwas sagen. Dann erlosch das Licht in seinen Glasaugen, und auch der Kiefer bewegte sich nicht mehr.

»Mein Gott, nein!«, rief Medea und hielt sich die Hände vors Gesicht.

Jago packte Otto, riss ihn hoch und zog ihn nach hinten, aus dem unmittelbaren Gefahrenbereich heraus.

»Was hast du mit Galeno gemacht? Was hast du gemacht?«, schrie der Junge und zappelte mit den Füßen.

Calibano bellte Befehle und bedrohte sie mit den Waffen: »Keine falsche Bewegung! Ins Wohnzimmer, los! Macht keine Schwierigkeiten! Einer neben dem anderen! Genau so!«

Medea, Jago und Otto gehorchten. Calibano streifte mit dem Lauf einer Pistole über ihre Hand- und Fußgelenke. Eine warme Flüssigkeit drang heraus und fesselte sie mit einer klebrigen Plastikmasse. Otto leistete keinen Widerstand. Er konnte seinen Blick nicht von Galenos reglosem Körper lösen.

»Verdammt, ist das heiß!«, fluchte Jago. »Sei doch vorsichtig!«

»Was hat er mit uns vor?«, fragte Medea ängstlich.

»Ihr werdet gleich jemanden treffen«, antwortete Calibano und deutete mit der Pistole auf den Aufzug, der sich jetzt langsam nach oben bewegte.

Ein Mann stieg aus.

Conte Liguana.

»Bonjour, meine Dame und meine Herren!«, grüßte der Conte überschwänglich und stützte sich mit seinem Stock auf den Holzfußboden. »Herzlich willkommen. Verzeiht bitte Calibanos Manieren, aber ich musste sichergehen, dass ihr keine bösen Absichten habt. Fräulein Medea, Herr Perotti junior …«

Als er den Conte erblickte, schäumte Otto vor Wut. Er war stinksauer, dass er sich so leicht hatte gefangen nehmen lassen. Das Treffen mit dem alten Mann in der heimischen

Bibliothek kam ihm in den Sinn und auch der Moment, als Calibano ihm am Tor der Villa aufgelauert hatte. Er versuchte alles, um sich von der klebrigen Masse an Hand- und Fußgelenken zu befreien, aber je mehr er sich wehrte, desto enger zogen sich die Fesseln zusammen. Der Conte ging ins Wohnzimmer, bei jedem Schritt war das klappernde Geräusch seines Stocks zu hören. »Es war nicht einfach, rechtzeitig hier zu sein, im Gegensatz zu euch waren wir ja nicht in einem Zug unterwegs, der vierhundert Kilometer in der Stunde zurücklegt.«

Woher wusste er von dem Zug des Südens? Wie hat er uns gefunden?, überlegte der Junge fieberhaft. Mehr noch als das, was der Conte sagte, hasste er die Art, wie er sprach.

Liguana warf einen flüchtigen Blick auf Galenos leblosen Körper und strich mit der Spitze seines Stockes darüber, dann wandte er sich Otto zu. »Nun sind wir hier, mein Junge …«, flüsterte er boshaft, »dein Großvater wäre sehr stolz auf dich. Du bist wirklich weit gekommen.«

Er fuhr mit der Stockspitze über Ottos Hosentaschen und tastete dabei den Stoff ab, als würde er etwas suchen. »Man sagte mir, du hättest ein Polyeder mit besonderen Kräften bei dir. Stimmt das? Wo ist es?«

Otto knirschte mit den Zähnen. »Lassen Sie mich in Ruhe!«

»Wagen Sie es nicht, ihm auch nur ein Haar zu krümmen!«, drohte Medea.

Der Conte lächelte spöttisch: »Ach, die mutige Archäologin! Soll ich lieber Sie abtasten?«

»Sie Flegel!«

»Fühlt sich eine gebildete Person wie Sie nicht etwas fehl

am Platz? In verlassenen Städten und in Gesellschaft von verrosteten Robotern? Ist es nicht widersinnig, dass eine Wissenschaftlerin, die sich sonst mit der Vergangenheit beschäftigt, ihre Nase in etwas steckt, das mit der Zukunft zu tun hat? Futuristische Gebäude, ausgeklügelte Fortbewegungsmittel, metallene Diener mit einem gewissen Niveau …«

Unvermittelt drehte sich der Conte um und schlug mit dem Stock gegen Calibanos Brust. Ein metallisches Scheppern war zu hören. Das sonst so stoische Gesicht seines Leibwächters verzog sich zu einem grimassenhaften Lächeln.

»Geniale Professoren«, fuhr Liguana fort, »wie Ingenieur Zisch, haben Roboter konstruiert … und andere haben diese Erfindungen perfektioniert und eine Hybridlösung entwickelt … Metall und Knochen … Blut und Zahnradgetriebe, wie bei meinem Vater.«

»Wie ist das möglich?«, fragte Medea mit zitternder Stimme.

»Wie ist was möglich?«, fragte der Conte zurück. »Blut und Eisen zu verbinden? Nerven und Schaltkreise? Keine Ahnung! Ich habe absolut keine Ahnung. Aber man könnte Calibano fragen … und meine Gärtner.«

»Wie sind Sie hierhergekommen?«, fragte Medea weiter.

»Ach, meine verehrte Archäologin, das Gleiche könnte ich Sie fragen. Und ich denke, Ihre Antwort wäre wesentlich komplexer als meine. Wollen Sie das wirklich wissen? Also: Mein Vater sucht diese Stadt schon seit mehr als hundert Jahren … seitdem er damals belogen und betrogen wurde und seinen Platz an Atamante Folgore Perotti abtreten musste.«

Conte Liguana lachte verächtlich, als Otto und Medea verblüfft die Augen aufrissen. »Ihr habt schon richtig gehört. Ihr habt genau richtig gehört. Er sollte fahren, nicht euer ... Urahn! Mein Vater war der Genialste von allen. Und Zisch wusste das, er kannte ihn gut. Doch dann haben sie ihn ausgebootet. Stattdessen haben sie sich für diesen sentimentalen Träumer Atamante entschieden ... der dann auch noch Angst bekam ... Angst, die Reise anzutreten ... und nicht an Bord gegangen ist.«

»Er hat aus Liebe darauf verzichtet!«, widersprach Otto. »Aus Liebe zu meiner Ururgroßmutter!«

»Die schöne Armilla, richtig!«, sagte Liguana. »Der du ohne Zweifel zu Dank verpflichtet bist, denn nach einigen missratenen Generationen bist du zur Welt gekommen. Endlich ein Lichtblick. Und wem hast du das noch zu verdanken?«

»Mir«, sagte Medea wütend.

»Atamante entschied sich für ein wenig aufregendes Leben in der Realität, statt in der Neuen Stadt Abenteuer zu suchen. Eine perfekte Stadt, die den Menschen dient und die jahrzehntelang unzugänglich war ... bis heute, nicht wahr, mein Sohn?«

Bei diesen Worten wanderte der Blick des Conte zu Jago, der bis jetzt geschwiegen hatte.

»Mein Sohn?«, fragte Medea verblüfft. *»Wie ... mein Sohn?«*

Und auf einmal fügte sich alles zusammen, unzusammenhängende Sätze, ungesagte Dinge und plötzliche Stimmungsschwankungen, wie die Teile eines Puzzles.

»Soll das heißen, du ... du bist ... ein Liguana?«

Der Conte war amüsiert, während Jago verlegen auf den

Boden blickte. »Es tut mir leid, ich wollte nicht, dass du es so erfährst.«

»Und wie sollte ich es dann erfahren? Jetzt ist mir alles klar! Du! Du hast ihn informiert!«

»Medea, ich …«

»Heute Nachmittag in der Crêperie, da hast du ihn angerufen, stimmt's? War es nicht so?«

»Nein, es ist nicht, wie du denkst …«, stammelte Jago.

»Du hast uns verraten! Du bist nichts als ein gemeiner, feiger Verräter! Ich wette, es war kein Zufall, dass wir uns damals auf der Ausstellung kennengelernt haben! Das gehörte zum Plan. Und nichts von dem, was du mir erzählt hast, ist wahr!«

Der Conte brach in höhnisches Gelächter aus. »Hast du wieder die rührende Geschichte vom gescheiterten Maler erzählt?«

Medea trat die Zornesröte ins Gesicht: »Also hat dich dein Vater auf mich angesetzt. Die gutgläubige kleine Archäologin! Die weltfremde Nichte der Folgore Perottis! Solltest du mich überwachen?«

Statt einer Antwort schüttelte Jago nur mit dem Kopf.

»Oh, oh, oh. Da hast du ja einen ganz schönen Schlamassel angerichtet, mein lieber Sohn«, lachte Conte Liguana, »aber regen Sie sich nicht auf. Es nutzt sowieso nichts. Was geschehen ist, ist geschehen! Das ist sicher nicht die wichtigste Frage, mit der wir uns beschäftigen müssen, oder?« Er wandte sich Otto zu.

»Den Schlüssel!«

»Vergessen Sie es.«

»Wie du willst.« Liguana machte mit zwei Fingern der

linken Hand ein Zeichen. »Calibano … könntest du Medea bitte die gleiche Behandlung zukommen lassen wie dem Roboter?«

Der Gigant schnellte nach vorne und packte Medea, noch bevor sie »Nein!« schreien konnte.

Otto war geschockt. »Tante!«

»Vater! Hör auf!«, brüllte Jago. »Lass sie auf der Stelle los, sonst …!«

»Sonst was, du Jammerlappen? Du willst ihr helfen? Und wie, wenn ich fragen darf?« Der Blick des Conte fiel wieder auf Otto. »Sag mir, wo der Schlüssel ist, und ihr wird nichts geschehen. Wenn du weiter den Helden spielen willst, musst du deine Tante leiden sehen, wenn Calibano ihr das Herz herausreißt … Ich fürchte, das ist eine sehr, sehr schmerzhafte Angelegenheit.«

»Du bist ja verrückt!«, stammelte Otto und versuchte die aufsteigende Übelkeit zu unterdrücken.

»Otto, glaub ihm nicht«, rief Medea, während sie sich unter Calibanos mächtigen Pranken wand, »kümmere dich nicht um mich, er blufft nur! Das wagt er nicht! Nein … au!«

Calibanos Finger legten sich um ihren Hals.

»Unterschätzen Sie mich nicht, meine Liebe …«, zischte der Conte, »seit mehr als hundert Jahren sind mein Vater und ich auf der Suche … und jetzt, so kurz vor dem Ziel, wird uns nichts und niemand mehr aufhalten. Jedenfalls keine Archäologin ohne Herz.«

Medea wimmerte leise, während Calibanos Eisenklauen langsam zudrückten.

Jago sprang nach vorne: »Vater!«

»Schluss jetzt mit dem Gejammer!«

Otto spürte, wie sein Magen vor Angst und Ekel revoltierte. »Der Schlüssel ist im Nebenzimmer«, flüsterte er.

»Otto, nein! Sag nichts!«

»Wo sagtest du, mein Junge?«

»Im Nebenzimmer«, wiederholte Otto, »befreien Sie mich von den Fesseln und ich hole ihn.«

Gier blitzte in den Augen des Conte auf. »Lass ihn frei.«

Der Eisenkoloss ließ Medea zu Boden sinken, griff nach der Pistole und richtete sie auf die klebrige Masse um Ottos Handgelenke. Aus der Mündung zischte ein Wärmestrahl, und die Fesseln lösten sich. Otto spürte, wie seine Haut verbrannte, aber er biss die Zähne zusammen und gab keinen Schmerzenslaut von sich.

Als die Hände befreit waren, richtete Calibano die Waffe auf die Fußgelenke.

»Und jetzt zeig mir den Weg, mein Junge«, murmelte der Conte.

Otto schwankte ein wenig, als er den Raum betrat, den er den Heizungsraum getauft hatte. Galenos leblosen Körper neben dem Eingang ignorierte er.

Der Conte war ihm dicht auf den Fersen. Vor dem Kommandostand machten sie Halt.

»Da!«

»Zur Seite!«, schrie der Conte, packte das Ikosaeder und zog mit aller Kraft. »Es klemmt!«

Otto seufzte, während ihm eine Idee in den Kopf schoss. »Kein Wunder. Die Batterie ist leer.«

»Leer? Was meinst du mit leer?« Ein Büschel seiner nach hinten gegelten Haare löste sich und stand wie ein Fragezeichen vom Kopf ab. Mit zitternden Händen strich er über die Instrumente und Schaltknöpfe, er musste sich zwingen, nicht sofort darauf zu drücken. »Wozu dient diese … Maschine?«, fragte er mit heiserer Stimme.

»Das wissen wir noch nicht, denn ohne Batterie …«, log Otto.

Der Conte nickte bedächtig: »Die Batterie, sicher. Das legendäre Lumen. Ich glaube, ich weiß jetzt Bescheid. Mein Vater …«

»Es gibt hier ein Depot mit Lumen-Batterien. Im Keller.«

-2

EIN HAUS AUF WANDERSCHAFT

Sie gingen zu dritt hinunter.

Der Conte, Otto und Calibano, der ihnen wie ein unheilvoller Schatten folgte.

Als sie unten angekommen waren, schaltete Otto wieder die Lampen ein, bläuliches Licht flammte auf. Die Augen des Conte glitzerten vor Begierde, als sie die Regalreihen entlangschritten. Ottos Hirn arbeitete auf Hochtouren, aber die Angst lähmte seine Gedanken. Jedes Mal, wenn Calibano einen Fuß auf die Erde setzte, zuckte er zusammen.

»Hunderte …, nein, Tausende Lumen-Batterien …«, flüsterte der Conte heiser und blieb hin und wieder stehen, um einen Behälter aus dem Regal zu nehmen. »Genug für die ganze Welt.« Er fuhr zärtlich über die eingeprägten Ziffern. »Die anderen hielten mich für einen Fantasten, eine solche Energie könne es nicht geben, sie sei nicht stabil genug. Aber sie … sie haben sie stabilisiert. Und ihre Erfindung all die Jahre verborgen gehalten … Los, beweg dich! Welche Batterie brauchst du für den Schlüssel deines Großvaters?«

Otto blieb vor der Schwarz-Weiß-Fotografie stehen: Die drei Professoren oben auf dem Eiffelturm, den Blick fest in die Zukunft gerichtet. Hinter ihnen erkannte man die Dächer des vergangenen Jahrhunderts. Otto wusste nicht genau, was er jetzt machen sollte. Wie konnte er den Bluff fortsetzen? Er fixierte den kindlich-verklärten Blick des Architekten, als ob er einen Pakt mit ihm schließen wollte, dann deutete er auf das Ende des Ganges. »Da lang«, sagte er und ging weiter.

In der Wohnung über ihnen hatte sich Jago zu Boden geworfen und kroch in Richtung Küche.

»Du Wurm! Du bist nichts als ein armseliger Wurm!«, giftete Medea.

Jago antwortete nicht, sondern kroch weiter.

»Was machst du da?«

»Ich weiß es noch nicht.«

»Ach, weil dein Vater nicht da ist, um dir Anweisungen zu geben?«

»Es ist nicht meine Schuld«, jammerte Jago, während er sich keuchend am Boden wand.

»Jetzt wirst du auch noch pathetisch.«

»Ich habe ihn nicht informiert.«

»Und wieso soll ich dir das glauben?«

»Es ist mir egal, was du glaubst.« Er kroch weiter. Als er am Herd angekommen war, versuchte er trotz der Fesseln hochzukommen, quälte sich auf die Knie, drückte sich mit dem Rücken gegen den Herd und schob sich nach oben.

»Jago?«

Er antwortete nicht, sondern schaltete mit den Zähnen den Herd an und hielt die Handgelenke in die Hitze der bläulichen Flamme. Sie verbrannte ihm die Haut, die feinen

Härchen auf seinem Arm glimmten, aber Jago zeigte keinen Schmerz. Durch die Hitze begann die Kunststoffmasse langsam zu schmelzen und löste sich schließlich ganz auf. Kaum waren seine Handgelenke befreit, setzte er sich auf einen Stuhl und hielt die Fußknöchel über die Flamme.

»Jago …?«

»Ich habe es fast geschafft!«, rief er mit zitternder Stimme.

Von allen Fesseln befreit, ging er zum Küchenschrank und durchsuchte die Schubladen. Er nahm ein Messer heraus, ließ die Flamme dabei aber nicht aus den Augen.

»Mein Vater weiß immer, wo ich bin. Ich habe einen Sensor unter dem rechten Daumennagel. Er wurde mir als Kind eingepflanzt.«

»Jago …«

»Damals war ich so alt wie Otto. Seitdem bewacht mich Calibano bei allem, was ich tue. Ich bin mit der Angst vor diesem … Monster aufgewachsen. Ich habe Angst vor Calibano. Ich habe Angst vor … vor meinem Vater und vor … Mercuzio, meinem Opa.«

»Der alte Mercuzio?«, fragte Medea verblüfft. »Aber der dürfte doch schon seit fünfzig Jahren tot sein!«

Jago atmete tief durch, dann traf er eine Entscheidung. Mit einem Ruck hielt er den Daumen der rechten Hand in die Flamme.

Und ließ ihn dort.

»Jago!«

Erst als der Schmerz unerträglich wurde, zog er die Hand zurück und torkelte nach hinten, unfähig, einen klaren Gedanken zu fassen. Er hielt den angesengten Daumen lange unter kaltes Wasser, er ächzte und stöhnte vor Schmerz.

Dann suchte er nach einem Handtuch, hielt es in den Wasserstrahl und wickelte es sich um die Hand.

Mit der linken griff er nach dem Messer, hielt die Klinge in die Flamme und ging ins Wohnzimmer zurück, um Medea zu befreien.

Sie war entsetzt. Mit schreckgeweiteten Augen starrte sie auf die umwickelte Hand, dann fragte sie: »Warum hast du das getan?«

»Weil ich frei sein will«, stammelte er und durchtrennte die Fesseln an ihren Handgelenken.

»Jago, ich … ich konnte das nicht ahnen. Als ich deinen Vater gesehen habe … als ich seine Worte hörte …«

Jago hielt die verletzte Hand in die Höhe. »Glaubst du mir jetzt? Es ist nicht meine Schuld, ich konnte nichts dafür.«

Medea spürte, wie ihr die Tränen in die Augen stiegen. »Ja, ich glaube dir.«

»Wir müssen uns beeilen«, fuhr er leise fort.

»Wozu?«

Jago gab ihr einen Kuss, dabei presste er seine zitternden Lippen fest auf die ihren.

Als sie sich wieder voneinander lösten, schauten sie sich tief in die Augen.

»Wir müssen diese Höllenmaschine in Gang setzen«, sagte er.

Der Stoß kam plötzlich und unvermittelt. Der Keller erzitterte, das ganze Haus vibrierte. Die vielen tausend Batterien klirrten wie ein Meer außer Kontrolle geratener Glöckchen. Der Boden schwankte so stark, dass Otto stürzte und der Conte sich mit dem Stock abstützen musste.

»Was geht hier vor?«, fragte der alte Mann ungehalten.

Otto konnte es nur vermuten. Das gleiche Phänomen hatte er schon einmal erlebt, als er das Ikosaeder in die Vertiefung des Armaturenbretts gesteckt hatte. Das konnte nur bedeuten, dass Medea … oder Jago …

Jago! Allein der Gedanke an ihn ließ drohend schwarze Wolken in seinem Gehirn aufziehen.

Er stand wieder auf und lauschte. Im Gegensatz zum letzten Mal hörte das Beben und Vibrieren nicht auf. Ein seltsam phosphoreszierendes Leuchten hüllte die Kellerwände in mattes Licht, als stünde er im Inneren eines Motorraums.

Waren sie frei?

Der Conte hatte die gleiche Vermutung. »Geh hoch und sieh nach! Schnell!«, befahl er Calibano. Dann fuhr er sich mit einer Hand durch die Haare und richtete den Stock auf Otto. »Und du, schnapp dir endlich die verfluchte Batterie! Los!«

Aber Otto reagierte nicht und begann zu lächeln, was Liguana nur noch wütender machte.

»Was ist daran so lustig?«

Wieder ein Ruck, alles um sie herum zitterte und bebte.

»Nimm jetzt diese verdammte Batterie!«

Ottos prüfender Blick tastete die in den Regalen vibrierenden Batterien ab. Er zog zwei Behälter heraus.

»Passen die?«, fragte Liguana ungeduldig.

Otto überlegte fieberhaft. Welche war die Richtige? Welche sollte er nehmen? Aber als er sah, wie sich die Aufzugstür langsam hinter Calibano schloss, wurde sein Lächeln breiter.

Jetzt war er mit dem Conte allein. Ein bösartiger alter

Mann in Gesellschaft eines Dreizehnjährigen. Eines zu allem entschlossenen Jungen, der sich rächen wollte.

»Das hättest du nicht tun sollen ...« Ottos zischende Stimme klang wie eine unheilvolle Drohung.

Liguana streckte die Hand nach der Batterie aus.

»Was redest du da? Gib her!«

Otto zog die Lumen-Batterien weg. »Du hättest Galeno nichts tun dürfen.«

Ein weiterer, noch heftigerer Stoß. Otto klammerte sich an einem Regal fest und spürte, wie es zu kippen begann.

Mit einem Ruck stieß er es um.

Liguana sah, wie ihm das Regal mit den Batterien entgegenfiel und hielt die Hände nach oben, um sich zu schützen.

Ein schreckliches Krachen.

Und dann nichts als Stille.

Medea blickte aus dem Fenster und sah, wie sich die Horizontlinie ganz leicht hob und wieder senkte, als wäre das ganze Haus in Bewegung.

»Es bewegt sich!« Sie schrie fast. »Es ... bewegt sich?«

»Gut möglich«, meinte Jago lapidar. Seine ganze Aufmerksamkeit galt dem ZANG-Knopf, den er gerade gedrückt hatte.

Ein Gedankenblitz durchzuckte Medea. Für den Bruchteil einer Sekunde tauchte in ihren Gehirnwindungen das Bild des Architekten auf. Er stand neben einem Kunstwerk aus Eisen: ein überdimensionaler Fuß und die Nachbildung eines menschlichen Beines. Sie riss die Augen auf: »Das Haus bewegt sich, Jago! Das müssen wir verhindern! Wir können Otto nicht allein zurücklassen!«

Jago nahm das Messer wieder in die unverletzte Hand. »Das wird nicht passieren.«

Die gläserne Aufzugskabine fuhr nach oben.

Jago sah nach unten. Calibano. Allein. Er hastete zum Treppenaufgang. »Halt den Aufzug an!«

»Und wie, wenn ich fragen darf?«

»Keine Ahnung, tu es einfach!«

Dann raste er Hals über Kopf die Stufen hinunter.

Auf halber Strecke hielt die Aufzugskapsel an.

Der riesige Pfahlbau vibrierte, schwankte und ächzte in allen Fugen, Metall schabte an Metall, als hätte sich ein seltsamer Mechanismus in Gang gesetzt.

Calibano starrte ohne jede Gefühlsregung nach oben. Tausende Glassplitter regneten auf das Kabinendach herab.

Er wandte seinen Blick zur Treppe, wo der Umriss eines Möbelstücks und zwei Beine auftauchten. Jemand wuchtete einen Schrank in Richtung des Aufzugsschachts. Calibano begriff sofort, was da vor sich ging: Der Schrank sollte von oben auf die Aufzugskapsel herabgeworfen werden.

Ein neuerlicher Stoß.

Calibano verlor keine Zeit. Er schlug die Glaskabine ein und klammerte sich mit seinen Stahlkrallenfingern an der Wand des Aufzugsschachts fest. Wieder blickte er nach oben: Der Schrank kam ihm jetzt weiter entfernt vor, als hätte sich das obere Stockwerk einige Meter angehoben.

Er benutzte seine Krallenfinger jetzt wie Eispickel, kaum hatten sie den Beton berührt, sprühten Funken. Doch genau in diesem Moment stürzte der Schrank auf ihn herab. Das Holz zersplitterte auf seinen Schultern, aber Calibano lockerte seinen Griff nicht. Beim Weiterklettern hörte er, wie der Schrank auf die Aufzugskabine krachte, das Glasdach barst mit tosendem Klirren, gefolgt von einem Knirschen, wie Metall auf Metall, das aus dem Haus zu kommen schien.

Er kletterte rasch weiter.

Der Pfahlbau schwankte jetzt wie ein Schilfrohr im Wind. Calibano rammte seine Finger noch tiefer in den Beton. Er sah wieder nach oben und erkannte ein Stück Nachthimmel; dort, wo gerade eben noch das Gebäudedach gewesen war, leuchteten jetzt die Sterne. Und er sah den riesigen Schatten der Wohnung, die sich langsam, aber stetig, von ihm entfernte.

Otto stürmte die Wendeltreppe nach oben, dabei nahm er immer zwei schwarz-weiße Stufen auf einmal. Aus dem Augenwinkel beobachtete er, dass draußen merkwürdige Dinge passierten: Eisenbögen öffneten und schlossen sich, drehten sich um die eigene Achse und nahmen vollständig neue Formen an. Aber er hatte keine Zeit, genauer hinzusehen.

Er hatte keine Zeit, um zu begreifen, was da vor sich ging.

Mit einer großen Lumen-Batterie unter dem Arm flog Otto regelrecht die schwankende Treppe hoch, mit wild klopfendem Herzen und durch die Ereignisse völlig verwirrt. Er raste weiter, bis er Jago gegenüberstand, der immer noch das Messer in der unverletzten Hand hielt. Bei seinem Anblick warf Jago das Messer die Treppen hinunter und kniete nieder, um den Jungen in den Arm zu nehmen.

»Otto! Alles in Ordnung?«

Otto sah das Handtuch, das um Jagos andere Hand gewickelt war. Was war passiert?

Aber er hatte keine Zeit nachzudenken. Er hatte keine Zeit, sich zu entscheiden.

»Mir geht's gut … und Medea …?«

»Alles in Ordnung, wir konnten uns befreien. Schnell! Wir müssen wieder nach oben! Das Haus bewegt sich!«

Der Junge nickte und fragte nicht weiter. Er hatte keine Zeit für Antworten. Er konnte sie sich lediglich vorstellen.

Das Haus bewegt sich.

Es hebt ab.

Galeno.

Tante Medea.

Seite an Seite stürmten sie die Treppe hinauf.

Calibano hing immer noch im Aufzugsschacht. Er wusste nicht, wie ihm geschah. Hier ging etwas vor, das seine programmierten Schaltkreise nicht verstanden. Er hatte das Haus abheben und im Nachthimmel verschwinden sehen. Er hatte gesehen, wie es sich verwandelt hatte. Die Eisenträger, die Bögen, die Schrauben und Bolzen hatten sich gekrümmt, gestreckt und sich auf andere Art und Weise neu miteinander verbunden. Aus dem Haus war ein Vogelkörper geworden, mit einem plumpen Rumpf, zwei kräftigen Beinen und jeweils drei scharfen Krallenzehen.

Calibano hörte eine Reihe von Explosionen und elektrischen Entladungen unter sich. Er blickte in die Tiefe: Mit ohrenbetäubendem Lärm stürzte der metallene Torso der Aufzugskapsel in den Keller. Das stählerne Halteseil riss und schnellte durch die Luft wie eine sich windende Schlange. Calibano hörte das Stahlseil kommen, es klang wie das leise Schnalzen einer Peitsche. Es schoss nach oben, prallte gegen die Wände und hinterließ dabei tiefe Spuren. Das Seil war wie der Blinddarm des sich entfernenden Hauses, den man einfach herausgerissen hatte und der jetzt durch die Luft sauste.

Calibano erinnerte sich an die letzte Anweisung, die er bekommen hatte. Geh hoch und sieh nach!

Nach oben.

Natürlich.

Er löste seine Finger, die sich noch immer in den Beton klammerten, und sprang.

-1

Den Riesen zähmen

Viele in Paris schworen Stein und Bein, in dieser Nacht eine albtraumhafte Szene beobachtet zu haben. Guillaume De Pois beschrieb sie in der Schülerzeitung des Gymnasiums. Man sagte ihm, er habe eine große Zukunft als Science-Fiction-Autor vor sich. Er antwortete, er hätte das nicht erfunden.

Guillaume stand am Fenster seines Zimmers und bereitete sich für den morgigen Schultag vor, als draußen plötzlich ein Haus vorbeilief. Kurz zuvor waren ihm dumpfe Schläge und dröhnende Schritte aufgefallen. Diese seltsamen Geräusche hatten ihn neugierig gemacht; er war zum Fenster gegangen, um zu sehen, was draußen vor sich ging.

Dann hatte sich plötzlich der Himmel verdunkelt, und ein gewaltiger Eisenfuß war vom Himmel auf den Asphalt gekracht und hatte sich dort festgekrallt. Dieser Fuß war durch ein Kugelgelenk mit einem Metallbein verbunden … und an dem Metallbein …

Es war ein Albtraum. Ein Haus … Dieses monströse Gebilde hatte zwei Beine und einen kastenförmigen Körper: ein Quader mit großen, hell erleuchteten Fenstern. Und an einem Fenster stand jemand.

Ein Junge. Er hatte ihm gewunken.

Das Monsterhaus war dann über das gegenüberliegende Gebäude gestiegen und in der Nacht verschwunden, mit riesigen Schritten hatte es noch weitere Gebäude überquert. Wie ein Stelzvogel, der durch ein Sumpfgebiet stakst.

Guillaume war nicht der einzige, der in dieser Nacht die albtraumhafte Szenerie beobachtet hatte. Viele hatten es gesehen.

Betrunkene, Liebende, Träumer. Astronomen und verlassene Männer. Nachtschaffner, Polizisten und Tänzerinnen, die nach der Vorstellung nach Hause gingen.

Das Haus war vor ihren ungläubigen Augen über die Dächer von Paris gewandert. Auch wenn es längst wieder verschwunden war: In ihre Fantasie hatte es sich eingebrannt. Wie etwas, das man als Kind sieht und dann, wenn man erwachsen wird, nicht mehr sehen kann.

Das Haus durchquerte die ganze Innenstadt und gelangte schließlich in die Vorstädte, wo vor siebzig Jahren wahrscheinlich noch Äcker und Wiesen gewesen waren. Es wanderte von Straße zu Straße, hob und senkte sich mit vorsichtigen Schritten, als wäre es ein ferngesteuerter Spielzeugroboter.

Es dauerte etwa zehn Minuten, bis es vor einem Gebäude im Norden der Stadt anhielt. Dort ging das Ungetüm in die Knie, die Eisenbeine wurden eingefahren, es knirschte und ruckelte, dann stand das Haus. Als wäre es das Normalste der Welt.

Ein leichter Wind kam auf.

Das war also der Punkt ZANG.

Ein verlassenes Lagerhaus.

Innen beugte sich Otto über Galenos reglosen Körper, der auf dem Teppich lag, und begutachtete mithilfe einer blau leuchtenden Taschenlampe die Zahnräder des Robotergetriebes und die Messinstrumente für die elektrische Spannung.

Medea und Jago standen hinter ihm, wie Krankenschwestern im Operationssaal. Oder wie Leibwächter.

Otto war ruhig, hochkonzentriert und entschlossen. Er führte eine lückenlose Analyse des Innenlebens des Roboters durch, kein Kabel, kein Rädchen und keine Feder entging seiner Aufmerksamkeit. Dann legte er die Taschenlampe zur Seite und sagte: »Das könnte klappen.«

Er steckte die Lumen-Batterie, die er aus dem Keller mitgenommen hatte, in den labyrinthartigen Mechanismus, positionierte sie an dem von ihm ausgewählten Ort und schloss sie an. Klammern und Zwingen schnappten klappernd zu und gaben ihm das Gefühl, auf der richtigen Spur zu sein.

»Fehlt nur noch eins …«, murmelte er und fixierte das Roboterinnere, »ich müsste wissen, ob ich die richtige Batterie genommen habe oder nicht.«

Klack.

Sobald der Stromkreis geschlossen war, wurde die Batterie aktiviert und leuchtete blau auf. Ein krampfartiges Zucken lief durch Galenos Körper, wie bei einem Erstickungsanfall.

Otto wich entsetzt zurück und flüchtete sich in die Arme seiner Tante. Das bläuliche Licht verschwand so plötzlich, wie es aufgetaucht war. Wieder krümmte sich Galenos Körper zusammen, der Rücken war verkrampft, die Arme aneinandergepresst, das Gesicht wie versteinert, die Glasaugen nach hinten verdreht.

»Vielleicht habe ich etwas falsch gemacht«, murmelte Otto, während die Zeit schleppend langsam verstrich.

»Oder dieses Monster hat ihn tatsächlich …«, sagte Medea, führte ihren Satz aber nicht zu Ende. Es gab nicht die richtigen Worte, um das auszudrücken. »Getötet« war nicht ganz richtig, aber »kaputtgemacht« wollte sie auch nicht sagen.

Otto befreite sich aus der Umarmung und starrte auf Galeno, der nach wie vor reglos auf dem Boden lag. Die Lippen des Jungen zitterten, am liebsten hätte er geweint.

Eine Hand legte sich ihm auf die Schulter, eine von einem Handtuch umwickelte Hand.

»Du hast alles getan«, tröstete ihn Jago. »Aber jetzt müssen wir von hier weg.«

»Um wohin zu gehen?«

Draußen waren nur Schatten zu sehen. Paris war weit weg. Weit und breit nichts als das verlassene Lagerhaus.

Was sollten sie tun?

»Jago hat recht. Wir müssen weitermachen …«, sagte Medea, »auch ohne unseren Führer. Wir müssen es tun … für ihn.«

»Er wollte doch nur zurück nach Hause«, flüsterte Otto. Die Bedeutung dieser Worte traf ihn wie ein Hammerschlag.

Er wandte sich um. Er sah Medea an. Dann Jago.

»Vielleicht habe ich den gleichen Wunsch. Ich möchte zurück nach Hause.«

Ein Klicken.

Ein Summen.

Otto lief es kalt den Rücken herunter.

Ein leichtes Quietschen.

OH!

Otto drehte sich nicht um.

Er verfolgte die Szene in den Augen Medeas und Jagos, als würde er in einen Spiegel sehen. Wie es Perseus getan hatte, bevor er Medusa enthauptete.

Erst hob Galeno den einen Arm, dann den anderen. Er reckte den Hals und dehnte den Brustkorb. Mit einem Ächzen quälte er sich hoch. Dann rollte er die Glasaugen und ließ sie von links nach rechts und wieder zurück wandern.

»Hat jemand …«, schnarrte seine Stimme ganz ruhig und gelassen, als wäre nichts geschehen, »meinen Hut gesehen?«

Die Lumen-Batterie in seiner Brust sendete ein rhythmisches blaues Lichtsignal.

Dichtes Unkraut hatte den schmalen Weg überwuchert, der zum Eingang des Lagerhauses führte. Die beiden gewaltigen, etwa zehn Meter hohen Rolltore waren mit einer rostigen Eisenkette verschlossen, die beim ersten Hammerschlag zerbrach.

Sie gingen hinein. Drinnen war es finster.

Das war nicht einfach eine Lagerhalle.

Das war ein Hangar.

Galeno ging mit sicherem Schritt voran und verharrte dann unter einem gigantisch großen Körper, der mitten in der Halle festgezurrt war.

Ein Körper voller Luft.

Ein Zeppelin, der mit einem Netz aus Seilen am Boden gehalten wurde.

Galeno betrat die Kabine, die unter dem Bauch des Luftschiffs angebracht war. Eine schmale Gondel mit gebogenem Bug und vergoldeten Bullaugenfenstern, die mit Vogelfedern geschmückt waren. Er hob seine Metallhand, um einen Code ins Tastenfeld der Gondel einzugeben, drehte sich anschließend zu seinen Begleitern um und jubelte: »Ich kann mich an alles erinnern!«

Seit er wieder aktiviert worden war, hatte sich Galeno verändert. Er sprach nicht mehr in der dritten Person von sich, sondern in der ersten.

»Kommt, beeilt euch!«, rief er. »Das Abendessen wird eine Viertelstunde nach dem Abheben serviert.«

Otto, Medea und Jago standen immer noch am Eingang des Hangars und bestaunten den riesigen Körper des Luftschiffs, das am Boden aussah wie ein dickbauchiger Walfisch aus Leichtmetall. Ein so gewaltiges Flugobjekt hatten sie noch nie gesehen.

Auf der Seite des Luftschiffs war ein Wort zu lesen, jeder Buchstabe war groß wie ein Auto:

ZISCHELIN

Unmittelbar darunter war eine blaue Fackel abgebildet.

Medea legte einen Arm um die Schulter ihres Neffen und murmelte, noch immer überwältigt vom Anblick des Giganten: »Jetzt verstehe ich. Der zu zähmende Riese ist ein Luftschiff.«

Sie lösten die Halteseile und schoben den Zischelin aus dem Hangar. Es ging ganz leicht, als würde man ein Kinderspielzeug bewegen. Dann gingen sie an Bord der Gondel, und in weniger als zehn Minuten schwebten sie majestätisch über den Nachthimmel von Paris.

Der Eiffelturm war hell erleuchtet, er wirkte wie ein riesiger Zauberstab. Galeno saß ruhig und hochkonzentriert am Steuer. Medea und Jago unterhielten sich; nach all den Irritationen und Spannungen versuchten sie so schnell wie möglich das verloren gegangene Vertrauen zurückzugewinnen. Dabei blickten sie auf die hell erleuchtete Stadt unter ihnen, die aussah wie ein lebendiges Wesen aus Licht.

Otto dagegen schlief.

In tausend Meter Höhe war er in einen tiefen Schlaf gefallen, mit einer Wolldecke auf den Knien.

Schon bald glitzerte unter ihnen eine grenzenlose Wasserfläche, sie hatten das offene Meer erreicht. Niemand wusste, wohin die Reise gehen würde, am Bug ließ sich die unendliche Weite des Hohen Nordens erahnen.

Unter der Gondel hing der Körper von Calibano, über und über mit Eiskristallen bedeckt. Seine Stahlfinger hatten sich fest in den Boden gekrallt.

Die Insassen der Gondel bemerkten ihn nicht.

ZUKUNFT

»Warum sollen wir zurückblicken, wenn wir die geheimnisvollen Tore des Unmöglichen aufbrechen wollen?«

Das Futuristische Manifest, »Le Figaro«, 20. Februar 1909

1

Die Eroberung der Sterne

Himmel und Meer. Himmel und Meer.

Durch das Bullauge bot sich ein grandioser Ausblick auf Myriaden kalter Sterne, die sich in den gekräuselten Wolken des Nordens widerspiegelten. Das Meer glänzte in mystischem Schwarz. In welche Richtung sie auch blickten, von Festland keine Spur.

Die vier jeweils 1100 PS starken Motoren des Luftschiffs liefen ruhig und präzise wie ein Uhrwerk. Während sie mit voller Kraft ins Niemandsland schwebten, überprüfte Galeno hin und wieder die Leitwerke und die Triebwerke.

Wie ein Messer durchschnitt das Luftschiff die weißgrauen Wolkentürme über dem Nordatlantik, dabei wurde es von starken Windböen durchgeschüttelt und in Luftlöchern nach unten gerissen.

Medea und Jago lagen eng aneinandergeschmiegt auf dem Sofa im Salon der Gondel und schliefen.

Otto dagegen war plötzlich aus dem Schlaf geschreckt.

Er hatte einen Albtraum gehabt.

Von Calibano.

Die Wolldecke fest um sich geschlungen, versuchte er

sich an die Turbulenzen zu gewöhnen. Er griff nach Medeas Handy und entdeckte eine Nachricht von zu Hause.

```
Habt ihr uns bei eurem Urlaub in Capraia ganz
vergessen? Geht es euch gut? Isst du auch ge-
nug, Otto? Er soll nicht mit vollem Magen ins
Wasser gehen, ja? Lasst von euch hören, Mama
```

Beim Lesen brach Otto kurz in ein nervöses Lachen aus, dann tippte er eine kurze, beruhigende Antwort ein.

Das einzige Licht im Luftschiff kam aus der Pilotenkabine. Otto erhob sich und ging zu Galeno ins Cockpit. »Dauert es noch lange?«, fragte er.

»Nein.«

Eine weitere Stunde verging. Die Wasserfläche unter ihnen veränderte ihre Farbe, der Ozean begann blau zu schimmern. Nicht mehr lange und die Sonne würde aufgehen. Otto wiederholte seine Frage.

»Wir sind fast am Ziel«, antwortete Galeno.

»Das hast du schon mal gesagt.«

»Und du hast schon mal die gleiche Frage gestellt.«

Otto schnaubte ungeduldig. »Was ist Cyboria für ein Ort? Ich kann es mir absolut nicht vorstellen.«

»Vorstellen ist, wenn man etwas nicht weiß. Aber du weißt, was Cyboria ist. Die Neue Stadt.«

»Aber was bedeutet das?«

»Das kann ich dir nicht erklären.«

Otto fiel plötzlich die Spieluhr wieder ein. Und die »Einführung in die Sitten und Gebräuche Cyborias«. Er kramte die Uhr aus der Schachtel und zeigte sie Galeno.

»Weißt du, wie man sie in Gang setzt?«

»Aber sicher, junger Herr Otto.« Der Roboter legte einen Finger auf das Gehäuse der leeren Lumen-Batterie und drückte leicht. Das Räderwerk der Spieluhr begann sich langsam zu drehen.

Otto stellte sie auf das Armaturenbrett des Luftschiffs und lauschte. Eine Frauenstimme drang aus der Spieluhr, damit hatte er nicht gerechnet.

»Das ist die Gründerin Elisabeth …«, sagte Galeno.

»Buwler-Lytton?«, fragte Otto. Dann schwieg er, um die Nachricht zu hören.

Elisabeth begrüßte alle Anwesenden. Dann gab sie in ruhigem, geschäftsmäßigem Ton ihre Anweisungen.

»Sehr verehrte Bürgerin, sehr verehrter Bürger, wir hoffen, dass deine Reise nach Cyboria schnell und bequem verläuft. Wir entschuldigen uns für die Risiken und Unwägbarkeiten der Reise, aber die Geheimhaltung des Standorts der Neuen Stadt muss gewährleistet sein, jedenfalls so lange, bis die Zeit reif ist. Vergiss deshalb nie, dass du mit niemandem jenseits der Stadtgrenzen über Cyboria sprechen darfst.

Nach der Ankunft bitten wir, unverzüglich das Einwanderungsbüro aufzusuchen, um dich registrieren zu lassen, dich anschließend in eine unserer zehn Korporationen einzuschreiben und die Schlüssel für deinen Arbeitsplatz sowie für dein Heim abzuholen. Cyboria ist ein Ort fortwährender Arbeit, aber auch der Muße und der Lebensfreude. Jede Arbeit, selbst die einfachste, wird mit Sorgfalt ausgeführt, denn Arbeit dient der Schönheit und schmückt die Welt. Die Muße und die Entspannung nach intensiver Arbeit erlauben dir, diese Schönheit zu genießen.

Wenn du in der Stadt unterwegs bist, vergiss nie deine persönliche Kreditkarte mitzuführen, vermeide bei Sonnenaufgang im Kreisverkehr zu parken, um den Reinigungsdienst nicht zu behindern, und achte auf die Hinweise zur Erweiterung des Horizonts. Wenn du Fragen hast, wende dich an deinen Führer oder orientiere dich an den Schildern, die an allen wichtigen Kreuzungen stehen.

Vergiss nicht, dass die Amtssprache in Cyboria das Luminario ist; bei der Anmeldung kannst du dein persönliches Übersetzungsprogramm abholen, um weiter deine Muttersprache zu benutzen oder, wenn du möchtest, eine völlig neue Sprache zu erfinden.

Zum Schluss erlaube mir noch einen Rat: Versäume nie das Mittagskonzert und den Nachmittagsempfang. Sei rechtschaffen und frei, so kannst du jeden Tag eine neue Tugend erfinden und deinen Brüdern und Schwestern eine neue Gabe schenken.«

Die Stimme verstummte. Otto klappte die Spieluhr zu und wandte seinen Blick nach Osten, wo sich der Himmel lila und feuerrot zu färben begann. Die Sterne waren verblasst und bereiteten sich darauf vor, vom Tageslicht verschluckt zu werden.

Galeno schob den Steuerknüppel nach vorne, und der Bug des Luftschiffs senkte sich nach unten. »Cyboria in Sicht«, verkündete er.

Otto setzte sich gerade hin. Der Zischelin verlor an Geschwindigkeit und stieß durch eine Wolkenschicht, eine weiße Masse waberte um das Luftschiff, das immer weiter nach unten sank und in den Luftlöchern auf und ab hüpfte.

Sie waren jetzt unter den Wolken und setzten zur Landung auf der tiefschwarzen Meeresoberfläche an.

Galeno zog den Steuerknüppel zu sich heran, brachte das Leitwerk in horizontale Position und stabilisierte den Sinkflug. Aus der Dunkelheit tauchten die Umrisse einer felsigen Insel auf, über der eine Wolkenwand hing.

»Das ist also die Neue Stadt. Sie wirkt eher wie eine einsame Insel, man sieht kein einziges Licht«, murmelte Otto.

»Alles Tarnung«, sagte Galeno und drückte einige Knöpfe, »halt dich gut fest, wir landen.«

Otto sah auf die Wasseroberfläche, die im Dämmerlicht kaum zu erkennen war, wenn da nicht die silbernen Reflexe der Wellen gewesen wären.

»Ich hoffe, du machst einen Witz …«, flüsterte er ungläubig.

»Mitnichten, junger Herr Otto.«

Wenige Meter über der Wasseroberfläche sank die Geschwindigkeit schlagartig gen Null, und mit quälender Langsamkeit landete die Gondel auf dem Meer.

»Hallo«, schrie Medea aus der Kabine, »was ist da los?«

Für einen Moment schwebte der Zischelin auf den Wellen, als sei er von den Naturgesetzen der Hydrodynamik und der Aerodynamik völlig unabhängig.

»Wir sinken!«, schrie Jago, als er sah, wie die Gischt der Wellen an das Bullaugenfenster schwappte.

Galeno betätigte einen letzten Hebel, und ein Großteil der Heliumfüllung wurde aus der Hülle des Luftschiffs abgelassen. Das Skelett aus Trägern und Streben wurde in Windeseile von den dunklen Fluten des Ozeans verschluckt.

»Es ist alles unter Kontrolle, meine Damen und Herren«, beruhigte der Roboter. Dann knipste er einen großen Scheinwerfer am Bug an, die Schiffsschraube am Heck begann sich zu drehen und die zum U-Boot umfunktionierte Gondel setzte sich rasch in Bewegung.

»Wow, was für ein Tempo!«, rief Otto, sein Gesicht klebte am Bullauge. »Wir fahren unter Wasser!«

Man erkannte eine Reihe von blau leuchtenden Scheinwerfern, die an den unter Wasser liegenden Felsen befestigt waren, und das U-Boot hielt darauf zu. Galeno bewegte seine Finger auf den Tasten am Armaturenbrett, und kurz darauf öffnete sich im Felsen ein rundes Tor. Langsam glitt das U-Boot hindurch, und sie konnten hören, wie es ab und zu leicht gegen die Felswände stieß. Galeno steuerte den Zischelin ruhig und souverän, als hätte er nie etwas anderes gemacht.

Ein Spalier blauer Leuchtpunkte lenkte sie durch den engen Tunnel. Dabei wurde der verbliebene Heliumrest zusammengepresst, und die Gondel trieb wieder an die Wasseroberfläche. Galeno steuerte das Gefährt an einen in den Felsen gehauenen Landungssteg, dann schaltete er die Motoren aus. Medea wagte einen kurzen Blick aus dem Bullauge, während Otto immer noch auf dem Sitz des Co-Piloten thronte. Jago schüttelte nur ungläubig den Kopf.

»Willkommen«, sagte Galeno. Seine Sprachplatte schnarrte. »Hier … also … Die Neue Stadt fühlt sich geehrt, Euch in ihrem geschlossenen Hafen begrüßen zu dürfen. Sie ist sicher, dass Ihr als neue Bürger einen wichtigen Beitrag zu ihrer Entwicklung leisten werdet.«

Der Roboter klickte, dann fügte er hinzu: »Entschuldigt bitte diese geschwollene Ansprache, aber nach meinen Anweisungen musste ich euch so begrüßen. Kommen wir zu den praktischen Dingen. Ich empfehle euch, dick gefütterte Jacken, dicke Strümpfe und Wollpullover aus dem Schrank am Heck des Zischelin zu holen. In Cyboria ist es ziemlich kalt.« Dann erhob er sich vom Kommandosessel und ging durch die Gondel. »Folgt mir, wenn ihr euch umgezogen habt. Das Empfangskomitee ist bereits unterwegs.«

2

Das Empfangskomitee

Vor den Bullaugenfenstern flatterten die Vorhänge.

Die Ausstiegsluke der Gondel öffnete sich mit dem zischenden Geräusch entweichender Druckluft. Galeno stieg als Erster aus und betrat nach langer Abwesenheit wieder cyborianischen Boden. »Ah!«, seufzte er, »seit mehr als achtzig Jahren war ich nicht mehr zu Hause.«

Hinter ihm verließen Otto, Jago und Medea die Gondel, dick eingepackt gegen die beißende Kälte. Vorsichtig machten sie die ersten Schritte und sahen sich um. Sie befanden sich in einer Art unterirdischem Hafen, der in den Felsboden einer Höhle gehauen worden war. Der obere Teil ruhte auf spitz zulaufenden Bogenstreben, während der Landungssteg, an dem sie angelegt hatten, durch vier geometrisch angeordnete Kristallbrücken mit der Außenwelt verbunden war. Blaue Lichtspiralen beleuchteten die Szenerie, ein in sich geschlossenes System aus Brücken, Übergängen und Straßen.

Es war ganz still. Nur das Surren der Lichtspiralen und das wie ein Zen-Brunnen vom Zischelin heruntertropfende Wasser waren zu hören.

Der Hafen wirkte verwaist.

Galeno drehte sich einmal um die eigene Achse, als wollte er sich vergewissern, dass er am richtigen Ort war. »Wir sind da!«, verkündete er laut, bekam aber keine Antwort. Nur ein platschendes Geräusch war zu hören, als ob ein Körper ins Wasser gefallen wäre, zu sehen aber war niemand.

»Vielleicht hat uns das Empfangskomitee nicht kommen hören«, sagte der Roboter, dessen Schritte dumpf von den Wänden widerhallten. »Jedenfalls … hier lang, meine Dame, meine Herren.«

Jago und Medea wechselten einen besorgten Blick. »Vielleicht ist niemand mehr da«, murmelte Jago und umklammerte das Handtuch um seine verletzte Hand.

Sie gingen über die Kristallbrücken nach draußen. Der Anblick, der sich ihren Augen bot, machte sie sprachlos: Was vom Meer aus wie Felszacken gewirkt hatte, waren sich nach oben verjüngende Wohnhäuser, vier und mehr Stockwerke hoch, mit langen Reihen abgedunkelter Fenster. Die Häuser standen rechts und links einer breiten Straße, die mit dichtem Gestrüpp überwuchert war.

Galeno bahnte sich einen Weg durch das Unkraut und stieg auf einen mit Kletterpflanzen bewachsenen niedrigen Hügel, an den er sich nicht erinnern konnte. »Irgendetwas hier ist seltsam«, bemerkte er.

Otto und Medea hasteten ihm hinterher, während Jago eine der Kletterpflanzen anhob. Ein metallisches Geräusch war zu hören. »Seht ihr?«

Die Kletterpflanze war auf einem Haufen Roboterschrott gewachsen, aufeinandergestapelt wie Abfall auf einer Müllhalde.

»Hallo, ist da jemand? Wir sind da!«, rief Galeno noch einmal und ging weiter.

Sie kamen zu einem kreisrunden Platz: Die Straßen waren mit weichem Moos bewachsen und die Mauern der Häuser mit Rankgewächsen überwuchert, die sogar die Fenster bedeckten. Die Straßenlaternen waren ausgeschaltet, im trüben Dämmerlicht waren die Hängebrücken, die Türme und die in den Felsen gehauenen Wege und Treppen nur zu erahnen. Aber alles schien verlassen, keine Menschenseele weit und breit. Es war auch kein Geräusch zu hören, außer den Wellen, die monoton an die Felsklippen klatschten.

Cyboria schien sich selbst überlassen.

Überwältigt umrundeten sie den Platz und kamen an einen feuerroten Pfahl, an dem links und rechts zwei alte Lautsprecher hingen. Auf dem Pfahl befanden sich einige rostige Knöpfe, unter denen Hinweise in Luminario standen. Galeno brauchte nicht lange, um sie zu übersetzen.

Schild Nr. 45
Guten Tag, Bürger!
Wo musst du hin?

1 Einwanderungsbüro
2 Regierungsgebäude
3 Observatorium
4 Freie Universität der Schönen Künste
5 Rotunde
6 Bank
7 Krankenhaus
8 Andere Ziele

»Wir müssen zu Nummer eins«, sagte Otto spontan und erklärte dann, was er durch Elisabeths Stimme in der Spieluhr erfahren hatte.

»Und warum sollten wir unsere Ankunft registrieren lassen?«, murmelte Jago. »Seht ihr denn nicht? Wir sind in einer Geisterstadt.«

»Vielleicht schlafen alle. Vielleicht hätten wir nicht in der Nacht ankommen sollen«, sinnierte Medea, auch wenn sie selbst nicht so recht an ihre Worte glaubte.

»Cyboria ist eine Stadt, die nie schläft«, sagte Galeno. »Unablässige Arbeit und ewige Muße.«

»Und warum ist niemand zu sehen?«

»Weil niemand da ist«, antwortete Otto.

Dann drückte er Taste eins.

Einige Minuten vergingen.

Ein Windstoß wehte Salzgeruch vom Meer zu ihnen herüber und ließ die Ranken der Kletterpflanzen schaukeln. Der Himmel war wolkenverhangen, grau mit einem Streifen Violett.

»Gehen wir?«, fragte Jago. »Oder sollten wir besser noch warten?«

»Ich höre ein Geräusch«, sagte Otto.

»Ich auch.«

»Es kommt von dort.«

»Dort« war eine kleine Seitenstraße, aus der kurze Zeit später eine kupferfarbene Mini-Straßenbahn mit nur wenigen Sitzplätzen auftauchte. Medea gefror das Blut in den Adern, es kam ihr vor, als würde sie ein Gespenst sehen.

Die Bahn fuhr auf schmalen Schienen, die bis zum roten

Pfahl führten. Dort angekommen blieb sie stehen und wartete.

»Und jetzt?«, fragte Jago.

Sie tauschten kurze Blicke und stiegen ein. Die Straßenbahn setzte sich wieder in Bewegung. Medea und Jago hielten sich an Lederschlaufen fest, die von der Decke herabhingen, während Otto und Galeno an tiefer angebrachten Griffen Halt suchten.

»Hallo!«, rief Otto unvermittelt.

»Was ist los?«

Otto kniff die Augen zusammen. »Nichts, ich dachte … ich dachte, ich hätte jemanden gesehen.«

»Wo?«

»Auf dieser Seite.«

Die drei blickten aus dem Fenster, konnten aber nichts erkennen.

Otto kratzte sich am Kopf. »Entschuldigt bitte, ich muss mich getäuscht haben.« Und doch war er sicher, einen Schatten gesehen zu haben, den Schatten eines Riesen, der hinter einer Ecke hervorgeschaut und sich dann sofort wieder versteckt hatte.

Die Bahn umkreiste den Platz und fuhr dann nach unten in Richtung Meer, dabei überquerte sie eine Brücke, die mit stilisierten Engelsflügeln geschmückt war und von einem Lichterkranz aus Spektrallampen erhellt wurde. Nach der Brücke fuhren sie wieder nach oben auf eine Reihe kurzer Tunnel zu, die in den Berg geschlagen worden waren.

Auf einer in der Straßenbahn ausgehängten Landkarte konnten sie die Dimensionen der Stadt gut einschätzen.

Wie ein Ring zog sich Cyboria an der Küste der gesamten Insel entlang, die ansonsten von schroffen Felsen geprägt war. Auf dem höchsten Felsen thronte das Observatorium, von wo aus es ein Tunnelsystem ermöglichte, sich rasch von einer Inselseite zur anderen zu bewegen und die unterirdischen Lagerhallen zu erreichen.

Als es heller wurde und ihr quietschendes Fortbewegungsmittel die Geschwindigkeit verringerte, konnte man erkennen, dass es durchaus Bewegung in der Stadt gab: Häuser, die sich fortbewegten wie riesige Autos.

Galeno erklärte ihnen, dass das durchaus normal sei. Die Häuser in Cyboria konnten sich um die eigene Achse drehen und wechselten ständig ihren Standort, damit die Bewohner jeden Tag neue Ausblicke genießen konnten, ohne umziehen zu müssen.

Während sie weiterfuhren, wurde ihnen klar, dass die Stadt ein monumentales Gesamtkunstwerk war, nur die überall herumliegenden Roboterleichen, die in der Position verharrt waren, in der ihre Energie aufgebraucht war, störten das Bild.

Nachdem sie auf eine schwebende Bahnsteigrampe gefahren waren, öffnete sich die Tür der Straßenbahn. Sie befanden sich vor einem beeindruckenden Bauwerk. Eine von Unkraut überwucherte Skulptur zeigte zwei Männer und eine Frau, einen Bauern, einen Fabrikarbeiter und eine Büroangestellte, die die cyborianische Fackel in Händen hielt. Eine schmale Treppe führte von dem Denkmal durch einen Säulengang hinauf zu einem Portal, auf dem ein Schriftzug in Luminario prangte:

Hier wird der freie Mensch geschaffen,
durch die Kraft der Arbeit
und in der Schärfe des Verkehrs

Sie stiegen weiter die Stufen hoch. Otto war nervös und wurde den Eindruck nicht los, verfolgt zu werden. Vielleicht lag das an dieser unwirklichen Stille, am Säuseln des Windes, der von den Felsen durch die Häuserschluchten herangetragen wurde, oder am monotonen Meeresrauschen im Hintergrund.

»Otto, alles klar?«, fragte Medea.

»Nicht wirklich. Ich habe ein komisches Gefühl.«

»Was meinst du?«

Otto sah der Straßenbahn nach, die sich wieder in Bewegung gesetzt hatte und irgendwo in der Stadt verschwand. »Ich hätte nicht gedacht, dass hier alles so öde und verlassen sein würde.«

»Das macht irgendwie Angst, oder?«

»Vor allem macht es mich traurig«, gab der Junge zu.

Das Eingangsportal des Gebäudes war imposant, aber Jago konnte es mühelos öffnen. »Ist hier jemand?«, rief er fragend.

Seine Stimme verhallte im Nichts.

In die hohe Decke des Gebäudes waren goldene Mosaiken eingelassen, die dem Ganzen einen würdevollen Rahmen verliehen. Ein großer Kronleuchter mit geschliffenen Kristalltropfen spendete flackerndes bläuliches Licht, das jeden Moment zu verlöschen drohte. Die fächerförmig angeordnete Eingangshalle führte zu zehn Schaltern, die wie Aufzugstüren wirkten. Über den einzelnen Schaltern waren die Namen der zehn Korporationen zu lesen, in die sich jeder neue Bürger einschreiben konnte.

Die Korporationen in Cyboria

1. **Korporation der Fabrikarbeiter und Bauern**
2. **Korporation der Techniker**
3. **Korporation der Händler**
4. **Korporation des Transportgewerbes**
5. **Korporation der Hilfsarbeiter**
6. **Korporation der Wissenschaftler, Bildhauer, Maler und Kunsthandwerker**
7. **Korporation der FREIBERUFLER**
8. **Korporation der Ärzte**
9. **Korporation der Seeleute**
10. **Korporation ohne Namen (reserviert für alle, die noch nicht angekommen sind, für den unbekannten Genius, den neuen Menschen)**

Jago ging auf den ersten Schalter zu, der sich ächzend öffnete. Dahinter war ein schmaler Korridor zu erkennen.

»Es genügt, an den richtigen Schalter zu gehen und den Schlüssel zu nehmen, der dir ausgehändigt wird«, erklärte Galeno.

»Und wie entscheide ich, welche Tür für mich die richtige ist?«

»Du musst einfach eine aussuchen.«

»Ist das nicht gefährlich?«, fragte Otto.

»Es ist nur ein Korridor«, meinte Jago.

»Aber was … ist auf der anderen Seite?«

»Der Ausgang«, antwortete Galeno.

Jago sah sich die Schalter der zehn Korporationen genau an und zuckte dann mit den Schultern. »Zum Teufel. Was soll's … Ich nehme den Schalter für Händler. Kommt jemand mit mir?«

»Ich bin Archäologin, also muss ich zu den Wissenschaftlern«, gab Medea zu bedenken.

»Wie du willst, aber ich gehe zuerst.« Jago ging durch die Tür der Händlerkorporation. Kaum hatte sie sich hinter ihm geschlossen, rief er: »Also, hier passiert gar nichts! Nein, halt! Jetzt hat sich eine Nische geöffnet … und jetzt … bekomme ich einen Schlüssel … und eine Grammofonstimme sagt etwas … ›Willkommen in Cyboria‹, vielen Dank … dir auch … geschafft! Ich gehe auf der anderen Seite wieder hinaus!«

Medea und Otto schauten sich fragend an. Dann ging Medea auf die Tür Nummer sechs zu, sie öffnete sich und Medea war verschwunden.

Als Otto mit Galeno allein war, fragte er neugierig: »Was bedeutet denn diese zehnte Korporation … die ohne Namen?«

»Das Unerwartete«, antwortete der Roboter und fügte dann hinzu: »Das, was nicht vorhersehbar ist. Ehrlich gesagt, junger Herr Otto, so genau weiß ich es auch nicht, vielleicht wussten es nicht einmal die Gründer. Genau deshalb haben sie den Schalter zehn eingerichtet. In jedem System gibt es etwas, das nicht in das System passt. Oder vielleicht wollten sie einfach zehn und keine neun.«

Otto nickte. Warum auch immer, er wählte genau diese zehnte Tür.

»Wo ist Medea?«, fragte Otto, als er auf der anderen Seite des schmalen Korridors wieder nach draußen kam. In der Hand hielt er einen runden Schlüssel mit der Nummer 4893, in der anderen einen Zettel, auf dem der Weg zu seiner Wohnung beschrieben wurde, natürlich in Luminario.

Jago betrachtete die Landschaft durch die Panoramafenster. Die Sonne ging gerade auf, die Wellen schienen sich in flüssiges Gold zu verwandeln und die Wolkentürme über der Insel wirkten wie Samt.

Dann drehte er sich um: »Keine Ahnung, ich dachte, sie wäre bei dir.«

»Nein, bei mir war sie nicht.«

Der Raum, in dem sie sich jetzt befanden, war die exakte Kopie der Vorhalle.

Otto zählte die Ausgänge.

»Sie hat die Korporation der Wissenschaftler gewählt.«

»Vielleicht ist sie noch drin.«

»Aber sie ist doch viel früher reingegangen als ich.«

»Medea?«, rief Jago hinter dem Ausgang der Nummer sechs.

»Vielleicht ist sie wieder zurückgegangen?«

»Oder sie hat sich anders entschieden.«

Von dieser Seite konnte man die Türen nicht öffnen. Sie mussten das Gebäude verlassen und wieder zum Eingang gehen. Auf ihrem Weg kamen sie an einem Platz vorbei, auf dem mindestens zehn Mini-Straßenbahnen abgestellt waren, alle identisch mit dem Gefährt, das sie hergebracht hatte.

»Das ist seltsam«, bemerkte Otto.

Jago antwortete nicht, beschleunigte aber seinen Schritt.

Der Wind nahm an Stärke zu.

»Sie hätte uns bestimmt Bescheid gesagt, wenn sie umgekehrt wäre.«

Sie begannen zu rennen.

Am Eingang des Gebäudes trafen sie Galeno und fragten, ob er Medea gesehen hatte.

Galenos Gesicht war die übliche starre Maske aus Eisen und Glas. »Nein, bedaure, Herr Jago und junger Herr Otto.«

Medea war verschwunden.

3

Die Vermisstenstelle

Durch die Stille der verlassenen Stadt hallten aufgeregte Stimmen, die das Pfeifen des Windes und das Rascheln der Kletterpflanzen überdeckten.

»Medea!«

»Tante!«

»Frau Medea!«

Sie durchsuchten das Einwanderungsbüro, gingen die Straßen auf und ab, spähten durch alle Fenster der Straßenbahnen auf dem Abstellplatz: keine Spur von Medea. Schließlich konzentrierten sie sich auf den Schalter für Wissenschaftler, aber hinter der Tür Nummer sechs war der gleiche schmale Korridor wie bei ihrem Schalter.

Allerdings fiel ihnen eine Besonderheit auf, die sie beim ersten Mal übersehen hatten: Etwa in der Mitte des Korridors verliefen zwei parallele Stahlrinnen, die in den Boden eingelassen waren.

Dienten sie der Versorgung? Oder waren es die seitlichen Begrenzungen einer Falltür?

»Weißt du etwas darüber?«, fragten sie Galeno. »Könnte das auf eine Falltür hindeuten? Oder einen Schacht? Ist vielleicht ein Gang darunter, und wohin führt er?«

Galeno wusste es auch nicht.

Sie mussten es unbedingt herausfinden. Durch die massiven Seitenwände gab es keinerlei Möglichkeit, nach draußen zu gelangen. Eine Falltür war die einzig denkbare Chance.

»Was könnte das sein? Galeno, denk nach!«

»Es gibt natürlich viele Schächte«, schnarrte der Roboter jetzt. »Druckschächte für die Rohrpost. Schächte für die morgendliche Reinigung, Heizungs- und Kühlschächte. Schächte für die Wartung der Maschinen.«

»Und was könnte das für ein Schacht sein?«

Galeno wiegte nachdenklich den Kopf.

»Ich würde sagen, Reinigung oder Wartung«, meinte Otto. Dann erklärte er seine Vermutung näher: »Er befindet sich im Boden, das spricht nicht für Heizung oder Kühlung, auch nicht für die Post.«

Sie liefen darüber und klopften mit den Füßen und den Händen darauf. Dann lauschten sie.

»Leer.«

»Er öffnet sich nicht, aber er … war offen.«

»Vielleicht ist er kaputt. Medea ist darübergegangen und dann …«

»Das glaube ich nicht, dann hätte sie geschrien. Wir haben aber nichts gehört.«

»Also?«

Das konnte nur eines bedeuten. Und obwohl die Vorstellung schrecklich war, war es unsinnig, sie für sich zu behalten und nicht laut auszusprechen. Beide hatten den gleichen Gedanken.

Jemand war hier.

»Der Schatten, den ich gesehen habe.«

»Welcher Schatten?«

»Es war nur ein kurzer Moment. Als ich mich umgedreht und ihn gesehen habe, hat er sich sofort versteckt, aber ich hatte den Eindruck, als würde ich verfolgt.«

Der Wind frischte böig auf und die Wellen brachen sich an den Felsen.

»Wir sind also nicht allein.«

»So sieht es aus. Jemand spioniert uns nach.«

»Der Feigling, der Medea entführt hat.«

»Jago …«

»Hast du gesehen, wie groß er war?«

»Nicht direkt, aber er schien sehr … groß zu sein. Riesengroß.«

Jago schaute zu Galeno hinüber. »Hast du eine Idee? Wer könnte das gewesen sein? Einer deiner Freunde? Ein überlebender Cyborianer? Ein Schiffbrüchiger?«

»Es tut mir leid, Herr Jago, ich weiß nicht, von wem Sie sprechen.«

Jago lief nervös auf und ab. »Wir müssen Medea finden. Wir müssen sie unbedingt finden. Und wenn wir jeden einzelnen Stein auf der Insel umdrehen müssen!«

Otto nickte. »Wohin führen die Reinigungsschächte?«

»Es gibt eine zentrale unterirdische Müllsammelstation«, antwortete Galeno, »direkt unter dem Felsmassiv. Sie heißt Ricyblator (oder Recyclator). Dort wird Lumen hergestellt.«

»Lumen wird aus Müll gemacht?«

»Ich denke, genauso ist es, junger Herr Otto«, antwortete der Roboter, »die Abfälle werden durchgemischt, bevor sie in den Ricyblator eingefüllt werden. Am Ende kommen sie als Lumenkapseln wieder heraus. Aber … ich weiß es nicht genau. Ich stelle es mir so vor, das ist alles.« Otto und Jago sahen sich an, das war ihre einzige Spur.

»Bring uns bitte zu diesem Ricyblator.«

Sie durchquerten die Straßen, durch die der Wind pfiff. Die nach Osten gerichteten Außenwände der Häuser waren mit einer dicken Salzschicht bedeckt, die geschlossenen Fenster wirkten wie die trostlosen leeren Augenhöhlen der ebenso trostlosen Fassaden. Der Himmel hatte sich in sehr helles, fast weißes Blau verwandelt, ein luftiger Wolkenkranz schwebte über der Insel.

Otto und Jago stiegen hinter Galeno den Hügel zur zentralen Hochebene hinauf, wo sich eine Reihe von Tunneleingängen befand. Der Roboter erklärte, dass nur die in die Korporation der Techniker eingeschriebenen Mechaniker einen Schüssel hätten, aber er hoffte, sie trotzdem öffnen zu können.

»Können wir uns nicht einfach auch dort einschreiben?«, fragte Jago ungeduldig.

»Sie haben bereits die Korporation der Händler gewählt, Herr Jago.«

»Kann ich mich nicht ein zweites Mal einschreiben?«

»Ich fürchte, dafür müssen Sie zuerst aus der anderen Korporation austreten.«

»Aber das wusste ich nicht!«

»Sie haben auch nicht danach gefragt.«

Jago ließ seine runden Schlüssel klimpern. »Und was ist damit? Welche Eingänge kann ich mit diesen Schlüsseln öffnen?«

»Die Türen Ihres Wohnhauses sowie den ersten Laden,

der Ihnen gefällt und der noch frei ist«, erklärte Galeno und zeigte auf die Schaufenster der Geschäfte rechts und links der Straße.

Über einigen hingen noch Schilder:

GLASWAREN UND KUNSTGEGENSTÄNDE;
FRISCHER FISCH; KLAVIER-ZECCHINI:
DIE ERSTE ADRESSE FÜR GUTE MUSIK.

Im Inneren einiger Läden waren Regale mit übrig gebliebenen Waren zu sehen. Viele andere standen leer.

»Du meinst also, es genügt, wenn ich mit dem Schlüssel auf eines dieser Geschäfte zugehe, und schon gehört es mir?«

»Genauso ist es, Herr Jago.«

»Und in diesem Geschäft kann ich dann tun und lassen, was ich will?«

»Der Handel in Cyboria ist frei.«

»Und wenn alle Läden bereits vergeben sind?«

»Die Anzahl der Geschäfte der Korporation der Händler wurde bei der Gründung Cyborias festgelegt. Wenn alle vergeben sind, dürfen keine neuen Schlüssel ausgegeben werden. Dann muss man eine andere Korporation wählen.«

Otto tastete nach seinen Schlüsseln. »Und meine? Wofür brauche ich die?«

Galeno brauchte lange, bis er antwortete.

»Das hat man mir nicht mitgeteilt, junger Herr Otto. Ich weiß nicht, ob sie außer deinem Haus etwas anderes öffnen können. Aber eines kann ich dir verraten, wenn es dich interessiert.«

»Das klingt ja ziemlich unheimlich.«

»Vielleicht hast du damit sogar recht, junger Herr Otto«, Galeno blieb stehen und drehte sich um. Ein Sonnenstrahl ließ seine »Haut« leuchten. »Soweit ich weiß, hat sich noch nie jemand in die Korporation ohne Namen eingeschrieben.«

Sie gingen weiter, dabei kreuzten sie etliche Querstraßen. Der Himmel hatte sich noch weiter aufgehellt, alles leuchtete und glänzte, sogar das sonst so düstere, feuchte Straßenpflaster. Dort, wo keine Sonne hinkam, hatten sich großflächige Moosteppiche ausgebreitet, kleine Blümchen blühten an Stellen, die früher einmal belebte Plätze gewesen waren, und blaue Flechten überzogen die Statuen an den Straßenecken. Auf ihrem Weg begegneten ihnen Straßenbahnen, die sich schlafwandlerisch sicher von einem Ende Cyborias zum anderen bewegten, ohne Fahrplan, ohne bestimmtes Ziel. Hin und wieder hörte man das Kreischen einer Möwe, die am Himmel schwebte oder sich auf einem Geländer oder einer Straßenlaterne niederließ und neugierig in die Runde sah.

Als sie eine sonnenüberflutete Straße erreichten, von der aus man eine atemberaubende Aussicht auf die Felsklippen und das Meer hatte, blieb Jago stehen und holte tief Luft. Ohne groß nachzudenken, steckte er spontan den Schlüssel in die Eingangstür eines Geschäfts und schloss auf.

»Was machst du da?«, fragte Otto.

»Ach, nichts weiter«, antwortete Jago und tupfte sich den Schweiß von der Stirn, »einen Augenblick lang habe ich nicht an Medea und unseren mysteriösen Verfolger gedacht … und mich von der Schönheit dieses Fleckchens Erde verzaubern lassen. Ich verstehe einfach nicht, warum diese Stadt verwaist ist. Ich würde hier für immer bleiben wollen: das Meer, die Sonne, der frische Wind … Und ich würde eine Galerie für meine Bilder eröffnen.«

»Ich wusste gar nicht, dass du malst.«

»Manchmal weiß ich es selbst nicht so genau«, lächelte Jago, »aber malen hat mir schon immer Spaß gemacht.«

Otto drängte: »Lass uns weitergehen.«

»Gib mir noch eine Minute«, bat Jago, »geh schon vor, ich muss mich kurz ausruhen, dann komme ich nach.«

Das ließ sich Otto nicht zweimal sagen. Er rannte Galeno hinterher und fragte, wie lange es noch bis zu den Tunneleingängen dauerte.

»Einige hundert Schritte«, antwortete der Roboter.

Auch Otto war es jetzt warm geworden in den Winterklamotten. Seine Haut war mit einem dünnen Schweißfilm überzogen, ein unangenehmes Gefühl, wenn ihn ein Windstoß traf. Seine Füße kochten fast, als wäre die Straße unter ihm beheizt. Er knöpfte die Jacke auf und zog den Schal aus; tagsüber war es in Cyboria wohl doch nicht so kalt.

»Wir sind da«, sagte Galeno an der nächsten Kreuzung.

»Gut.« Otto drehte sich um. »Jago?«, rief er. Dann ein zweites Mal, noch lauter: »Jago?«

Aber es tat sich nichts. Ottos Herz setzte aus. »Oh nein, Jago! Nein! Galeno, warte hier!«

Otto rannte zurück. Er war sicher, dass etwas Schreckliches geschehen war. Er kam wieder zu der sonnenüberfluteten Straße, wo sie eben noch miteinander gesprochen hatten, und blickte suchend in beide Richtungen. Nichts. Aber die Ladentür stand offen. War Jago hineingegangen? Mit wütend klopfendem Herzen betrat Otto das Geschäft. »Jago, das ist nicht der richtige Moment, um …«

Seine Worte hallten von den nackten Wänden wider. Er ging noch etwas weiter. Hier war niemand, nicht drinnen, nicht draußen. »Wo zum Teufel hast du dich versteckt?«

Er drehte sich um, und da sah er die Nachricht. Sie war von innen in den Staub an der Scheibe geschrieben, das Glas war stellenweise eingeritzt. Hatte der Schreiber etwa einen Metallfinger?

KOMM INS OBSERVATORIUM

Otto überlief ein eiskalter Schauer, als hätte sich sein Inneres in einen Eiszapfen verwandelt.

»Ist hier jemand?«, fragte er ins leere Zimmer. »Irgendjemand hier?«

4

Nach Norden

AW 101. Diese Typenbezeichnung war im Cockpit des Transporthubschraubers angebracht, der gerade vom Flughafen Aberdeen, Schottland, startete und dabei einen Schwall eiskalter Luft aufwirbelte.

Conte Liguana war totenbleich. Er saß hinter dem Piloten und war mit Gurten an seinem Sessel festgezurrt. Sein Kopf mit der stets perfekt sitzenden Frisur war von einem Marines-Helm geschützt, den eleganten dunklen Anzug hatte er gegen einen weiß-grauen Fliegeroverall mit vielen Taschen getauscht.

»Kurs drei zwei sechs«, bellte der Pilot ins Mikrofon, zog den Steuerknüppel zu sich heran, und der Hubschrauber stieg mit wirbelnden Rotorblättern nach oben.

Der Conte versuchte die aufsteigende Übelkeit zu unterdrücken und presste sich noch tiefer in seinen Sitz. Die gebrochene Rippe erschwerte das Atmen, die Blutergüsse am ganzen Körper schmerzten.

»Wir nehmen Kurs Nord-Nord-Ost, mein Herr …«, sagte der Pilot und wandte sich zu ihm um. »Alles in Ordnung bei Ihnen?«

Der Conte versuchte mit der freien Hand ein zustimmendes Zeichen zu machen, dabei war fast gar nichts in Ordnung.

Der Hubschrauber gewann weiter an Höhe. Um Schwindelgefühle, Panikattacken und alles andere zu vermeiden, was einen an Bord eines Militärhubschraubers bei Höchstgeschwindigkeit heimsuchen konnte, beschloss er nicht nach links und rechts zu schauen. Er konzentrierte sich auf eine Ausgabe des »Figaro«, die er sich vor dem Abheben auf die Knie gelegt hatte.

Kunstwerk in La Défense eingestürzt!

Wahrscheinlich Leck in der Gasleitung
Nur durch einen glücklichen Zufall keine Opfer

In der Avenue Pablo Picasso ist völlig überraschend eines der ungewöhnlichsten Gebäude der Stadt eingestürzt. Erbauer dieses Kunstwerks war der futuristische Architekt Arnauld D'Urò. Die Pariser hatten ihm den Spitznamen »Giraffe« gegeben, was seiner ungewöhnlich schlanken Form zu verdanken war. Anfang des 20. Jahrhunderts errichtet, stand es bereits seit geraumer Zeit leer. Die Verwaltung des Arrondissements hatte bereits eine Überprüfung der zukünftigen Nutzung des Gebäudes und seiner Sicherheitsstandards beantragt. »Schlechter Geschmack und jahrelanges Missmanagement«, kommentierte der Sprecher Pierre Daninos, »haben dazu geführt, dass architektonische Juwelen vernachlässigt und stattdessen klotzige Wohnblocks aus dem Boden gestampft werden, die an Hühnerställe erinnern, der Inbegriff der Hässlichkeit.« Der Bürgermeister selbst hat verkündet, dass das Bauwerk wieder aufgebaut werden soll, vorausgesetzt, die Originalpläne sind noch vorhanden …

Der Rest des Artikels sprach von wütenden Protesten und aberwitzigen Theorien. Es würde schwierig sein, die Presse davon zu überzeugen, was wirklich geschehen war, nämlich, dass sich das Gebäude in Bewegung gesetzt hatte und in Richtung Norden »gewandert« war.

Im Mittelteil der Zeitung fand sich ein weiterer, sehr kurzer Artikel zu diesem Thema: Ein Bauer aus Ezanville am nördlichen Rand der Stadt fragte sich verblüfft: »Wie kommt ein Haus auf meinen Acker?«

Conte Liguana hatte damals gerade noch beobachten können, wie das Haus über die Autobahn spazierte und dann spurlos verschwand, wie eine Romanfigur von Rabelais.

Entkräftet hatte er sich neben der Kellerruine ins Gras gelegt und vergeblich nach Calibano gerufen. Die Feuerwehr kam etwa zwanzig Minuten später, als der Conte längst weg war.

Im Hotel hatte er Calibanos Position auf einem etwa zehn Zentimeter breiten Bildschirm geortet, der einem Navigationsgerät ähnelte. Calibanos aktueller Standort blinkte auf, und der Leuchtpunkt entfernte sich schnell in Richtung Norden.

Irgendwie schien sich sein Leibwächter mit dem Haus fortzubewegen. Von seinem Sohn hingegen empfing er kein Signal. War er tot? Der Gedanke traf ihn härter, als er vermutet hätte. Es war kein Schmerz, eher Verärgerung. Aber er zwang sich, nicht daran zu denken. Immerhin hatte Calibano ihre Spur nicht verloren. Wo wollten sie hin?

Der Conte begann seine Informationssysteme zu befragen. Brauchte er einen Zug? Einen schnellen Wagen?

Eine halbe Stunde später spielte das Signal auf dem Bildschirm verrückt, es sprang ruckhaft nach Norden, als befände Calibano sich in einer Rakete oder einem Flugzeug.

Er verlor keine Zeit. Per Telefon hatte er erst einen Zug

nach Brüssel und dann einen Flug nach Oslo gebucht, wo ihn der Helikopter erwartete, den er in weiser Voraussicht von einem russischen Waffenhändler erworben hatte.

Calibano war immer noch nach Norden unterwegs.

Norwegen? Schottland? Shetlandinseln?

Nein. Noch weiter nördlich.

»Weiter im Norden ist nichts mehr«, hatte der Pilot gesagt.

Er irrte. Und wie. Dort gab es in westlicher Richtung Island und die Färöer-Inseln, in Richtung Nordosten Spitzbergen.

Und die Arktis. Das ewige Eis. Und noch … weiter … nördlich …

Von dem Brummen der Rotoren ließ sich der Conte in den Schlaf wiegen.

5

Das Observatorium

Der Weg zum Observatorium führte direkt durch die über der Insel hängenden Wolken, so sah es zumindest aus. Das unscheinbare Gebäude erhob sich inmitten einer blühenden Blumenwiese, direkt daneben stand ein eiförmiger, in Regenbogenfarben schillernder Bau, aus dem unablässig weißer Dampf aufstieg.

»Das ist die Wolkenmaschine«, erklärte Galeno, als sie näher kamen, »damit werden Wolken gemacht.«

Klar, dachte Otto.

Die Maschine produzierte eine künstliche Wolkenschicht, die sich wie ein Tarnnetz über die Insel legte. Selbst Satelliten konnten Cyboria nicht erkennen, noch viel weniger die Augen der zufällig vorbeikommenden Seeleute.

»Achtung, junger Herr Otto. Das gefällt mir gar nicht.«

Auch Otto hatte kein gutes Gefühl. Besonders, weil keiner der beiden auch nur die geringste Ahnung hatte, wer die Nachricht geschrieben haben könnte. Und was war wohl mit Medea und Jago geschehen?

»Was ist das für ein Observatorium?«, fragte Otto, während sie über die Wiese gingen. »Ich sehe keine Teleskope oder andere astronomische Instrumente.«

»So eine Art Observatorium ist das nicht, junger Herr Otto.«

»Also was für eine Art ist es dann?«

»Am besten, du siehst es dir selbst an.«

Bald darauf waren sie da.

Die Fenster des Gebäudes standen offen, innen schien es größer zu sein, als es von außen den Anschein hatte. Otto und Galeno umrundeten das Observatorium in gebührendem Abstand, dann näherten sie sich vorsichtig dem Eingangsportal.

»Ist hier jemand?«, rief Otto. »Tante Medea? Jago?«

Keine Antwort, kein Geräusch, nur der Wind war zu hören.

Hier war niemand. Aber trotzdem vermittelte dieser Ort das Gefühl, dass es dort Leben gab.

Dass das Observatorium funktionierte, wozu auch immer es da war.

Galeno öffnete die Tür und ging hinein.

Das Innere des Observatoriums war lichtdurchflutet, ein großer, hoher Raum mit weißem Holzfußboden. Aus dem Boden ragten vier Kupferrohre, ähnlich wie bei der Rohrpost, die sie im Bahnhof in Paris gesehen hatten. Deshalb also die vielen frankierten Briefe daneben. An einer Seite des Raumes stand ein Ofen, in dem ein knisterndes Feuer loderte, davor stapelten sich Bücher, Zeitungen, Päckchen und Schachteln mit sortieren Briefen.

An der Rückwand, hinter einem seltsamen Metallgeländer, erkannte man ein riesiges Regal, das in den Boden eingelassen war. Darin reihten sich Tausende und Abertausende

Bücher aneinander, alle mit weißem Rücken und schwarzer Aufschrift. Eines wie das andere.

Neben dem Eingangsportal befand sich eine Wendeltreppe aus weißem Holz, die nach unten in den Keller und nach oben in eine Galerie führte.

»Jetzt verstehe ich, warum du es mir nicht erklären wolltest …«, sagte Otto leise zu Galeno, »das ist wirklich ganz anders als die Observatorien, die ich bisher gesehen habe.«

Das Gefühl, dass hier etwas vor sich ging, wurde immer stärker. Otto war sich nicht ganz klar darüber, ob es ein gutes oder ein schlechtes Gefühl war. Das lodernde Feuer im Ofen, die Unmengen von Briefen, die Bücherstapel, das alles zeigte, dass hier etwas geschah.

»Ist hier jemand?«, rief er noch einmal. »Tante? Jago?« Otto deutete auf die Galerie über ihren Köpfen. »Hast du gehört?«

Galeno schüttelte den Kopf. »Nein.«

»Da waren Schritte …«

Der Roboter bewegte sich rasch in die Mitte des Raums, von wo aus man nach oben blicken konnte.

Nichts und niemand.

»Hat hier früher jemand gewohnt?«, fragte Otto.

»Die Gründer, denke ich. Aber danach, seitdem …«

Wieder ein Geräusch, dieses Mal von links. Ein Bücherstapel stürzte in sich zusammen.

»Da, beim Ofen, ich habe ihn gesehen!«, schrie Otto.

Tatsächlich hatte er gar nichts gesehen, nicht einmal eine Bewegung oder einen Schatten. Nur einen weißen Fleck, der sich auf den weißen Wänden und dem weißen Fußboden bewegte, ein kaltes, arktisches Licht, das durch die Fenster drang.

Galeno bewegte sich auf die bläuliche Flamme im Ofen zu, während Otto zu den Kupferrohren ging und einen Briefstapel in Augenschein nahm.

Es waren ungefähr hundert Briefe, alle mit der gleichen Briefmarke frankiert, eine lodernde Flamme, das »C« von Cyboria und das lateinische Motto »Excitat Auroram«, »Ruf die Morgenröte«. Otto nahm einen Brief heraus. Der Poststempel vom 8. Februar 1941 stammte aus Madrid.

Dann sah er sich weiter um. Galeno war währenddessen zu dem umgestürzten Bücherstapel gegangen und betrachtete ihn misstrauisch.

Sosehr er sich auch anstrengte, er sah nichts und niemanden. Er ging um die gestapelten Briefe und die Kupferrohre herum und warf einen Blick auf die Galerie. Auch dort war nichts zu sehen. Außer einem Tisch mit einer Schreibmaschine, einigen Packen weißem Papier und etwa einem Dutzend aufgestapelter Bücher. Daneben standen ein Sessel mit einer Lampe und ein Bett. Vor der rückwärtigen Wand waren unzählige Lumen-Batterien aufgeschichtet, eine über der anderen, wie ein Holzstapel.

»Ich sehe niemanden, junger Herr Otto.«

»Sei weiter wachsam und halte die Augen offen.«

»Das Einzige, was sich bewegt, ist das Feuer im Ofen.«

»Was wird denn da verbrannt?«

Der Roboter ging zum Ofen und begutachtete den Bücherstapel daneben. »Bücher.«

»Und welche?«

»Die Brüder Karamasow«, las Galeno, *»Anna Karenina, Krieg und Frieden* … und …«

Er ging zu einem anderen Stapel und las weiter: »De Agostinis Geographischer Weltatlas, nebst Straßenkarten.«

»Kontrolliere doch mal, aus welchen Jahren die Bücher stammen!«

»Und wie mache ich das?«

Otto sah selbst nach. Es waren Bücher zu den unterschiedlichsten Themen, allesamt ältere Ausgaben: 1909, 1921, 1930. Bücher auf Italienisch, Französisch und Englisch, und er musste nicht lange überlegen, wer sie wohl mitgebracht hatte. Es waren die Nationalitäten der drei Gründer.

Aber warum wurden sie verbrannt?

Und vor allem, wer verbrannte sie?

Die Bücherstapel waren systematisch angeordnet: Russische Literatur, Atlanten, Gedichte …

»Ich verstehe nicht, wozu dieser Ofen wirklich da ist …«, murmelte Otto und kratzte sich am Kopf.

»Ich nehme an, um die Wolkenmaschine anzutreiben«, antwortete Galeno.

Tatsächlich befand sich der Kamin des Ofens auf der Seite, wo sich der eiförmige Bau anschloss, aus dem der weiße Dampf aufstieg und wo die künstlichen Wolken produziert wurden.

Otto verstand immer noch nicht. Und das Regal? Was stand in dem riesigen Regal? Auch Bücher zum Verbrennen? Und warum waren sie alle gleich?

Er ging um das Metallgeländer herum und beugte sich nach vorne, um eines der Bücher herauszuziehen. Alle waren gleich, sie hatten einen weißen Rücken, mit einer schwarzen Aufschrift und einer schwarzen Fackel. Er blätterte das Buch durch.

»Was ist denn das? Das wird ja immer rätselhafter.«

»Was denn, junger Herr Otto?«

»Das sind gar keine echten Bücher!« Otto zeigte auf das Regal. »Das sind Zusammenfassungen. Das sind Tausende von Zusammenfassungen verschiedener Bücher!«

Unvermittelt schlug die Tür des Observatoriums zu.

Dieses Mal hatte Otto wirklich etwas gesehen: eine weiße Gestalt, die aus dem Gebäude stürzte. Er warf das Buch auf den Boden und rief Galeno zu: »Er ist rausgerannt! Ich habe ihn gesehen! Ich habe ihn gesehen!«

Sie nahmen die Verfolgung auf.

»Was hast du gesehen, junger Herr Otto?«

Otto wich einem Kupferrohr aus, sprang über Briefstapel und rannte weiter. »Es sah aus wie ein Mann!«

»Was für ein Mann?«

»Jemand in weißer Kleidung!«

Sie standen jetzt draußen vor dem Observatorium. Otto ging nach links, Galeno nach rechts Richtung Wolkenmaschine. Der Junge ließ suchend den Blick in alle Himmelsrichtungen schweifen, aber er sah nichts, nur die Blumenwiese, die Dächer Cyborias, das bleigraue Meer. Er schaute um die Ecke. Nichts.

Er ging weiter und bog um die nächste Ecke. Wieder nichts.

Dann noch einmal.

Jetzt sah er die Wolkenmaschine und anschließend Galeno, der darauf zuging.

»Galeno!«

Der Roboter gab ihm ein Zeichen, stehen zu bleiben.

Aber Otto lief weiter die Wiese hinunter, Galeno war

etwa fünfzig Schritte hinter ihm. Der Roboter spiegelte sich in der glatten Oberfläche des eiförmigen Bauwerks. Ein Bauwerk ohne Türen und Fenster, eine glatte Hülle mit einer einzigen Öffnung: das Rohr, aus dem der Dampf drang. Und dann geschah es, plötzlich, ohne jede Vorwarnung. Ein blauer Blitz zuckte aus den Wolken und schlug in Galenos Metallkörper ein.

Otto war wie gelähmt. Der Blitz hatte sich in den Körper des Roboters gebrannt, ätzender Brandgeruch lag in der Luft und Galeno lag reglos im Gras.

Bevor Otto noch irgendetwas entscheiden konnte, hörte er eine Stimme neben sich: »Der Führer ist nicht in Gefahr. Ich habe ihn nur für einige Zeit außer Gefecht gesetzt.«

Langsam drehte Otto sich um. Seine Beine zitterten, und kalte Schauer liefen ihm über den Rücken.

Hinter ihm stand ein Roboter, ein menschenähnliches Wesen mit schmaler Taille, ganz in Weiß, mit eiskaltem Blick. Die Kreatur hatte vier Arme, Hände mit Spinnenfingern sowie Teleskopbeine, die in Füßen mit drei Zehen endeten.

»Und wer bist du?«, fragte Otto mit leiser, zitternder Stimme.

»Ich bin Theo«, antwortete der Roboter, »der Wächter der Insel.«

6

Der Wächter

Ohne das geringste Anzeichen von Anstrengung hob Theo Galeno hoch, trug ihn ins Observatorium und legte ihn behutsam auf einen Briefstapel. Galeno bewegte sich immer noch nicht. Er wirkte wie tot, genau wie damals, als man ihm die Lumen-Batterie herausgerissen hatte.

»Die Blitzlähmung dauert etwa achtundzwanzig Minuten«, sagte der weiße Roboter und streckte seinen Rücken, dabei knisterten seine Oszilloskope.

»Hast du ihn so zugerichtet?«, fragte Otto.

»Ja, das war ich«, antwortete Theo, der jetzt eine weiße Schachtel mit einem schwarzen Schalter in der Mitte auf den Boden stellte.

»Und warum?«

»Vorsicht. Wachsamkeit. Verteidigung«, antwortete Theo und neigte dann den Kopf zur Seite: »Kann ich dir etwas anbieten? Wasser? Schafsfleisch? Fisch? Ihr Menschen mögt doch Fisch. Das habe ich in Büchern gelesen. Fisch ist … raffiniert, oder?«

Otto schüttelte den Kopf. »Nein, danke. Ich will nur, dass es Galeno wieder gut geht, und ich will wissen, wo meine Tante Medea und ihr Freund Jago sind.«

»Die Frau mit den roten Haaren und der Mann mit dem Schnurrbart?«, fragte Theo und stieg die Wendeltreppe hinauf. Otto folgte ihm. »Genau. Hast du mir die Nachricht auf der Schaufensterscheibe hinterlassen?«

»Ja, das war ich.«

»Warum? Warum hast du das gemacht?«

Theos Schritte auf der Wendeltreppe hallten im Raum wider.

»Ich habe gar nichts gemacht. Ich habe nur die Anweisungen ausgeführt, die ich bekommen habe. Vorsicht. Wachsamkeit. Verteidigung.«

»Und wo sind sie? Geht es den beiden gut?«

»Ich denke schon.«

»Ich will sie sehen.«

»Nur Geduld. Ich muss sie erst noch untersuchen.« Der weiße Roboter blieb auf der letzten Treppenstufe stehen.

Die Galerie war wie ein Studio eingerichtet: Das Bett war gemacht, daneben standen ein Sessel, ein Hocker und ein Tisch mit einer Schreibmaschine und einigen Büchern. Theo setzte sich auf den Sessel und deutete auf den Hocker.

Der Junge lehnte ab. »Ich bleibe lieber stehen.«

»Wie du willst. Ich dachte immer, ihr Menschen würdet lieber im Sitzen über wichtige Dinge reden. Du stellst Fragen und ich antworte. So geht das doch, oder?«

»Hör mal, Theo … Hör endlich auf so zu tun, als wäre hier alles in Ordnung! Wir sind zu viert auf diese Insel gekommen, zwei von uns hast du verschwinden lassen, einen mit einem … einem Blitz gelähmt, und jetzt bin ich ganz allein! Du bist mir eine Erklärung schuldig, und zwar sofort!«

»Okay, fangen wir am Anfang an. Ich heiße Theo und bin

der Wächter der Insel. Und was dich betrifft … Ich kenne nicht mal deinen Namen.«

»Otto. Otto Folgore Perotti, Ururenkel von Atamante Folgore Perotti und Enkel von Primo Folgore Perotti.«

»Du hast einen ziemlich langen Namen, Otto Folgore Perotti, Ururenkel von Atamante Folgore Perotti und Enkel von Primo Folgore Perotti … Kann ich dich einfach Otto Folgore Perotti nennen?«

»Wie du willst, ich will nur wissen, wo Medea und Jago sind, langsam mache ich mir wirklich Sorgen.«

»Deine Tante und Jago sind nicht in Gefahr, wenn dich das beruhigt. Sie sind in dem Haus dort unten, siehst du das?« Theo zeigte auf ein langgestrecktes Bauwerk, ungefähr dort, wo die Wiese endete. »Das Buwler-Lytton-Krankenhaus.«

Buwler-Lytton, überlegte Otto, *der Nachname von Elisabeth, der Ärztin unter den drei Gründern.* »Und wie sind sie dorthingekommen?«

»Ich habe sie begleitet. Sie waren nicht ganz einverstanden, aber ich musste es tun.«

»Zwei Menschen entführen, um sie in einem Krankenhaus zu isolieren?«

Theo reagierte nicht, sondern fuhr mit seiner Erklärung fort: »Seitdem am Hafen die Düsen für die automatische Desinfizierung der neuen Bürger nicht mehr funktionieren, bin ich verpflichtet, jeden Neuankömmling zur Untersuchung und Desinfizierung ins Krankenhaus zu bringen.«

»Du hast sie entführt, um sie desinfizieren zu lassen?«

»Um genau zu sein, sie wurden im Schnellverfahren im Zentrum für Infektionskrankheiten einer Desinfizierung unterzogen.«

»Und warum hast du mich nicht auch dorthin gebracht?«

Theo zögerte lange, bevor er seine Antwort gab – zu lange. Otto vermutete, dass er nach einer Ausrede suchte. »Das holen wir nach, sobald unsere Unterhaltung beendet ist.«

»Ich habe keine Lust, mich mit dir zu unterhalten.«

»Aber ich«, sagte Theo, »und das macht den Unterschied, Otto Folgore Perotti.«

Von welcher Warte man es auch betrachtete, Otto war immer im Nachteil. Er kannte die Insel und das Gelände nicht, während der Wächter hier zu Hause war. Das Beste war, auf seinen Vorschlag einzugehen und so viele Informationen wie möglich zu sammeln.

»Wer lebt alles auf der Insel?«

»Niemand außer mir. Ich bin der letzte Bewohner von Cyboria. Und deshalb will ich mich auch unterhalten.«

»Du hättest dich auch mit Medea und Jago unterhalten können.«

»Das war mir zu gefährlich. Wenn mir etwas passiert, ist das Ende der Stadt besiegelt. Wie du siehst, kümmere ich mich um alles.«

Otto nickte und deutete dann auf die gestapelten Lumen-Batterien. »Und das da?«

»Oh, … das sind alle Batterien, die ich finden konnte. Ich weiß nicht genau, wie lange sie mich mit Energie versorgen können, denn viele sind schon halb verbraucht …, aber ich muss mir auf jeden Fall eine gewisse Unabhängigkeit erhalten. Und dann …«, ein seltsames Glitzern lief über seine dunklen Augen, »dann … wer weiß, was dann sein wird?«

Als er die vielen unterschiedlichen Batterien betrachtete,

dachte Otto an die leblosen Roboterkörper auf den Straßen der Stadt. »Alle anderen sind außer Gefecht gesetzt. Warum nicht auch du?«

»Wie meinst du das, Otto Folgore Perotti?«

»Ich wette, du hast den anderen die Batterien gestohlen, um für dich genug Energie zu haben. Du hast sie mit einem Blitz gelähmt und dann …«

»Keine übereilten Schlüsse, Otto Folgore Perotti«, unterbrach ihn Theo, »im Laufe der Jahre haben sich die Strukturen und Abläufe in der Stadt verändert, und viele Roboter haben keine Aufgabe mehr. Deshalb habe ich sie deaktiviert.«

»Und das soll ich dir glauben?«

»Ich verstehe dein Misstrauen nicht.«

»Du hast sie gelähmt und ihnen dann die Batterien herausgerissen, stimmt's?« Otto blieb hartnäckig. »Und jetzt hast du das Gleiche mit meinem Führer gemacht.«

»Deine Hypothesen entbehren jeder Grundlage. Einfach etwas behaupten, das macht ihr Menschen gerne, oder?«

»Galeno hat mir von einem unterirdischen Recyclingsystem erzählt. Er meinte, dort würde aus Abfällen Lumen gewonnen. Warum machst du das nicht?«

Der weiße Roboter rutschte auf seinem Sessel hin und her und imitierte die Gesten eines ungeduldigen Menschen: »Weil nicht genug Abfälle da sind. Ich brauche ganz spezielle Abfälle, Abfälle von menschlichen Wesen, wenn du verstehst, was ich meine. Organisches Material, das ein Roboter nicht erzeugen kann, weil er keinen Stoffwechsel hat. Wir essen, trinken und verdauen nicht.«

Um zu überleben, braucht er Menschen, dachte Otto, *nur aus menschlichen Abfallstoffen kann Lumen produziert werden.* Ein Punkt für ihn. Oder vielleicht das genaue Gegenteil.

»Alles, was ich getan habe, Otto Folgore Perotti, habe ich getan, weil ich meinen Anweisungen gefolgt bin. Weil meine Funktion das verlangte.«

»Und was ist deine Funktion?«

»Zu Beginn ... als sich Cyboria noch in der Aufbauphase befand, war ich ein einfacher Angestellter«, antwortete Theo, »ich habe die Gesetze und Verordnungen des Stadtrats von Cyboria gesammelt und zusammengefasst. Ich gebe dir ein Beispiel: Cyboria wird vom Rat der Besten regiert, denen die Entscheidung in allen Streitfällen obliegt. Oder: Falls die Stadt andere Bürger brauchen sollte, kann ein Einheimischer einen Kandidaten bestimmen, der von einem Führer angeleitet wird und sich der Aufnahmeprüfung unterzieht. Oder aber: Alle Bürger, die das zwanzigste Lebensjahr erreicht haben, haben das Recht zu wählen und gewählt zu werden. Das alles war nicht sehr spannend, aber ich habe mich bemüht, euch Menschen zuzuhören und alles aufzuschreiben, was ihr sagt.

Nach etwa zwanzig Jahren wurde ich ins Observatorium versetzt, und zwar ins Informationsbüro. Cyboria war ja durch ein auf dem Meeresboden verlegtes pneumatisches Röhrensystem (eine der Erfindungen von Ettore Zisch) ständig mit dem Festland verbunden. In der Ersten und in der Zweiten Phase (Aufbau und Besiedlung) konnten wir noch keine Informationen absenden, sondern nur welche empfangen, dadurch waren wir immer auf dem aktuellen Stand, was in der Welt vor sich ging. Unsere Botschafter schickten uns aber auch Bücher und anderes Informationsmaterial, und ich musste alles zusammenfassen und katalogisieren. Erst in der Dritten Phase, die aber nie eingetreten ist, hätte Cyboria mit dem Rest der Welt uneingeschränkt kommunizieren können. Die Gründer wollten, dass die Stadt perfekt funktioniert, bevor sie mit ihrem Projekt an die Öffentlichkeit gingen.«

»Aber warum wurden Bücher zusammengefasst?«, fragte Otto und betrachtete die nicht enden wollenden Bücherreihen in den Regalen.

»Die Gründer Cyborias waren der Meinung, dass eine große Bibliothek mit Volltextbüchern nicht notwendig wäre, inhaltliche Zusammenfassungen würden genügen, um die wichtigsten Ideen wiederzufinden. Sie glaubten, dass Bücher, aber auch Bibliotheken und Museen, überflüssiger Ballast aus der Vergangenheit wären.«

»Was für ein Blödsinn!«, ereiferte sich Otto.

Theo schnellte hoch und sah ihn drohend an. »Pass auf, was du sagst, Otto Folgore Perotti. Du bist noch ein junger Mann in der Ausbildung und glaubst schon, eine Geistesgröße wie mich kritisieren zu dürfen!«

»Werter Herr! Die Signalanlage gibt ein Zeichen!«, rief der Pilot, nachdem sie lange geflogen waren.

Conte Liguana schreckte aus dem Schlaf. Unter sich sah er die Landzunge einer Insel im aufgewühlten Meer, die erste einer Reihe von grasgrünen Inseln, die ihn allein beim Hinschauen frösteln ließen.

»Wo sind wir?«

»Über Suduroy, mein Herr. Die südlichste der Färöer-Inseln.«

Die Färöer-Inseln: Ein abgelegenes Archipel aus achtzehn Inseln, eine autonome Nation, die früher unter der Herrschaft der konstitutionellen Monarchie Dänemark stand.

Der Pilot kontrollierte die Instrumente: »Das Signal kommt … ich würde sagen … von einer der Klippen dort unten.« Dabei zeigte er auf eine aus einer Wolkendecke auftauchende Felseninsel.

»Und was ist das?«

»Die Insel heißt Lítla Dímun, mein Herr. Der Computer zeigt mir an, dass es die einzige unbewohnte Insel des Archipels ist.«

»Endlich!«, seufzte der Conte.

»Aber es gibt trotzdem schlechte Nachrichten.«

Der Conte beugte sich nach vorne, um die Stimme des Piloten im Lärm der Motoren besser hören zu können. »Was für schlechte Nachrichten?«

»Wir fliegen jetzt über die Insel, mein Herr, aber … auf den ersten Blick würde ich sagen, dass es keinen Landeplatz gibt, keinen sicheren zumindest. Schauen Sie sich nur die steilen Felsen an … gut … vielleicht in der Inselmitte … auf der Hochebene … Nein, da ist es zu neblig. Oder zu wolkig. Oder was auch immer es ist … Auf jeden Fall ist die Sicht viel zu schlecht, um dort zu landen.«

»Was machen wir dann?«

»Das Sicherste wäre, in Vágar zu landen, das ist der nächste Flughafen, von dort könnte man ein Boot nehmen.«

Der Conte betrachtete die messerscharfen Klippen, die die Insel umgaben, und meinte: »Ich glaube nicht, dass es mit einem Boot besser geht. Und außerdem … Wir sind nicht hier, um das Sicherste zu tun.«

»Aber es könnte gefährlich werden, mein Herr!«

Liguana zerbrach sich den Kopf, wie er sich am besten schützen könnte, aber es fiel ihm nichts ein. Seine Hilflosigkeit machte ihn wütend: »Es muss doch eine Möglichkeit geben, die Insel auf sicherem Wege zu erreichen!«

»Nur, wenn man ein Meeresvogel ist«, wagte der Pilot zu scherzen.

Der Conte fixierte die Insel, die Klippen, den grasbewachsenen Steilhang, die drohenden Wolken – und während er das tat, liefen Szenen aus Actionfilmen vor seinem inneren Auge ab. Er rutschte unruhig auf dem Sitz herum.

»Haben Sie kein Seil?«

»Ein Seil? Wollen Sie sich etwa zur Insel abseilen?«

»Genau!« In den Augen des Conte glimmte Abenteuerlust.

»Das ist ausgesprochen gefährlich, mein Herr!«, warnte der Pilot.

Conte Liguana löste den Sicherheitsgurt. »Das ist mir egal! Sagen Sie mir einfach, was ich machen soll. Sagen Sie es mir … sofort!«

7

Die tote Stadt

Theo setzte sich wieder hin, sein Zorn war verraucht.

»Ich erzählte gerade, Otto Folgore Perotti, welche Ziele mit dem Observatorium verfolgt werden sollten. ›Die Welt beobachten ohne einzugreifen‹, sagte mein Konstrukteur Ettore Zisch immer. Aber gerade zu Beginn der Zweiten, der Besiedelungsphase, geschah etwas Unerwartetes. Nach eurem Kalender war es im Jahr 1939. Unsere Stadt war bereit, neue Bürger aufzunehmen, alles war bis ins letzte Detail geplant, genau wie die Gründer es sich vorgestellt hatten. Die Führer waren instruiert und bereit für ihre Mission. Es gab ein großes Fest, als sie den Zischelin bestiegen, mit dem Auftrag, die Neuigkeit in die ganze Welt zu tragen, zuerst zu unseren Botschaftern, dann zu ausgewählten Menschen, die als zukünftige Bürger von Cyboria in Frage kamen. Aber wenige Monate später wurden die eingehenden Nachrichten aus der Welt von Tag zu Tag schrecklicher.«

»Der Krieg«, flüsterte Otto.

»Der Krieg, ja. Ein neuer Krieg, noch schlimmer als der, dem sich die Gründer fast dreißig Jahre zuvor verweigert hatten …«

»Sie waren vor dem Ersten Weltkrieg geflohen.«

»Und zwar mit großen Schuldgefühlen. Aber jetzt sprachen die eingehenden Informationen wieder von einer dunklen Macht, die sich über ganz Europa ausbreitete. Sie sprachen von dem Bösen, das immer stärker wurde. Und so setzten sich die drei Gründer mit dem Rat der Besten zur Beratung zusammen. Sie diskutierten und diskutierten. Wozu diente ihre Stadt? Die Freie Universität, die Rotunde für die Symphoniekonzerte? Zu welchem Zweck hatten sie die Roboter konstruiert, die die monotonen Arbeiten erledigten, damit die Menschen ihre Gefühle ausleben und weiterentwickeln konnten? Ihre Genialität, ihre Kreativität? Worin lag die Zukunft Cyborias, die erdacht (Erste Phase), erprobt (Zweite Phase) und optimiert (Dritte Phase) werden sollte? Die schlussendlich der Menschheit als Geschenk übergeben werden sollte (Vierte Phase)?

Die Diskussion war hitzig, Otto Folgore Perotti. Einige, wie beispielsweise mein Erbauer, schlugen vor, die bedrohlichen Nachrichten unserer Botschafter einfach zu ignorieren und den Besiedlungsplan in die Realität umzusetzen. Andere dagegen wollten aktiv werden und sich einmischen: Dieses Mal wollten sie kämpfen und sich nicht verstecken. Aber damals waren sie jung gewesen, jung und voller Träume. Und die Bedrohung für die Welt war nicht ganz so groß gewesen.« Theo hielt inne, überlegte und sprach weiter: »Die Situation zog noch ein weiteres Problem nach sich. Wenn es also wirklich richtig war, dieses Mal zu kämpfen, dann auf welcher Seite? Auch in diesem Punkt gingen die Meinungen auseinander, und keines der Argumente konnte alle überzeugen.«

»Und wie haben sie das Problem gelöst?«

»Mit einer Abstimmung. Es wurde mehrheitlich entschieden, die Besiedlungsphase zurückzustellen und alles zu versuchen, um den Krieg zu stoppen.«

»Den Krieg zu stoppen? Und wie wollten sie das machen, bitte schön?«

»Es wurden fünf spezielle ›Todesmaschinen‹ konstruiert. Fünf Kampfroboter, die mit alles vernichtender Kraft und rücksichtsloser Aggressivität ausgestattet waren, das genaue Gegenteil zu allen anderen Robotern, die Zisch bis dato gebaut hatte. Die Kampfroboter wurden in fünf europäische Staaten entsandt: Deutschland, England, Russland, Frankreich und Italien. Die Todesmaschinen sollten den Konflikt an den Wurzeln bekämpfen.«

»Und wie?«

»Sie sollten die Führer dieser Staaten töten. Ohne Führer, so dachten die Gründer, würden keine Befehle mehr gegeben. Ohne Befehle würde es keine Armeen geben und ohne Armeen …«

»Würde es keinen Krieg geben.«

»Richtig, Otto Folgore Perotti. Aber die Todesmaschinen versagten. Im Laufe des Krieges verloren sich ihre Spuren. Und deshalb wurde in Cyboria eine zweite Ratsversammlung einberufen. Einige Bürger wollten Cyboria verlassen, um zu kämpfen, andere wollten bleiben, das Geheimnis der Insel bewahren und ihre Kinder aufziehen. Ihnen war es egal, dass ihre Kinder nicht wussten, was in der Welt vor sich ging; weit weg vom Krieg, so dachten sie, würden sie überleben. Die zweite Versammlung war noch schwieriger als die erste. Trotz aller Bemühungen gab es keine Entscheidung, manche weigerten sich sogar, überhaupt abzustimmen. Das demokratische Fundament der Neuen Stadt geriet ins Wanken. Und deshalb griff man zu drastischen Mitteln, die für Notfallsituationen vorgesehen waren. Artikel 18 der Verfassung Cyborias erlaubte in Notfällen und extremen Gefahrensituationen die Wahl eines Oberkommandierenden mit absoluter Kommandogewalt. Nach seiner Wahl traf er folgende Entscheidungen: Mütter und Väter mussten mitsamt ihren Kindern die Insel verlassen. Niemand von ihnen ist je zurückgekehrt. Alle anderen Menschen hatten die Wahl, in ihre ehemalige Heimat zurückzukehren und zu kämpfen oder auf der Insel zu bleiben, die Ordnung aufrechtzuerhalten und darauf zu hoffen, dass die anderen nach dem Krieg zurückkehren würden. Insgesamt blieben achtzehn Menschen in Cyboria, darunter zwei Gründer.«

»Und wer?«

»Ettore Zisch und Arnauld D'Urò.«

»Elisabeth ist also gegangen.«

»Ja, sie ist mit dem ersten Schiff abgereist, zusammen mit den Frauen, die in Cyboria ein Kind geboren hatten.«

»Aber … warum hat man Frauen und Kinder weggeschickt? In eine ungewisse Zukunft mit Krieg und so … Wäre es nicht besser gewesen, die Kinder hier großzuziehen, in Sicherheit?«

»Der Oberkommandierende hielt selbst Cyboria nicht für sicher. Im Gegenteil, er befürchtete, die Insel würde schon bald entdeckt und angegriffen werden. Es hätte doch nur einer der Führer oder eine Todesmaschine gefangen genommen und untersucht werden müssen … Stell dir vor, ein General hätte herausgefunden, wie die Kampfroboter funktionierten und wie sie gebaut wurden? Aus diesem Grund haben wir Verteidigungsmaßnahmen ergriffen: der Unterwasserhafen, die Unterwasserbomben, die künstlichen Wolken, die Blitze.«

»Die Schutzmaßnahmen, die es noch heute gibt.«

»Ja, Otto Folgore Perotti, ganz genau. Der Schutz der Insel wurde nie vernachlässigt. Die Nachrichten, die Cyboria erreichten, wurden immer spärlicher und immer konfuser. Wir wussten nicht, was im Rest der Welt geschah. Die Jahre vergingen, und niemand kam zurück. Deshalb entschied sich der Oberkommandant, ein letztes Expeditionsteam zu entsenden, um zu erkunden, was passiert war. Das Team bestieg ein Schiff, an Bord war auch mein Konstrukteur Ettore Zisch.«

»Und zurück blieb … nur der Architekt.«

»Der Oberkommandierende«, präzisierte Theo, »ja, der Oberkommandierende von Cyboria blieb allein auf der Insel und starb zwei Jahre später. Ich erinnere mich genau an seine letzten Worte: ›Wir waren verrückt, Theo, wir haben einen grundlegenden Fehler gemacht. Es kann keine Neue Stadt geben, die besser ist als andere Städte, nur weil die Gründer sich anmaßen, ihre Bürger selbst auszuwählen, und weil alles perfekt geregelt ist. Im Gegenteil. Die Perfektion liegt im Chaos, nicht in den Regeln. Vielleicht ist sogar der Krieg perfekt. Mit Sicherheit der Tod.‹ Ich weiß nicht, was er mir damit wirklich sagen wollte. Vielleicht wusste er es nicht einmal selbst.«

»Warst du bei ihm, als er starb?«

»Ja, ich war der Roboter, der am längsten im Observatorium gearbeitet hatte, und deshalb wurde ich sein Assistent. Um neue Aufgaben ausführen zu können, wurde ich zweimal neu programmiert. Das erste Mal durch Zisch, und das zweite Mal … war es der Oberkommandierende, der meine Anweisungen veränderte. Ich musste lernen, wie alles auf der Insel funktioniert. Was ich zu tun hatte, wenn die Bürger von Cyboria zurückkehren würden, und wie die Maschinen gewartet und instand gehalten werden. Er brachte mir alle Handgriffe bei, die ich tagtäglich zu verrichten hatte, um die Funktionsfähigkeit der Stadt zu erhalten. Verteidigungsbereitschaft sei das Wichtigste, und die Fähigkeit, Freunde von Feinden zu unterscheiden. Er sagte, ich solle ihm vertrauen, und erklärte mir auch, was Vertrauen bedeutet. Früher oder später würde jemand kommen, sagte er mir, und ich würde ihn erkennen, weil er etwas Besonderes sei und die Geschicke der Stadt verändern würde. Im Moment, so wie er sie hinterließ, sei die Stadt perfekt. Danach könnten endlich die Phasen drei und vier beginnen.

Ich tat alles, was er sagte, befolgte alle Befehle. Und wartete. Wartete. Und wartete weiter. Immer wieder kam jemand, aber niemals dieser Jemand, den ich erkennen sollte. Der Rest der Geschichte ist leicht zusammenzufassen. Ich habe mich Tage, Monate und Jahre um alles gekümmert. Es hat mir Spaß gemacht, die Bücher zusammenzufassen und zu katalogisieren. Es hat mir auch gefallen, die Sätze eurer Schriftsteller abzuschreiben, die wichtigen von den unwichtigen zu unterscheiden und die wichtigen zu notieren. Jeden Tag wartete ich darauf, dass dieser angekündigte Jemand kommt. Und ich habe mein Vertrauen wachsen lassen. Und gewartet. Immer weiter, bis heute.«

Auf Theos Worte folgte eine lange Stille.

Otto dachte über die Geschichte nach, nicht alles hatte

ihn überzeugt. Er sinnierte über die Todesmaschinen, die fünf Kampfroboter, die im Zweiten Weltkrieg zerstört worden waren, und über einen Satz von Theo, der ihm nicht mehr aus dem Kopf ging, über die Ankunft dieses Jemand, den er erkennen sollte.

»Du hast gesagt, dass immer mal wieder jemand auf die Insel gekommen ist.«

»Das stimmt, meistens Fischer, oder Schiffbrüchige.«

»Und was ist mit ihnen passiert?«

»Einige sind schon nach wenigen Stunden wieder verschwunden, ohne die Stadt überhaupt entdeckt zu haben. Die Tarnung funktioniert immer noch gut. Andere sind hier an Land gegangen und gestorben.«

»Hast du sie getötet?«

»Ich habe versucht, ihnen zu helfen, aber ich bin kein guter Arzt.«

Otto verstand noch immer nicht alles. »Als … als der Oberkommandierende dir all diese Dinge gesagt hat …«

»Anweisungen, Otto Folgore Perotti, nicht Dinge. Er hat mir Anweisungen gegeben.«

»Und er hat dir gesagt, dass jemand, den du … erkennen würdest …«, fuhr Otto fort, »… hat er dir auch erklärt, wie du ihn erkennen würdest?«

»Natürlich«, antwortete Theo, »deshalb unterhalten wir uns doch.«

»Was meinst du damit?«

»Ich habe euch mit dem Zischelin ankommen sehen.«

»War das ein Erkennungszeichen?«

»Es war ein Indiz. Wie auch die Begleitung durch einen Führer, das Ikosaeder …«

»Woher weißt du, dass …«

»Ich fühle es. Wir alle fühlen es. Und es fühlt uns.«

Otto zog den geometrischen Körper aus seiner Hosentasche. »Es gehörte meinem Großvater. Und er hat es mir gegeben. Er … es ist ihm nie gelungen, es zu benutzen.«

»Oder er wollte, dass du es versuchst.«

»Wie?«

»Cyboria-Regel Nummer eins: Kein Bürger darf außerhalb der Grenzen über die Stadt sprechen.«

Otto nickte verwirrt. Das hatte er schon von der Spieluhr gehört, direkt aus Elisabeth Buwler-Lyttons Mund.

»In jedem Fall dürfte es für euch keine einfache Anreise gewesen sein«, fuhr Theo fort.

Otto lächelte. »Mein Großvater sagte immer, dass es besser ist, schwierige Dinge zu versuchen, denn die einfachen, die kann jeder machen.«

»Das scheint mir eine gute Regel fürs Leben zu sein.«

»Er sagte das immer, damit ich mich als etwas Besonderes fühlte.«

»Auch ich habe meine Regeln, nach denen ich lebe. Die wichtigste ist: Den Anweisungen folgen, die mir gegeben wurden.«

»Und hast du dich nie gefragt, ob diese Anweisungen vielleicht falsch sein könnten?«

»Nein, weil ich dadurch die Gelegenheit hatte, mich als etwas Besonderes zu fühlen, wie du gesagt hast. Jedes Mal, wenn ich die Wartungs- und Instandhaltungsarbeiten beendet hatte, setzte ich mich an den Schreibtisch und fasste den Inhalt von Büchern zusammen. Auch das war ein Teil meiner Ausbildung, aber gleichzeitig gab es mir die Möglichkeit, Dinge zu … versuchen. Es ist wichtig, Dinge zu versuchen. Versuchen. Immer wieder versuchen. Und das habe ich mit euch gemacht. Ich habe versucht zu verstehen, auf welcher Seite ihr steht.«

»Haben dir der Zischelin, Galeno und das Ikosaeder von meinem Opa als Beweis nicht genügt?«

»Das sind nur Indizien, Otto Folgore Perotti, genau wie die Tatsache, dass du die Korporation ohne Namen ausgesucht hast. Genau deswegen habe ich mich entschlossen, mit dir zu sprechen, weil ich nicht weiß, was da vor sich geht. Ich wäre mir sicher gewesen, glaube mir, wenn nur …«

»Wenn nur was?«

»Wenn du nicht eine dieser Todesmaschinen mitgebracht hättest.«

Otto fiel die Kinnlade herunter. Was wollte Theo damit sagen? Er wartete auf eine Erklärung, die aber nicht kam. Genau in diesem Moment hörten sie ein Geräusch, noch ganz aus der Ferne.

Das leise Brummen eines Hubschraubers.

Theo sprang auf und stürzte ans Fenster. Als er den winzigen Punkt über dem Ozean sah, der langsam näher kam, sagte er: »Vielleicht war es dumm, mit dir zu sprechen, Otto Folgore Perotti.«

»Ich habe nicht die geringste Ahnung, wer das sein könnte, Theo.«

»Es ist ein Angriff auf Cyboria. Erst hast du eine Todesmaschine auf die Insel gebracht, und jetzt …«

»Theo! Ich weiß nicht, wovon du sprichst!« Aus den Augenwinkeln sah Otto einen schwarzen Riesen über die Wiese rennen. Er erinnerte sich an den dumpfen Schlag, den er im

Unterwasserhafen gehört hatte, an den bedrohlichen Schatten, den er heute Morgen gesehen hatte. An das ständige Gefühl, verfolgt zu werden.

Jetzt war er sicher, dass es nicht Theo gewesen war.

Es war etwas viel Schlimmeres.

Es war eine Todesmaschine.

Calibano.

8

Ungeduldige Patienten

Hörst du mich jetzt? Geht es dir gut?«, fragte Jago.

Medea lag auf dem Bett und dämmerte vor sich hin. Er saß am Bettrand und bemühte sich krampfhaft auf die Beine zu kommen. In seinem Kopf drehte sich alles, seine Beine waren bleischwer und kraftlos.

Medea sah alles wie durch einen Schleier. Sie schloss erneut die Augen und fragte dann: »Wo sind wir?«

»Keine Ahnung«, antwortete Jago, »aber es sieht aus wie … eine Art Krankenhaus.«

Dicht aneinandergereihte Betten, nur durch Vorhänge voneinander abgetrennt, sehr helle, blaugrüne Fliesen, die Decke blau gestrichen. Quadratische Panoramafenster boten eine gute Sicht aufs Meer.

Medea quälte sich mit großer Mühe hoch. Erst jetzt bemerkte sie, dass sie nicht mehr ihre Kleidung trug, sondern einen lilafarbenen Kittel mit der Cyboria-Fackel und der Nummer 87 darauf. Sie strich sich verblüfft über den Körper. »Was haben sie mit mir gemacht?«

Jago zeigte ihr den Einstich am linken Arm, wo noch zu erkennen war, dass ihr Blut abgenommen worden war. Er schüttelte den Kopf und strich ihr sanft über die Haare:

»Seien wir froh, mein Schatz, dass wir uns beide nicht mehr erinnern. Ich denke, dass sie uns betäubt und … kontrolliert haben. Lila steht dir übrigens.«

Medea lächelte: »Und dir blau. Lila für Mädchen, blau für Jungen.«

Jago rieb sich die Augen: »Tut dir etwas weh?«

»Nein, dir?«

»Mir geht's gut, bis auf das Gefühl, durch eine riesige Waschmaschine gezogen worden zu sein …« Er setzte sich wieder auf die Bettkante. »Ich weiß nur noch, dass wir nach dir gesucht haben, und dann …«

»Der Gang!« Medea erinnerte sich. »Ich war im Gang dieses Korporationsgebäudes, als ich plötzlich den Boden unter den Füßen verlor …«

»Ich weiß. Bei mir war es ähnlich. Ich stand vor einem sonnenüberfluteten Ladengeschäft und stellte mir vor, dass …« Jagos Augen glänzten, als er mit seinen Gedanken wieder zu seinem Traum zurückkehrte, dann blickte er zur Seite. »Dann bin ich zwei Betten neben dir aufgewacht.«

»Ein seltsamer Ort.«

»Sehen wir es doch positiv. Hier ist es sauber und ruhig. Ich würde sagen, dass das Krankenhaus nicht gerade überlaufen ist. Ich glaube sogar, dass wir die Einzigen sind.«

Plötzlich riss Medea die Augen auf: »Und Otto?«

»Ich weiß nicht, wo er ist, hier auf alle Fälle nicht. Während du geschlafen hast, habe ich nach ihm gesucht, bin bis zur Tür gegangen und dann zurückgekommen, um dich mitzunehmen.« Jago schnüffelte an seinem Unterarm. »Zitrone. Und bei dir?«

Medea antwortete nicht und versuchte aus dem Bett zu steigen. »Wir müssen sofort hier raus und … Oh, mein Kopf!«

Jago stützte sie. »Ich weiß. Bei mir dreht sich auch alles. Nach einer Weile wird es besser. Aber das ist nicht das einzige Problem.«

Medea sah ihn fragend an, während Jago fortfuhr: »Wir können hier nicht raus, draußen ist es eiskalt. Wir müssen erst unsere Kleidung wiederfinden.«

Medea ließ sich stützen, ein kalter Schauer überlief ihren Körper: »Ich erinnere mich an Hände, klauenartige Hände mit langen, weißen Fingern. Sie haben mich gepackt und dann …«

»Ich erinnere mich an gar nichts mehr«, sagte Jago und strich ihr erneut über die Haare. »Ich weiß nur noch, dass ich auf der Straße stand und in die Sonne blickte … Im nächsten Moment lag ich auf diesem Bett und starrte an die Zimmerdecke. Was auch immer passiert ist, es muss rasend schnell gegangen sein. Schnell und schmerzlos und … mit Zitronenduft.«

»Was ist mit deinem Daumen?«

»Der tut nicht mehr weh, komisch, was? Es ist als ob … mich jemand behandelt hätte.«

»Das gefällt mir nicht, das gefällt mir ganz und gar nicht.«

»Mir auch nicht, glaub mir. Den Daumen mal ausgenommen.«

»Lass uns von hier weggehen.« Medea ließ nicht locker. »Wir müssen Otto finden.«

»Halt dich an mir fest.«

Mit unsicheren Schritten verließen sie den Raum und kamen in einen langen Korridor. Die Fliesen unter ihren Füßen waren eiskalt.

»In welche Richtung?«, fragte Jago.

Sie hielten inne und lauschten. Aus der Ferne war das Rauschen der Wellen zu hören, das aber von einem dumpfen Dröhnen tief unter ihnen überdeckt wurde. Offenbar der Maschinenraum. Aus den Lüftungsgittern im Fußboden drang warme Luft.

Die beiden schwankten nach links und passierten wie verwaist daliegende Krankenzimmer, in denen sich die dünnen Vorhänge zwischen den Betten im unsichtbaren Luftstrom bewegten. An den Wänden hingen Bilder und Hinweisschilder in Luminario, die sie nicht lesen konnten.

Typisch Krankenhaus, dachte Jago.

Ein kalter und geisterhafter Ort. Sie kamen an Krankenbetten, Operationstischen und Medizinschränken vorbei. Überall riefen sie nach Otto, erhielten aber keine Antwort. Dann, plötzlich, hielt Jago Medea die Hand vor die Augen.

»Schau nicht hin«, rief er erschrocken.

»Was soll ich nicht sehen?«

Jago versuchte sie weiterzuziehen, aber sie befreite sich und riskierte einen Blick. »Oh mein Gott! Das ist ja fürchterlich!«

»Ich habe doch gesagt, du sollst nicht hinschauen!«

Die Tür zum Krankenzimmer war geöffnet. Auf den Betten lagen vier menschliche Skelette. Drei waren mit blauen Kitteln bekleidet wie Jago, das vierte trug eine Lederjacke und gefütterte Hosen, mit einer Staubschicht überzogen, die jetzt von der Heizungsluft aufgewirbelt wurde.

Die Skelette zogen Medea magisch an. Sie betrat den Raum, ging zu dem Skelett in der Fliegerbekleidung und bemerkte ein Namensschild auf seiner Lederjacke.

Arnauld D'Urò

Ober- und Unterkiefer waren dicht aneinandergepresst, die Augenhöhlen leer, die knochigen Hände über dem Becken verschränkt. Medea und Jago betrachteten ihn lange, bevor sie etwas sagen konnten.

»Was für ein schreckliches Ende«, begann Medea, »so zu sterben, ohne Begräbnis, ohne Gebet oder irgendetwas ... Sie hätten ihn wenigstens irgendwo beerdigen können.«

»Wer? Ihre Hinterbliebenen aus Metall? Ich glaube nicht, dass sie besonders empfindsam sind. Und vielleicht haben die Roboter sogar recht. Entweder du lebst oder du bist tot.« Er legte Medea eine Hand auf die Schultern und zog sie zurück. »Lass uns gehen. Hier gibt es nichts weiter zu sehen.«

Medea zögerte, dann zeigte sie auf einen Metallschrank in der hinteren Ecke des Raumes, ging hin und öffnete ihn.

Im Schrank hing Seemannskleidung: Wachsjacken, Overalls, Gummistiefel, dicke Hosen ...

»Es gefällt mir gar nicht, etwas anzuziehen, das diesen Menschen gehört hat«, sagte Jago.

»Entweder du lebst oder du bist tot«, erinnerte ihn Medea an seine eigenen Worte, »ich glaube nicht, dass das für sie noch einen Unterschied macht. Für uns dagegen schon, wenn wir nach draußen gehen.« Sie griff nach einem Hemd und einer Hose, die ihre Größe zu haben schienen, dann blickte sie Jago an. »Umdrehen, bitte.«

9

Die Todesmaschine

Um sich selbst kreiselnd ließ sich Conte Liguana in Richtung Wiese hinab. Der Wind peitschte ihm ins Gesicht. Halb erfroren umklammerte er das Seil mit beiden Händen. Über sich hörte er das Brummen der Motoren des Helikopters und das Pfeifen der mächtigen Rotoren, die sich wie Windmühlen über seinem Kopf drehten. Geräusche wie aus dem Jenseits. Er drückte einen Knopf und ließ sich Stück für Stück weiter hinunter.

»Runter! Runter!«, schrie er dem Piloten zu, der ihn bei dem Höllenlärm aber nicht hören konnte. »Lass mich runter!«

In den Augen des Conte lag ein Glitzern. Die gerade noch lähmende Angst wurde von Euphorie und Besessenheit verdrängt.

Er hatte sie gefunden! Er hatte die Stadt der Maschinen, der unversiegbaren Energie und der Robotersoldaten gefunden! Die Stadt für die Ewigkeit, von der sein Vater immer geschwärmt hatte! Die Stadt, nach der sie fast ein Jahrhundert gesucht hatten!

Es gab sie wirklich, und sie war dort, wenige Meter unter seinen Füßen. Während er unter infernalischem Hubschraubergetöse an einem einfachen Metallseil ins Ungewisse hinuntergelassen wurde, dachte der Conte an die mühevollen Forschungsjahre zurück, an die Landkarten, die er immer und immer wieder untersucht hatte, und an die vielen Menschen, die er bezahlt hatte, ohne auch nur jemals den geringsten Anhaltspunkt zu finden. Die Erfolglosigkeit hatte ihn zermürbt, er hatte fast schon resigniert und den Glauben an die Legende der Stadt der Roboter und Todesmaschinen verloren. Gigantische Todesmaschinen mit elementarer Kraft, fähig, die Weltherrschaft zu übernehmen.

»Ich sage dir, es gibt sie!«, hatte sein Vater ihn angeschrien, aus dem Bett, an das er seit zwei Generationen gefesselt war. Das mechanische Pflegebett, das es ihm erlaubte zu atmen und zu leben, seit mehr als hundertzwölf Jahren. »Ich sollte damals mit ihnen aufbrechen! Ich habe als Informant für sie gearbeitet! Ich habe jahrelang Briefe an sie geschrieben!«

Aber Mercuzio Liguana hatte niemals Antworten auf die Briefe bekommen, die er mit diesen seltsamen Briefmarken frankiert abgeschickt hatte, sondern Geld. Viel Geld, das auf sein Konto überwiesen wurde, ohne dass er wusste woher oder von wem es kam. War das der Beweis für die Existenz der Neuen Stadt? Für die Existenz der Gründer? Das Geld?

Aber woher kam dieser niemals versiegende Geldfluss?

Akribisch hatte er versucht, den Schleier dieser Transaktionen an Schweizer Geldinstitute zu lüften. Aber vergebens, den Eidgenossen war das Bankgeheimnis heilig. Seine Fragen waren unbeantwortet geblieben.

Bis zu diesem Moment.

Er war am Ziel! Er war am Ziel, weil er diesem rotznasigen Jungen gefolgt war, dem jüngsten Spross der Folgore Perottis, der Einzigen, die außer den Liguanas Bescheid wussten. Die die Geschichte kannten. Das Geheimnis der Roboterstadt.

Waren auch die Folgore Perottis von den Gründern angeworben worden? Bekamen auch sie Geld für ihre Informationen? Hatten auch sie zu Hause Kisten mit Briefmarken mit dem Fackelsymbol und dem lateinischen Aufdruck ›Excitat auroram‹? Und vor allem, hatten auch sie einen Roboter wie Calibano?

Noch in der Luft hatte der Conte auf seinem Display die Position seines Leibwächters überprüft, der winzige Lichtpunkt pulsierte genau unter ihm, auf dieser verlassenen Felseninsel im Nordmeer.

Er war am Ziel!

»Runter! Weiter runter!«, schrie der Conte, als er sah, dass die Wiese immer näher kam. Er strampelte wie ein Kind mit den Beinen in der kalten Luft.

Wie ein Kind. Er war noch nicht einmal geboren, als Calibano ins Haus der Familie Liguana kam, in dem Jahr, als Italien in den Krieg eingetreten war. Die Todesmaschine hatte feste Anweisungen, aber Mercuzio hatte sie umprogrammiert. Calibano war ausgeschickt worden, um den König zu töten, hatte das Anwesen der Liguanas aber nie verlassen. Dank der Genialität seines Vaters wurde Calibano zum ergebenen Diener der Liguanas. Mercuzio fertigte eine perfekte Maske aus Wachs und Plastik an, sodass man den Roboter für einen Menschen halten konnte. Ein mechanischer Dämon, der direkt aus der Hölle kam und ihr Leibwächter wurde.

Sie hatten ihn Calibano genannt, nach dem abstoßenden Sklaven in Shakespeares *Der Sturm*.

Calibano, das treue Monster an seiner Seite.

Calibano, der Mörder.

Er war am Ziel!

Während der Conte abgeseilt wurde, sah er Calibano hinter der Klippe auftauchen und über die Wiese rennen, auf der er jetzt landen wollte.

Wie sollte das eigentlich funktionieren? Wie löste man das Seil? Panik kam auf und ebbte wieder ab, Adrenalin pulste durch seinen Körper. Sein maskenhaft starrer Blick fixierte zunächst Calibano, der auf ihn zurannte, um ihm zu helfen, dann das Observatorium und schließlich das seltsame, eiförmige Bauwerk, das hinter den Wolken versteckt gewesen war.

Was waren das für Gebäude? Was für einen Zweck hatten sie? Aber was für einen Zweck hatte es eigentlich, sich das jetzt zu fragen? Alles würde sich von selbst klären. Die Stadt mit all ihren Geheimnissen wartete auf ihn und würde sie ihm enthüllen!

Der Conte strampelte weiter mit den Beinen in der Luft. Es fehlten jetzt nur noch fünf Meter, bis er am Boden war. Er zerrte an den Sicherheitsgurten und rief sich in Erinnerung, wie er sie lösen musste. Da wurde sein Blick von etwas anderem angezogen: Zwei Gestalten kamen aus dem Observatorium und rannten in Richtung Hubschrauber.

War die Insel etwa bewohnt?

Der Wind fuhr ihm durch die Haare. Sein Blick trübte sich vor Wut, denn er hatte eine Gestalt erkannt, es war Primo Folgore Perottis Enkel. Das kleine Genie. Der Rotzlöffel, der ihn unter den Lumen-Batterien begraben hatte. Er ballte die Fäuste. Ah, wenn nur Calibano ihn jetzt hören könnte! Er würde ihm befehlen, diesen lästigen Wurm ein für alle Mal zu beseitigen.

Aber wer war sein Begleiter?

Wer war die zweite Gestalt?

Das war nicht die Frau, auch nicht Jago … Sie sah aus wie … Nein, sie sah nicht nur so aus, sie war ein Roboter. Eine mechanische Kreatur aus weißem Metall, die sich mit sicherem Schritt sehr rasch bewegte.

Der Conte geriet gefährlich ins Schwanken, als der Helikopter über ihm ein plötzliches Manöver machte. Er hob die geballte Faust in Richtung Pilot und schrie: »Was machen Sie denn da, Sie Idiot?«

Dann zuckte ein blauer Blitz vom Himmel und schlug in die Rotorblätter ein. Funken sprühten.

»Oh nein! Nein! Nein«, schrie Liguana mit letzter Kraft, die Erde war zum Greifen nah.

Die Winde zog das Seil wieder nach oben, während der Hubschrauber auf die Klippe zuflog.

»Loslassen! Ich will runter!«

Aber der Pilot schien den Verstand verloren zu haben. Der Hubschrauber stieg nach oben und drehte sich dabei um die eigene Achse. Trotz der Turbulenzen versuchte Liguana die Gurte zu lösen. Ihm wurde schwindlig; wie durch einen Schleier bemerkte er, wie sich die grasbewachsene Hochebene entfernte, dafür tauchten hohe Gebäude mit verschlossenen Fenstern in seinem Blickfeld auf.

Der Verschluss des Gurtes, der Verschluss!, dachte der Conte.

Ein weiterer heftiger Ruck. Der Motor heulte auf, die

Klippe war gefährlich nah, das tosende Meer, die Gischt unter seinen Füßen. Sie stürzten ab. Der Helikopter stürzte ab und er mit ihm.

Wasser. Felsen. Häuser. Schließlich hatte der Conte doch noch den Verschluss des Gurtes gefunden.

Absturz. Explosion. Klippen. Das eiskalte Nordmeer. Noch zehn Meter. Acht. Fünf.

Der Verschluss! Der Verschluss!

Ein Ruck. Er sprang auf.

Die eisige Luft auf seinem Gesicht.

Das kalte Wasser.

Einen Augenblick später war alles dunkel. Und eiskalt.

Mitten auf der Wiese kam es zum Duell. Die Roboter standen sich gegenüber, keine zehn Schritte voneinander entfernt. Auf der einen Seite Theo in seiner weißen Rüstung, die vier Metallarme spinnenartig ausgebreitet. Auf der anderen Seite Calibano, die Todesmaschine, deren starre Menschenmaske auf dem Metallkörper saß. Im Hintergrund der Hubschrauber, der ins Meer stürzte.

Die beiden Kontrahenten begannen sich zu umrunden und sich zu beobachten. Calibano setzte die erste Attacke, mit gesenktem Kopf stürzte er auf Theo zu, der mit einem Sprung zur Seite auswich. Aber Calibano hatte damit gerechnet, mit einer schnellen Drehung packte er den weißen Automaten von hinten an den Schultern. Der Inselwächter ließ sich nach unten sinken, seine Krallenhände glitten nach hinten. Einen Moment lang schien Calibano den Griff zu lockern. Theo fuhr herum und traf die Todesmaschine mit dem Ellbogen eines Arms an der rechten Schläfe, mit dem zweiten an der linken. Mit dem dritten Arm umklammerte er Calibano und zwang ihn ins Gras. Dann versetzte er ihm einen gezielten Tritt gegen das eine Knie, dann einen zweiten, so heftig, dass das mechanische Gelenk auseinanderbrach. Es klang, als wäre ein Auto gegen eine Wand geprallt.

Theo umrundete den am Boden liegenden Gegner und versuchte zu seinem Gesicht zu kommen, doch Calibano rollte sich auf den Rücken, packte Theos Knöchel und verdrehte sie. Wieder dieses Geräusch von berstendem Metall, der weiße Roboter stürzte dröhnend zu Boden. Calibano sprang auf, drückte das noch intakte Knie gegen Theos Rücken und schlug wütend auf ihn ein. Metall prallte gegen Metall, es dröhnte und schepperte. Theo versuchte sich zu befreien, aber das Gewicht seines Gegners hielt ihn am Boden. Der schwarze Riesenroboter drosch auf ihn ein, auf seinen Hals, seine Schultern, seine Hüften. Er griff nach seinen beiden unteren Armen und begann sie zu verdrehen. Ein weiteres Metallgelenk zerbrach, aber Theo gelang es, den zweiten Arm zu befreien, er attackierte seinerseits Calibano und verletzte ihn im Gesicht. Der Kopf der Todesmaschine kippte nach hinten.

Theo versuchte über die Wiese zu entkommen, aber Calibano packte ihn von hinten und schleuderte ihn gegen einen Felsen.

Der Aufprall klang schrecklich, und der Inselwächter blieb ohnmächtig auf dem Gras liegen.

Otto verfolgte das Duell aus sicherem Abstand, aber doch nahe genug, um die Kampfgeräusche zu hören. Er hatte den Hubschrauber ins Meer stürzen sehen und miterlebt, wie

Calibano den Inselwächter zertrümmerte. Und er konnte nichts tun.

Der weiße Roboter lag reglos am Boden, neben dem Felsen, gegen den er geschleudert worden war, und der schwarze Riese ging auf ihn zu, das verletzte Bein zog er nach.

Otto ballte die Fäuste. »Los, Theo! Steh auf! Steh auf!«, schrie er so laut er konnte.

Calibano hielt inne, drehte sein entstelltes Gesicht zu Otto und fixierte ihn mit eisigem Blick. Otto hatte das Gefühl, der leibhaftige Tod würde ihm ins Gesicht sehen. Dann ging die Todesmaschine weiter auf Theo zu.

Noch fünf Schritte. Noch drei.

Noch einen Schritt.

Calibano beugte sich nach vorne, um den Todesstoß zu setzen, als aus den über der Insel hängenden Wolken erneut ein blauer Blitz zuckte, der genau zwischen Otto und Calibano in die Wiese einschlug.

Ottos Kopf fuhr herum. Vor dem Observatorium stand Galeno, eine weiße Schachtel mit schwarzem Knopf in der Hand. Es war der gleiche Apparat, mit dem Theo ihn vor einer halben Stunde außer Gefecht gesetzt hatte.

»Jaa!«, rief Otto begeistert. »Galeno!«

Calibano ließ von Theo ab und hinkte in Richtung Observatorium. Galeno löste einen weiteren Blitz aus, der aber aus der Bahn geriet und Theo nur knapp verfehlte.

»Nicht so!«, schrie Otto gellend, während der verletzte Calibano unbeirrt seinen Weg fortsetzte.

Der dritte Blitz traf ihn frontal, seine Kleidung fing Feuer, aber die Todesmaschine war nicht aufzuhalten.

»Das ist doch nicht möglich …«, murmelte Otto.

Calibano war immer noch auf den Beinen, wie eine lodernde Fackel, eine infernalische Fackel des Bösen, doch seine Schritte wurden immer langsamer. Er taumelte wie ein Betrunkener, schließlich schleppte er sich nur noch voran. Als er zu Boden sank, hatten die Flammen ihn verzehrt.

Galeno stakste auf die brennende Fackel zu und versetzte ihr ein paar Fußtritte.

»Gib's ihm! Ist er jetzt endlich ausgeschaltet?«, fragte Otto und rannte zu ihm hinüber.

»Es sieht so aus. Guten Tag, junger Herr Otto. Entschuldige bitte die Verspätung. Kannst du das einen Moment halten?« Er gab ihm die weiße Blitzschachtel und drehte Calibanos Überreste mit dem Fuß auf den Rücken. Dann riss er ihm die verkohlten Fetzen vom Leib, schüttelte ihn durch, griff in sein mechanisches Innenleben und nahm die Lumen-Batterie heraus. Er hielt sie in die Luft und schleuderte sie dann weit von sich. »Erledigt«, sagte er, »Anweisung ausgeführt.«

Otto seufzte und ließ sich auf die Wiese sinken.

Er betrachtete die weiße Schachtel und dachte an das Motto seiner Familie. *Remedium frustra est contra fulmen quaerere.* Man sucht umsonst ein Schutzdach vor dem Blitz.

»Otto! Otto!« Aus dem Hintergrund waren Rufe zu hören. Zwei seltsam gekleidete Gestalten kamen über die Wiese auf ihn zugerannt.

Das war doch seine Tante? Er erkannte sie an den roten Haaren.

»Tante! Jago!«, jubelte er und rannte ihnen entgegen.

10

Zerstörung und Wiederaufbau

Mir … ist … kalt«, stöhnte Theo, als er wieder zu sich kam.

Natürlich konnte einem Roboter gar nicht wirklich kalt sein. Er lag auf dem Eisentisch der Werkstatt.

»Wo bin ich?«, klackerte er und versuchte sich zu bewegen. Kreuz und quer festgezurrte Lederriemen hinderten ihn daran.

Neben ihm tauchten Galeno, Otto und zwei andere Gestalten auf, die beiden Menschen, die er ins Krankenhaus gebracht hatte.

»Guten Tag, Theo …«, begrüßte ihn Otto.

Der weiße Roboter stellte in seiner Optik den Raum scharf, dann entspannte er sich und sagte: »Reparaturwerkstatt 32, richtig?«

»Richtig«, antwortete Galeno und hielt mit seiner mechanischen Hand ein paar Werkzeuge in die Höhe, »und das reparaturbedürftige Objekt bist du. Mir fehlt die spezielle Fachkompetenz in Sachen Mechanik, aber ich habe mein Bestes gegeben.«

Otto hielt ein weiß eingebundenes Buch in die Luft: »Zum Glück haben wir in der Bibliothek des Observatoriums eine Zusammenfassung der Notfallmaßnahmen gefunden.«

»Für wie lange war ich außer Betrieb?«

»Etwa einen Tag«, antwortete Otto.

Galeno begann nach und nach die Lederriemen zu lösen. »Ich verspreche dir nicht, dass du sein wirst wie vorher, aber … Ich habe den Großteil deines Bewegungsapparats retten können. Die Beine hatte es am schlimmsten erwischt. Ich glaube, du wirst ein bisschen hinken. Aber ich habe dir ein weiteres Oszilloskop eingebaut, als zusätzliches Gleichgewichtsinstrument.«

Theo setzte sich auf: »Warum hast du das gemacht? Ich bin doch nur ein Roboter, ich spüre keinen Schmerz. Du hättest mich so lassen können, wie du mich vorgefunden hast.«

»Otto und die anderen haben darauf bestanden, dass ich dich repariere. Ich wollte es wenigstens versuchen.«

Theo neigte den Kopf zur Seite: »Roboter versuchen nichts. Entweder sie können etwas oder sie können es nicht. Das gehört zu ihren Anweisungen.«

»Ich habe aber andere Anweisungen.«

Theo hob die Beine an und ließ sie vom Tisch baumeln: »Du hast recht, sie sind ziemlich steif.«

»Du hast auch einen Arm verloren.«

Theo stutzte, erst jetzt bemerkte er, dass er nur noch drei Hände hatte. »Ah, nicht so schlimm. Ehrlich gesagt, habe ich sowieso nie mehr als zwei gleichzeitig benutzt.« Dann blickte er zu Galeno. »Es tut mir sehr leid wegen des Blitzes.«

»Mach dir keine Sorgen, es hat mir nicht geschadet. Jago meinte, ich wäre ein wenig getorkelt, wie ein Mensch, der betrunken ist.«

Theo betrachtete die beiden Menschen, die etwas weiter entfernt standen. »Es tut mir auch wegen der Unannehmlichkeiten im Krankenhaus leid.«

»Kein Problem«, antwortete Medea, »Otto hat uns alles erklärt.«

»Na ja, nur dieser Zitronengeruch, den werde ich einfach nicht los«, fügte Jago hinzu.

»Was ist mit der Todesmaschine passiert? Das Letzte, woran ich mich erinnere, ist ein blauer Blitz …«

»Die Blitzschachtel ist gar nicht so einfach zu bedienen«, sagte Galeno, »um ihn wirkungsvoll zu treffen, habe ich drei Versuche gebraucht.«

»Und nachdem du ihn getroffen hattest?«

»Haben wir ihn deaktiviert«, antwortete Otto, »Galeno hat ihm die Batterie herausgenommen.«

»Und zur Sicherheit noch einige andere Teile. Falls jemand auf die Idee kommen sollte, ihn wieder aktivieren zu wollen.«

Theo öffnete und schloss die Finger der drei Hände. »Und der Hubschrauber?«

»Patsch. Ins Meer gestürzt. Wir haben den Piloten retten können, er schläft im Nebenzimmer. Aber Conte Liguana …«

»Er ist bestimmt auf den Felsen zerschellt.«

»Oder im Meer erfroren.«

»Wie auch immer, es hat kein gutes Ende mit ihm genommen«, kommentierte Medea.

Theo stellte sich vorsichtig auf die Füße. »Uff …«

»Geht's?«

»Es ist alles so anders.«

Galeno stützte ihn. »Ich musste einzelne Teile in deinem Inneren austauschen und neue Verbindungen schaffen. Aber trotzdem müsste alles wieder drin sein. Ein bisschen knirschend zwar, aber …«

»Es ist, als würde ich noch mal laufen lernen«, sagte der weiße Roboter, der noch immer unsicher auf den Beinen war.

»Wo willst du hin?«

»Nach draußen, ich will die Sonne und das Meer sehen«, antwortete Theo.

Sie verließen die Reparaturwerkstatt 32 und traten auf eine Galerie hinaus, von wo aus sie das tiefe Blau des Meeres, die über den Himmel huschenden, künstlich erzeugten Wolken und das gleißend helle Sonnenlicht sehen konnten. Und die weißen Möwen, die auf den Klippen saßen und dem rauen Wind trotzten. Wie überall in Cyboria war auch hier das klatschende Geräusch der sich an den Felsen brechenden Wellen zu hören.

»Ich habe euch nicht einmal nach eurer Geschichte gefragt«, stellte Theo fest und wandte sich an Otto: »Wie seid ihr bis hierher gekommen?«

Galeno drückte einige Knöpfe auf der Tastatur auf seiner Brust, und kurze Zeit später kam eine schwarze Vinylscheibe aus dem Schlitz darunter. »Ich habe die Reise dokumentiert. Wenn du möchtest, kannst du es dir anhören. Ich glaube nicht, dass das Archiv jemals seine Arbeit aufnehmen wird.«

Theo nahm vorsichtig die Scheibe an sich: »In der Tat, keiner der anderen Führer ist hierher zurückgekommen.«

Sie mussten sich entscheiden. Was sollten sie tun?

Der Pilot musste weggebracht werden, bevor er erwachte und die Existenz der Neuen Stadt entdeckte. Galeno bot sich an, ihn mit einem der im Hafen liegenden Boote auf die Nachbarinsel zu bringen. Otto wollte sich anschließen. Er war seit Tagen weg, seine Eltern würden sich bestimmt große Sorgen machen. Nach den ganzen Aufregungen hatte er aber auch Heimweh. Er wollte zurück in die Pisaner Berge.

Er wollte wieder nach Hause.

Medea und Jago hatten andere Pläne.

Jago hatte ohne zu zögern seine Entscheidung getroffen. Er zeigte Theo den verletzten Daumen und erklärte Otto, dass er keine Lust hatte, in sein altes Leben zurückzukehren. »Mein Vater ist tot. Mein Großvater, falls er wirklich noch am Leben sein sollte, ist verrückt. Ein Monster, das von Maschinen am Leben erhalten wird. Es gibt niemand anderen, der auf mich wartet. In unser Haus will ich auf keinen Fall zurück. Ich bin in ständiger Angst vor den Robotern aufgewachsen, habe Geld ausgegeben, das ich nicht selbst verdient habe. Ich glaube, der Moment ist gekommen, die Brücken zur Vergangenheit abzubrechen und ein neues Leben zu beginnen.«

Er würde auf der Insel bleiben und ein kleines Geschäft eröffnen. »Und ich möchte malen«, fügte er hinzu.

»Ich glaube nicht, dass du hier viele Kunden haben wirst …«, scherzte Otto, dem jedoch ganz und gar nicht zum Scherzen zumute war, so dick war der Kloß in seinem Hals.

»Ich mache es für mich, nicht für die anderen.«

Und für das ganz spezielle Publikum, das er haben würde: Theo … und Medea.

»Ich muss dir etwas beichten, Otto«, begann Medea. Der Kloß im Hals verwandelte sich in Trauer, während seine Tante sprach. Als er sich einige Tage später dazu zwang, sich dieses Gespräch ins Gedächtnis zu rufen, wurde ihm klar, dass er sich gar nicht mehr an alle ihre Worte erinnern konnte. Die Universität, die Forschungen, ihr abenteuerliches Leben … Was nutzte ihr das alles? Was nutzten ihr Schönheit und Intelligenz? Obwohl sie eine gut aussehende Frau war, war sie eigentlich immer allein geblieben, zumindest bis sie zusammen mit Jago und Otto diese abenteuerliche Reise angetreten hatte. Medea drückte Jagos Arm.

»Heißt das, dass du auch bleibst?«

»Diese Insel ist ein Paradies für Forscher, Otto. Eine komplett neue Stadt, vor hundert Jahren geplant und vor der Besiedlung bereits wieder in Tiefschlaf versunken. Eine Fundgrube für Archäologen. Ich könnte … ich könnte aus diesem Projekt mein wissenschaftliches Lebenswerk machen. Wenn wir uns eines Tages entschließen sollten, die Geheimnisse Cyborias zu lüften, dann bin ich die Richtige, um der Welt davon zu berichten.«

Otto durchzuckte ein Gedanke. Natürlich, ein letzter Punkt noch.

Es gab noch eine Sache zu erledigen, bevor sie abfuhren.

Und noch in der gleichen Nacht setzte er seinen Gedanken in die Tat um.

In dieser Nacht funkelten die Sterne besonders hell am Himmel. Otto schlüpfte in den dunklen Schatten des weißen Roboters und folgte ihm. Der Wächter ging bis zu einer verschlossenen Tür in einem silbrig glänzenden Gebäude.

»Sie ist es«, flüsterte Theo.

Auf der Tür war in Luminario zu lesen:

Eingang zur
Dritten Phase

Otto zog zuerst das Ikosaeder aus der Hosentasche, dann die Schachtel, die man ihm übergeben hatte, als er sich in die Korporation ohne Namen eingeschrieben hatte.

»Weißt du, was sich hinter dieser Tür befindet?«

»Nein. Sie wurde für die Zukunft geschaffen, für die neuen Bürger. Die Gründer waren sicher, dass unter ihnen derjenige sein würde, der die nächste Stufe der Entwicklung in Angriff nehmen würde. Aber da vor euch niemand gekommen ist, wurde diese Tür nie geöffnet.«

Otto zögerte, dann nahm er den Schlüssel und steckte ihn ins Schloss.

Es öffnete sich mit einem leichten Klicken.

11

Das rote Fahrrad

Da waren sie.

Schon wieder.

Die knatternden Mofas der Bande aus dem Gymnasium tauchten hinter der Kurve der Staatsstraße nach Pappiana auf, wie eine Herde wild gewordener Rinder. Otto zählte mindestens sechs. In seiner Abwesenheit schien die Bande angewachsen zu sein.

Er hörte sie etwas in seine Richtung brüllen, und er wusste, dass sie ihn erkannt hatten. Keine Minute später und schon zeigten die Hitzigsten auf ihn.

»Da, der Streber! Los, gebt's ihm!«, schrie einer und fuchtelte dabei so wild herum, dass er fast seinen Rucksack verloren hätte.

Otto sprang auf das Bianchi-Fahrrad seines Großvaters, Jahrgang 1958, und trat kräftig in die Pedale. Das Rad schoss nach vorne, der Rahmen knirschte, aber trotzdem kamen die Mofas hinter ihm immer näher.

»Da ist der Perotti!«

»Schnappen wir ihn uns! Los!«

»Der Sprung, dafür muss er bezahlen!«

Otto schien keine Angst zu haben, er lächelte sogar. Er

ließ sie noch etwas näher kommen und zählte genau: Sie waren zu siebt. Unter den hochgeklappten Visieren der Helme erkannte er die beiden Zwillinge aus der Fußballmannschaft und den dicken Franconi, den Sohn des Richters. Auch Coin war dabei, einer aus dem Veneto, der jeden Tag hundert Bahnen schwamm und ein Kilo Nudeln zum Mittagessen verputzte. Die anderen beiden kannte er nicht, und dann war da noch ein Mädchen, das sich der Bande aus irgendeinem Grund angeschlossen hatte. Otto grüßte sie betont lässig, und seine Verfolger begannen lautstark zu protestieren. Dabei ließen sie ihre Motoren aufheulen, es klang wie Drachenfauchen.

»Was erlaubst du dir eigentlich, Perotti?«

»Mach das nicht noch mal, sonst holen wir dich vom Rad!«

»Runter von deinem Drahtesel, wir machen dich fertig!«

»Was bildest du dir ein, Giulia zu grüßen!«

»Ach, wirklich?«, antwortete Otto und trat noch einmal in die Pedale, aber nur halbherzig. Jetzt hatten ihn die Mofas eingekreist, wie ein Schwarm wild gewordener Riesenhummeln. »Hallo, Giulia! Was machst du denn bei diesen Vollpfosten?«

Giulia zuckte verblüfft zusammen und riss die Augen auf. Sie blickte zu Coin hinüber, und Otto begriff, dass sie der Liebe wegen in der Bande war.

»Wir nehmen dich auseinander, Perotti!«, knurrte der Sohn des Richters.

Die Zwillinge blockierten mit ihren Mofas sein Rad, sodass er stoppen musste.

Coin versuchte Otto an der Schulter zu packen und ihn

vom Rad zu ziehen, verfehlte ihn aber und wäre fast vom Mofa gestürzt. »Wenn ich dich in die Finger kriege, mach ich dich fertig!«, drohte er mit seiner piepsigen, ziemlich lächerlich klingenden Stimme, die so gar nicht zu seinem muskulösen Schwimmerkörper passte.

Otto versuchte auszubrechen und trat kraftvoll in die Pedale, wich dabei den Zwillingen aus und quetschte sich dicht neben der Leitplanke hindurch.

»Bleib hier, du Feigling!«

»Willst du etwa abhauen?«

Otto reichte es jetzt. Er beugte sich nach unten und tastete den Kettenschutz ab, wo ein winziger Knopf versteckt war. Nach der Rückkehr von seiner Reise in den hohen Norden hatte er eine kleine Veränderung an seinem Fahrrad vorgenommen: Direkt neben den Pedalen war eine kompakte Lumen-Batterie angebracht und mit der Gangschaltung verbunden. Mit einem Knopfdruck schaltete er sie an.

Dann zeigte er auf den Helm eines der Zwillinge und sagte: »Sei vorsichtig! Nicht, dass du dir wehtust!«

Mit einer halben Umdrehung der Kette brachte er die Pedale in Startposition und nahm eine Hand vom Lenker, um sich lässig zu verabschieden. »Bye-bye, Giulia!« Dann trat er einmal kräftig in die Pedale.

Die Lumen-Batterie funktionierte wie ein Dynamo. Die Kette des alten Bianchi-Rads wurde von einer bläulichen Aura eingehüllt, mit einem donnernden Geräusch schoss Otto wie eine Rakete nach vorne, immer noch das coole Grinsen im Gesicht und die Hand lässig erhoben. Mit einem zweiten Pedaltritt legte er mindestens zwanzig Meter zwischen sich und die Mofas seiner Verfolger, und beim dritten hörte er sie nicht einmal mehr. Er stellte sich vor, wie sie kopfschüttelnd nebeneinander auf der Fahrbahn herumstanden und sich fragten, was da eigentlich gerade passiert war. Und vielleicht sagte Giulia zu ihrem Herkules mit der Piepsstimme: »Tja, der ist weg, mein Lieber.«

Mit einem zufriedenen Lächeln bog Otto nach links ab, in eine der schmalen Straßen, die hoch in die Berge führten und die außer ihm kaum jemand kannte. Er schaltete die Lumen-Batterie wieder aus und bog in den Waldweg ein, der zu Tante Medeas Haus führte. Eine Viertelstunde später stellte er sein Rad im Hof ab. Das Garagenfenster war offen, sodass man die Schnauze des VW Käfers sehen konnte. Die Sonne stand jetzt hoch am Himmel, es war heiß. Otto stieg die Steinstufen zur Eingangstür hoch und klingelte. Er musste einige Minuten warten. Als er auf die Uhr sah, stellte er fest, dass es genau eins war. Er war auf die Minute pünktlich.

Die Tür öffnete sich.

»Hi«, schnarrte eine metallische Stimme.

»Hallo. Hübscher Hut!«

Galeno hatte einen extravaganten hawaiianischen Strohhut auf dem Kopf. »Wie ein echter … Gentleman«, meinte er, in Erinnerung an die ersten Worte, die Otto ihm beigebracht hatte, als er ihn aus dem Museum in Florenz geholt hatte. »Gefällt er dir? Ich habe ihn im Internet gekauft.«

»Neuigkeiten aus Cyboria?«

»Im Augenblick nicht, mein Freund«, antwortete der Roboter und ging schnurstracks in die Küche. »Aber es ist nicht leicht für die beiden, sich mit uns in Verbindung zu setzen. Und wie sagt doch das Sprichwort: Keine Nachrichten sind gute Nachrichten.«

Otto setzte sich auf einen Hocker. »Hast du ihnen die Briefe mit unseren Informationen geschickt?«

»Ja. Theo hat sie sicher schon gelesen, zusammengefasst und archiviert.«

»Und?«

»Nichts und, bis jetzt. Wir warten auf Antwort.«

Otto dachte kurz an seine Eltern in der Villa Folgore, dann wanderten seine Gedanken weiter auf den Bahngleisen nach Paris und durch die Luft nach Norden, bis auf die Insel Cyboria, wo seine Tante Medea jedes Gebäude der Stadt untersuchte und die Forschungsergebnisse in einer wissenschaftlichen Studie dokumentierte, während Jago endlich in Ruhe malen konnte. Er fragte sich, was Theo machte, außer die Neue Stadt zu bewachen, Bücher für die Weiße Bibliothek zusammenzufassen und die Korrespondenz der Ausgesandten zu katalogisieren (in der Praxis waren das nur ihre Briefe). Dann lächelte er. Otto war froh, wieder zu Hause zu sein.

»Hast du Neuigkeiten von den anderen Führern?«

Wieder schüttelte Galeno den Kopf. »Nein, aber ich habe einen neuen Kontakt in New York, vielleicht befindet sich dort einer meiner Kollegen, den die Amerikaner mit einer Statue verwechselt haben. Und es gibt einen zweiten Führer, der als Vogelscheuche in der Nähe von Krakau steht. Aber … das sind bis jetzt alles nur Vermutungen.«

Otto nickte. Cyboria hatte eine komplizierte Geschichte: Die über die ganze Welt verstreuten Führer; die Todesmaschinen, die während des Krieges zerstört worden waren; Elisabeth und ihr Sohn, die mit dem ersten Schiff abgereist waren, und Ettore Zisch, der das letzte genommen hatte.

Wie viele Dinge gab es wohl, die er immer noch nicht über Cyboria und seine Gründer wusste? Und würde er jemals alles wissen?

Aber war das überhaupt wichtig? War es wirklich wichtig, alles über die mysteriöse Insel zu wissen? Was hatte er davon? Genügte nicht die Tatsache, Cyboria gefunden zu haben und zu wissen, dass es die Neue Stadt gab? War es nicht viel wichtiger, das genialste rote Fahrrad der ganzen Welt zu besitzen?

Fragen über Fragen. Fragen mit komplizierten Antworten. Wahrscheinlich ganz gut für lange Wintertage. Fragen, die Otto im Laufe der Zeit vielleicht vergessen würde.

Galeno nahm eine Handvoll noch grüne Zitronen aus einem Korb, zeigte sie ihm und fragte: »Wie wär's mit einer selbst gemachten Zitronenlimonade?«

12

Worte in Freiheit

Gold.

In seinem Lehnstuhl auf der Galerie des Observatoriums liegend, sah Theo zu, wie die untergehende Sonne die unendliche Wasserfläche des Meeres golden färbte. In diesem goldenen Licht lag etwas Beunruhigendes. Etwas, das ihn mit seinen verbliebenen drei Händen nervös auf die Schreibtischplatte trommeln ließ.

Dieses Gold war ihm noch nie zuvor aufgefallen.

Lag es an der Anwesenheit der beiden Menschen in der Stadt? Nein, dachte er. Das Ende der jahrzehntelangen Einsamkeit freute ihn. Endlich hatte, wenn auch mit unglaublicher Verspätung, Phase zwei begonnen, das Ereignis, auf das er so lange gewartet hatte: die Besiedlung Cyborias. In ein paar Wochen könnte er endlich mit der Produktion von Lumen beginnen, um die alten Batterien wieder aufzuladen. Im Laufe einiger Monate oder Jahre könnten vielleicht sogar andere Roboter wieder ihre Arbeit aufnehmen.

Die beiden Menschen waren also nicht das Problem. Aber was sonst? Vielleicht war es gar kein richtiges Problem, sondern nur eine Bagatelle. Oder ein Wunsch. Das war's, ein Wunsch.

Die Vorfälle der letzten Tage hatten ihm alles abverlangt. Und sie hatten ihn verändert. Nicht nur der erbitterte Kampf mit der Todesmaschine und die danach notwendige Reparatur, sondern auch die langen Gespräche mit Otto und die unglaubliche Geschichte, wie die drei Menschen mit Galeno auf die Insel gekommen waren.

Er fuhr mit einem Finger über die schwarze Scheibe, die Galeno ihm hiergelassen hatte, die Scheibe, auf der die Erlebnisse von Otto, Medea und Jago dokumentiert waren. Es war nur die chronologische Abfolge, ohne Emotionen und Zwischentöne. Galeno hatte reine Fakten aufgezeichnet, die sich Theo nach seinen eigenen … Vorstellungen ausmalte.

Seine Vorstellungen. Er hatte mehr als achtzig Jahre lang Bücher gelesen und die wichtigsten Passagen zusammengefasst. Er wusste, wie Menschen Erlebnisse dokumentierten: Sie schrieben eine Geschichte. Sie stellten sich etwas vor und wählten die richtigen Worte, um ihre Vorstellung niederzuschreiben. Worte in Freiheit.

Ein Buch. Und auch wenn Bücher schreiben nicht zu seinen Anweisungen gehörte, wollte Theo versuchen, eine Geschichte über Otto, Medea, Jago und Galeno zu schreiben. Und auch über sich. Warum denn nicht? Auch die Geschichte von Theo. Und die von Cyboria. Und die der drei Gründer.

Wer sonst sollte das tun? Nur er kannte alle Geheimnisse der Insel. Alle, auch die unter der Erde verborgenen. Nicht immer erfreuliche Geheimnisse, aber … vielleicht sollte man sie trotzdem lüften. Daraus ein Buch machen.

Ein Buch. Voller Geheimnisse.

Je mehr er darüber nachdachte, desto mehr war Theo entschlossen, dass er eine schöne Geschichte erzählen wollte. Und er hoffte, dass es auch eine schöne Geschichte für die Leser werden würde. Er dachte, wenn jemand durch sein Buch von der Existenz Cyborias erfahren würde, hätte er vielleicht Lust, eine Reise dorthin zu unternehmen. Und wer weiß? Vielleicht würden dann sogar die Bürger kommen, auf die er so lange gewartet hatte.

Ja, das war es, was zu tun war. Er spürte die Sehnsucht, das Gefühl von Freiheit, obwohl er ein Roboter war. Theo wollte ohne fremde Hilfe ein Buch über Cyboria schreiben. Vielleicht könnte Jago dafür die Illustrationen machen, wenn es einmal fertig war. Ja, das könnte er ihm vorschlagen. Warum eigentlich nicht?

Und dann … und dann könnte man es drucken. Und was dann?

Dann könnte man es jemandem schicken, der es lesen würde.

Es der Welt präsentieren.

Er müsste nur in den Raum gehen, den Otto geöffnet hatte. Dort befand sich die Rohrpost, die Post nicht nur empfangen, sondern auch versenden konnte. Von dort könnte man Neuigkeiten aus Cyboria an jeden schicken, den es interessierte.

Theo hörte auf, mit den Händen auf den Schreibtisch zu trommeln.

Warum eigentlich nicht?

Er traf eine Entscheidung. Er schob ein Blatt Papier in die Schreibmaschine, sah es lange an, legte seine Finger auf die Tasten und begann zu schreiben:

Wenn Ottos Großvater ihm das Gefühl geben wollte, etwas ganz Besonderes zu sein, sagte er ihm immer, er solle etwas ganz Schwieriges ausprobieren, denn die einfachen Sachen, die könne ja jeder …

Danksagung

Mein Dank gilt Matteo, der immer an dieses Projekt geglaubt hat, selbst in meinen langen Schweigephasen, die Schlimmes vermuten ließen, und ebenso Beniamino, für seine Leidenschaft für Wortspiele: Dein Buch bekommst du übrigens am Mittwoch zurück.

Cyboria ist das Ergebnis unendlich langer Diskussionen mit dem Zeichner, Schriftsteller und Visionär Jacopo Olivieri und dem Ingenieur, Mathematiker und Musiker Massimo Cracco. Gemeinsam haben wir meine Ursprungsideen modifiziert und den Handlungsrahmen konstruiert. Ein besonderer Dank geht an Alberto Serra, der durch seine geschichtlichen und geographischen Recherchen das Gerüst für die erste Fassung des Romans mitgestaltet hat, und an Giordano Bruno für seine hilfreichen Informationen über den Erfindergeist der Futuristen.

Ich danke ebenfalls meinen Freunden aus der Scuola Normale Superiore: Davide Merlitti, den ich in diesem Buch zum Professor gemacht habe; Michele Fiaschi, mit dem ich seit Jahren konspirative Fußballrituale pflege; Umberto Parrini, mit dem ich bestens zusammengearbeitet habe, und Maria Luisa Catoni, die mir als Inspiration für

Medea gedient hat. Und natürlich bedanke ich mich bei Professor Salvatore Settis, durch den ich sie alle kennenlernen durfte.

Das Archiv der Bibliothek ist meine Erfindung, das Restaurant »Montino« mit seinen Spezialitäten dagegen nicht.

Die Villa Folgore gibt es wirklich: Sie liegt in Passo di Frantoio, Rigoli, und ist ein Bed & Breakfast mit einem wunderbaren Blick über die Ebene von Pisa.

Was mir noch am Herzen liegt: Das Menü, das Galeno im Zug des Südens serviert, gehört zu einer Speisefolge, die der Futurist Filippo Tommaso Marinetti am 15. November 1930 in Mailand im Restaurant »Penna d'Oca« präsentiert hat. Zu den Bücherregalen im Stelzenhaus von D'Urò hat mich Italo Calvinos *Wenn ein Reisender in einer Winternacht* inspiriert. Viele Regeln und Begriffe der Neuen Stadt stammen aus der »Carta del Carnaro« von Gabriele D'Annunzio, mit der am 8. September 1920 in Fiume die Italienische Regentschaft am Quarnero ausgerufen wurde. Das Stelzenhaus in der Avenue Pablo Picasso wurde von den Ideen El Lissitzkys aus dem Jahre 1925 und von Ron Herrons »Walking City« aus den 1960er Jahren inspiriert. Die Zeichnungen von Antonio Sant'Elia dienten als Vorlage für den Pariser Bahnhof und die Architektur von Cyboria. Eine der abschließenden Überlegungen von Theo ist das genaue Gegenteil des Marinetti-Gedankens: »Die Illusion sich als Maschine zu fühlen, obwohl man nur jammerndes Fleisch ist«.

Mein aufrichtiger und überschwänglicher Dank gilt deshalb den Futuristen und ihrem enthusiastischen *Futuristischen Manifest*, das vor fast genau hundert Jahren zum ersten

Mal im »Le Figaro« in Paris veröffentlicht wurde und das uns auch heute noch erwartungsvoll und mit Tatendrang in die Zukunft blicken lässt.

P. B.

Gregs Tagebuch – Die Bestsellerserie, die Kids und Erwachsene begeistert!

Jeff Kinney
GREGS TAGEBUCH
Von Idioten umzingelt!
Aus dem amerikanischen
Englisch von
Collin McMahon
224 Seiten
ISBN 978-3-8432-0005-9

Greg hat von seiner Mutter ein Tagebuch geschenkt bekommen. Und das, obwohl Tagebücher doch eigentlich nur was für Mädchen sind! Oder etwa doch nicht? Greg jedenfalls beginnt einfach mal darin zu schreiben und zu zeichnen: über seine lästigen Brüder, seine Eltern, seinen trotteligen Freund Rupert, den täglichen Überlebenskampf in der Schule, ein echt gruseliges Geisterhaus und über den verbotenen Stinkekäse …

Ausgezeichnet mit dem »Lesedino – Buch des Jahres 2010«

Stefan Gemmel
SCHATTENGREIFER –
DIE ZEITENSEGLER
304 Seiten
ISBN 978-3-8432-0027-1

Ist es wirklich nur ein Zufall, der Simon auf das uralte Schiff verschlägt? Und was treiben die Jugendlichen hier, die dem Kommando des Schattengreifers unterstellt sind und mit ihm durch die Zeit reisen? Allmählich nur kommt Simon hinter die Geheimnisse dieses sonderbaren Schiffes. Aber je mehr er erfährt, desto klarer wird ihm, worauf er sich eingelassen hat. Um nichts weniger geht es, als die Welt zu retten.

Stefan Gemmel ist Lesekünstler des Jahres 2011.

Baumhaus Taschenbuch

Unheimliche Ereignisse in der Nebelbucht

Giovanni Del Ponte
DIE UNSICHTBAREN –
DAS GEHEIMNIS
VON MISTY BAY
Band 1
Aus dem Italienischen
von Ingrid Ickler
256 Seiten
ISBN 978-3-8432-0060-8

Der 12-jährige Douglas verbringt seine Ferien bei seinem Onkel in Misty Bay, einer nebligen Kleinstadt an der kalifornischen Küste. Dort freundet er sich mit Peter, dem Musterknaben, und Crystal, der Waisen mit den telepathischen Fähigkeiten, an.
Ein altes Tagebuch bringt die Kids auf die Spur eines bösen Hexenmeisters, der sich aus seiner Verbannung in einer Höhle unter den Klippen befreit hat. Die drei Freunde stürzen sich in das Abenteuer, den Zauberer zu bekämpfen …

Ein wunderbares Mystery-Abenteuer-Buch!

Baumhaus Taschenbuch